ALPAKAHERZ

Gnadenhof und andere Gaunereien

von Stephanie Richel

Buchbeschreibung:

Ein verschollenes Testament, eine Alpakadame namens Duchess und der mysteriöse Jack wirbeln Miras wohlgeordnetes Leben gehörig durcheinander.

Mira Hermanns Tage sind fest verplant. Da ist die Arbeit im Café, nebenbei hilft sie regelmäßig im Blumenladen ihres Beinahe-Verlobten aus. Ein Besuch auf dem Bauernhof Drei-Linden lockt als willkommene Unterbrechung im Alltagstrott. Der idyllische Hof sollte eigentlich ein Gnadenhof für Tiere werden, aber bei ihrer Ankunft findet Mira einen verängstigten Kettenhund, ein apathisches Pony und eine Handvoll halbverhungerter Schafe vor. Statt dem geplanten Urlaub beschließt sie, etwas gegen die Zustände zu unternehmen, und erfährt, dass nur das Testament des früheren Besitzers verhindern kann, dass die Tiere auf den Schlachthof kommen.

Doch das ist verschollen!

Unterstützt von Jack, einem mysteriösen Fremden mit guten Kontakten zur Unterwelt, macht sich Mira auf, Drei-Linden zu retten.

Und zum Glück gibt es da noch eine Alpakadame namens Duchess, die anscheinend beschlossen hat, Miras Leben einmal ordentlich durcheinanderzuwirbeln …

Über die Autorin:

Stephanie Richel liest viel und macht vermutlich zu wenig Sport – außer an der Playstation, wo sie von jeher eine Schwäche für Tomb Raider und die Assassins-Creed-Reihe hegt.

Und sonst? Sie hat ein Herz für Linux und für die (grüne ;)) Umwelt – und die Tiere darin und lebt inzwischen überwiegend vegan.

Außerdem ist ihr der Austausch und die Solidarisierung mit den KollegInnen sehr wichtig: Seit 2018 ist sie im Selfpublisher Verband organisiert.

Stephanie Richel

Alpaka Herz

Gnadenhof
und andere Gaunereien

Bibliografische Information der Deutschen Nationalbibliothek:
Die Deutsche Nationalbibliothek verzeichnet diese Publikation in der Deutschen Nationalbibliografie; detaillierte bibliografische Daten sind im Internet über http://dnb.dnb.de abrufbar.

Stephanie Richel c/o Papyrus Autoren-Club
R.O.M. Logicware GmbH
Pettenkoferstr. 16 - 18
10247 Berlin

schreib@stephanierichel.de
www.stephanierichel.de

www.facebook.com/Stephanie.Richel.Schriftstellerin
www.instagram.com/stephanie_schreibt

Lektorat: Maike Frie, www.skriving.de
Korrektorat: Daniela Pusch – www.scriptdoktor.com
Covergestaltung: Sarah Schemske – www.buecherschmiede.net
Buchsatz: Kim Leopold - www.ungecovert.de

Herstellung und Verlag: BoD – Books on Demand, Norderstedt

ISBN: 9783753481890

TEIL I

1

Piet

Piet kämpfte sich über den Platz, wich dabei Kieselsteinen und kratergroßen Pfützen aus. Keine Kleinigkeit mit dem Heuballen auf der linken Schulter und dem Eimer mit der Kleie-Mischung an der rechten Hand. Dazu dieser nasskalte Wind, der erledigte den Rest. Typisches Aprilwetter. Zum Glück hatte es inzwischen aufgehört zu graupeln.

Die Feuchtigkeit in der Luft setzte ihm viel mehr zu als noch vor dem Winter. Oder waren die Herbstmonate milder gewesen? Vielleicht wurde er nur allmählich alt? Mit neunundsechzig war er der Älteste in ihrer Zirkusfamilie. Aber möglicherweise lag es auch einfach an diesem Platz. Der war der mieseste unter allen miesen Plätzen, die sie im letzten Tourneejahr bewohnt hatten. Doch einen anderen Standort hatte ihnen der Schnösel von der Presse- und Öffentlichkeitsarbeitsabteilung der Stadt nicht angeboten.

»Leider nein«, hatte er gesagt und dabei über seine alberne Krawatte mit dem grünen Männchen gestrichen.

»Was ist mit dem Platz unten am Rhein? Wo wir im Vorjahr waren?«

»Der Klemens-Noll-Park steht nicht mehr zur Verfügung. Den brauchen wir für unsere Stadtbewohner. Als naturnahe Freizeitfläche! Gerade junge Familien zieht es dorthin, die Wiesen sind gut per ÖPNV zu erreichen und es gibt Bäume und Spielplätze, Grillstellen ...«

»Junge Familien werden unser neues Programm lieben«, hatte La Mamà geschickt eingeworfen. »Wir haben uns komplett auf ein junges Publikum ausgerichtet. Inklusive einigen lustigen Highlights für die Kleinen.«

Es hatte nicht geholfen. Der einzige Platz in dieser vermaledeiten Stadt, den sie für ihren Zirkus hatten bekommen können, war dieser hier. Ein Platz, der diese Bezeichnung nicht einmal verdiente.

Geröllhalde? Kieselsteinparadies? Beides passte.

Schwieriger Untergrund für ihr Zelt. Oleksey und seine Truppe kämpften seit gestern damit, es aufzustellen. Normalerweise dauerte das einen Nachmittag, war ja nicht so, dass sie das Riesenzelt hatten. Hatten sie nicht!

Wie aufs Stichwort wurde das rhythmische Hämmern, das sie seit dem Sonnenaufgang begleitete, unterbrochen und eine Flut von russischen und ukrainischen Schimpfwörtern schallte in einer Lautstärke über das Kieselsteinparadies, dass es den Lärm von dem Autobahnzubringer übertönte. Links der Zubringer, rechts die Gleise … Wirklich ein romantisches Plätzchen.

Aber was waren schon vier Tage? Vier Tage mussten sie hier durchhalten, und dann ging es nach Klein-Bergen und zu dem perfekten Platz im Stadtwald.

Piet machte einen großen Schritt über die Riesenpfütze vor ihm. Jack jedenfalls würde ihm nun sagen, dass er sich auf das Positive konzentrieren sollte. Das Glas war halb voll und nicht halb leer. Das Positive an ihrem Standort war zweifelsohne, dass sie nach ihrem Abbau schnell von hier verschwinden konnten!

Der Gedanke trug ihn ein paar Meter weiter.

Verdammt, sein Hals juckte da, wo es die Heuhalme geschafft hatten, sich zwischen Tuch und Schiebermütze zu stehlen. Piet verdrängte den Juckreiz. Machte keinen Sinn, hier anzuhalten und die Sache in Ordnung zu bringen. Es waren nur dreißig Meter bis zu dem mobilen Stall, wo die Huftiere untergebracht waren.

»Piet! Hast du eine Minute?«

Von rechts kam La Mamà auf ihn zu.

Bei ihren Vorführungen stets La Grande Dame – die Zirkusdirektorin –, doch jetzt und hier in Arbeitsoverall und derben Stiefeln, die blonden Haare unter einem Basecap verstaut. Bereit, anzupacken, wo gerade eine helfende Hand gebraucht wurde.

»Wie geht's Duchess?«, fragte sie.

Piet schätzte die Dauer des Gesprächs ab. Lohnte sich vermutlich nicht, Eimer und Heuballen abzusetzen, aber dann tat er es trotzdem. Herrliches Gefühl ohne diese kratzenden Halme auf der Haut.

»Wir brauchen ein anderes Alpaka«, sagte er zum wahrscheinlich hundertsten Mal. »Seit ihre Schwester gestorben ist ...« Nach weiteren Argumenten suchend schaute er sich um. Drüben hatten Oleksey und seine Truppe es inzwischen geschafft, die Pylonen aufzustellen. Das Schwierigste war also erledigt. Der restliche Zeltaufbau würde nun schnell gehen. Somit stand ihrer Premierenvorstellung heute Abend nichts im Weg.

»Sieh mal, ich weiß ja, dass sie trauert«, antwortete La Mamà. »Aber wir haben kein Geld für ein neues Alpaka. Und selbst wenn wir es hätten – niemand geht mehr in den Zirkus, um Alpakas zu sehen. Jetzt, wo diese Alpaka-Wanderurlaube so wahnsinnig modern geworden sind.«

Damit hatte La Mamà allerdings recht. Früher waren Duchess und ihre Schwester die Exotenstars gewesen. Gleich hinter den Großkatzen und den Kamelen.

Na ja, Katzen und Kamele hatten sie nicht mehr. Oscar, das letzte Kamel, war im Winter in Rente gegangen. Lebte jetzt drüben in den Niederlanden, in Piets Heimatland. Rein formal gesehen. Seine Familie gehörte seit vier Generationen dem Zirkus an.

Jedenfalls gab es im Selfkant, auf der niederländischen Seite, einen großen Wildpark für ausgediente Zirkustiere. Da verbrachte Oscar seine letzten Jahre, und nachdem der Tiger gestorben war, hatten die O'Haras ihre Löwen gepackt und bei Barum angeheuert. Piet konnte es ihnen nicht verdenken und ganz gewiss nahm er es ihnen nicht übel. Ebenso wenig wie La Mamà, da war er sicher.

»Weißt du, Piet, vielleicht sollten wir darüber nachdenken, einen guten Platz für Duchess zu finden. Du sagst es ja selbst, sie braucht andere Alpakas, damit sie über den Tod ihrer Schwester hinwegkommt.«

La Mamà blickte ihn forschend an. War ihr bestimmt nicht leichtgefallen, ihm diesen Vorschlag zu unterbreiten. Sie wusste – ach, jeder hier wusste –, dass er an Duchess hing. Sie war *sein Alpaka*, genauso wie Prinzess früher. Dass er zum Alpaka-Hüter geworden war, hatte sich irgendwie so ergeben. Er hatte die beiden Winzlinge nach dem Tod ihrer Mutter mit der Flasche aufgezogen. La Mamà hatte sie einem der schwarzen Schafe unter den Zirkusunternehmen abgekauft. Freigekauft traf es besser! Die Alpakadame war in einem miserablen Zustand gewesen – und nach ihrem Umzug in den Zirkus Gregoriana hatte sie gerade lang genug gelebt, um zwei zerbrechlichen Fohlen das Leben zu schenken. Die Tierärztin hatte das Muttertier einschläfern müssen und die Prognose gestellt, dass die beiden Winzlinge ihren Start in diese Welt nicht überleben würden. Davon waren sie alle hier ausgegangen, doch wider Erwarten kämpften sie sich durch den Rest des Tages und durch die folgende Nacht. Womöglich hatten sie gespürt, dass noch nie ein Tier, egal wie klein oder groß, im Zirkus Gregoriana hatte leiden müssen?

»Ich werd dich zu nichts drängen, Piet«, sagte La Mamà. »Wäre nur schön, wenn du es mal überdenkst?«

Er nickte. »Tja, ich sollte mich um die Ponys kümmern.«

Auch La Mamà nickte, dann stiefelte sie los, weiter zum nächsten Kummerpunkt in ihrem Zirkus.

2

Jack

Es sollte echt nicht schwer sein, das Haus auszuräumen«, sagte der blonde Typ zu Jack.

»Ihr habt die ganze Nacht Zeit! Und falls das nicht ausreicht, kommt ihr einfach am nächsten Abend ...«

Die Tür der Bar öffnete sich und zwei Frauen traten ein. Sie ließen ihren Blick durch den Raum und über die Gäste – mehr Männer als Frauen – schweifen und sprachen kurz miteinander, bevor sie zu einem freien Tisch auf der gegenüberliegenden Seite gingen.

Der Mann an seinem Tisch beobachtete die beiden, bis sie sich hingesetzt hatten, dann griff er sein Heineken, trank einen Schluck und wandte sich wieder Jack zu.

»Also, sollte das nicht ausreichen, könnt ihr am nächsten Abend wiederkommen. Eigentlich ist das hier ein goldenes Bonbon, das ich euch serviere!« Er grinste, setzte ein Zwinkern obenauf. »Ein großes und goldenes Bonbon. Das Haus ist die reinste Schatzkammer. Allein die zwanzigtausend Euro-Stereoanlage von Bang und Olufsen und die Uhren-Sammlung sind der Wahnsinn. Da sind Uhren bei, die werden für eine Viertelmillion gehandelt. Hallo? Eine Viertelmillion für eine Uhr!«

Jack erwiderte den Blick seines Gegenübers schweigend.

Es arbeiteten zwei Sorten Menschen in Sicherheitsunternehmen: Die einen pflegten den gemütlichen Ansatz –, die ließen sich durch nichts aus der Ruhe bringen. Manchmal erkannte man die an ihrer ebenso gemütlichen Figur.

»Aber das ist nicht alles, zwei Safes habe ich entdeckt!«, fuhr der Typ fort und strich sich durch den hellen Haarschopf.

Nervös? Wahrscheinlich verunsichert, ob des fehlenden Beifalls.

»Aus sicherer Quelle weiß ich, dass da jede Menge Bargeld drin liegen muss. Ich meine, dieser Typ zieht im Kiosk, da wo der seinen Playboy holt, eine fette, richtig fette Geldklammer aus der Hosentasche um zu bezahlen! Und sein Lamborghini erst, hammergeiles Teil!«

Die andere Sorte Beschäftigte im Wach- und Schließdienst waren die Hellwachen, die rund um die Uhr auf ihre Chance lauerten. Die erkannte man an dem, was sie sagten. Die waren in der Minderheit.

Der Typ an seinem Tisch gehörte zur zweiten Kategorie.

»Hast du mal überlegt, dass der Mann von dem du sprichst, dich als erstes verdächtigen könnte, wenn das Haus während deiner Schicht leergeräumt wird? Genauso übrigens wie die Polizei und das Sicherheitsunternehmen, für das du arbeitest«, erwiderte Jack.

Blondschopf winkte ab.

»Wir werden nicht dafür bezahlt, die ganze Nacht im Haus zu sein und aufzupassen. Der Typ hat bei uns den Premiumvertrag gebucht. Mein Job ist es, alle zwei Stunden um das Haus zu fahren, und ab und an durch den Garten zu marschieren. Falls ich da irgendwas Verdächtiges entdecke, was weiß ich – Licht hinter den Fenstern oder so – betrete ich das Haus.« Er zuckte die Achseln. »Ist ein Kinderspiel! Ich sage euch, wann ich dort bin, und ihr lasst euch in der Zeit nicht blicken. Alles super. Ach ja, selbstverständlich bekommt ihr die Kopie vom Hausschlüssel und den Sicherheitscode der Alarmanlage.«

Jack trank den letzten Schluck seines Cidre, schob die Flasche in die Tischmitte und zog einen Fünf-Euro-Schein aus der Jeans.

Sein Gegenüber beobachtete die Geste. Ein wenig panisch, fand Jack.

»Also, was sagst du dazu? Wollt ihr Geld machen?«

»Daraus wird nichts, nicht mit uns.«

»Aber … wieso? Ist alles Hundertprozent perfekt, leichtes Geld im Handumdrehen!«

Jack schüttelte den Kopf.

»Mit uns nicht«, wiederholte er und sah dem Typen fest in die Augen, um zu zeigen, dass es ihm ernst war.

Blondschopf guckte, als hätte er ihm gerade das größte und am schönsten verpackte Weihnachtsgeschenk weggenommen. Dann zuckte er mit der Schulter.

»Wenn ihr nicht wollt, frag ich eben woanders! Selbst schuld, wenn ihr auf einen Haufen geschenkter Kohle verzichtet ...«

Jack hörte sich den Rest nicht an. Er schnappte seine Jacke und verließ die Bar, begleitet von *Franky Goes To Hollywood*.

Das Treffen war ein Reinfall gewesen.

Zeitverschwendung. Aber das war sein Job. Er war der Kontaktmann – der Mittelsmann, der die Aufträge für den Ring vermittelte. Er war es, der die erste Bewertung durchführte und die Quelle prüfte. Sicherheit stand ganz oben.

Die fing bei der Quelle an, und mit der hier, mit dem Blonden, hatte er eine Niete gezogen. Der gehörte zu denen mit dem ewig überzogenen Dispo. Der Typ, der sein Geld für Mädels und Autos und Partys ausgab.

Verdächtiger Numero Uno!

Falls die Beamten bei dem auftauchten, um ihn in die Mangel zu nehmen, würde er im Handumdrehen zusammenklappen.

Jack kannte den Typ zu gut.

Er knöpfte seine Cabanjacke zu, stellte den Kragen hoch und machte sich auf den Weg zum Bahnhof.

3

Mira

S hit!«

Mira biss sich auf die Lippen und schaute sich schnell um. Aber niemand war hier, sie war der einzige Fahrgast im hinteren Teil des Busses.

Der Fluch war ihr beim Blick auf die Uhr herausgerutscht – schon nach fünf. Normalerweise betrat sie um diese Zeit das Bunt&Blatt. Nun trennten sie noch eine Haltestelle und ungefähr zweihundert Meter Fußweg von ihrem Ziel.

Draußen hatte sich der Fisselregen soeben in Platzregen verwandelt und natürlich lag ihr Schirm zu Hause. Noch bevor der Bus am nächsten Stopp anhielt, streifte Mira sich die Rucksackträger über die Schultern und postierte sich vor der Fahrzeugtür. Endlich hielt das Gefährt und die Türen öffneten sich zischend. Mira sprintete heraus und die Straße entlang zu ihrem Ziel.

Bunt&Blatt – das große Schild, dass sie samt des neuen Logos entworfen hatte –, leuchtete ihr durch den grauen Regenvorhang entgegen.

Schnell atmend erreichte Mira das Geschäft und drückte die Tür auf.

Innehalten, Luftholen.

Hier drinnen war es immer so friedlich, es roch frisch und grün und nur dezent nach Blumen. Alles war hell und freundlich durch die Regale im Shabby-Chic-Look, auf denen sich Pflanzen und alte Bücher die weißen Regalbretter teilten.

Florian, in einem enganliegenden dunklen Shirt unter der obligatorischen Jeanslatzhose, eilte auf sie zu. Seine blonden, leicht

13

welligen Haare hatte er mit etwas Gel aus der Stirn gestrichen, was ihm echt gut stand.

»Alles in Ordnung, Hon'?« Er stoppte vor ihr und umarmte sie. »Du bist in den Schauer gekommen ...«

»Gutes Timing!« Sie erwiderte seinen Kuss kurz und trat dann einen Schritt zurück. »Ich muss erstmal ankommen ... Der Bus hatte Verspätung, vor der Haltestelle fing der Platzregen an und im Café war heute absolut die Hölle los!«

»Du brauchst dir keinen Stress zu machen.« Er lächelte sie warm an. »Ich koch dir schnell einen Pfefferminztee von Claudia. Bis du umgezogen bist, ist er fertig.«

»Wo ist Claudia?« Mira konnte Florians Schwester nirgends entdecken.

»Sie ist längst bei ihren Chormädels«, sagte Florian. »Komm, gehen wir nach hinten, solang kein Kunde da ist.«

Zusammen gingen sie in den rückwärtig liegenden Ladenbereich, vorbei an dem kleinen, pflanzenfreien Büro bis zur schlauchförmigen Küche.

»Der Chor probt irgendwas Neues. Claudia hat mir den Titel gesagt, aber ich habe ihn vergessen. Es ist ein bekanntes Stück, ein alter Klassiker.« Er machte den Wandschrank auf und nahm die Dose mit der marokkanischen Minze heraus. »Und Mom ist beim Zahnarzt, der Termin stand schon lange.«

Anstatt Florian in die schmale Küche zu folgen, öffnete Mira die Tür zur angrenzenden Umkleide, streifte den Anorak ab und hängte ihn auf den Haken an ihrem Spind. »Warum habt ihr mich nicht angerufen?«, rief sie durch den Flur rüber in die Küche. »Ich hätte früher kommen können.«

Dort wurde der Wasserhahn kurz auf- dann wieder abgedreht.

»Marianna hätte mir was erzählt!«, erwiderte er. »Du hast deinen Job im Hemingway und arbeitest hier mit, da sollst du wenigstens deine Pause haben.«

Mira zog die schwarze Jeans aus und ihre Latzhose, die Arbeitskluft des Bunt&Blatt, an. Lediglich auf das pastellige

Halstuch, das sowohl Florian als auch seine Schwester stets trugen, verzichtete sie. Den beiden stand es super, nur zu ihrem dunklen Typ wollten die zarten Farben einfach nicht passen, sie ließen sie krank ausschauen.

Sie trat aus der Umkleide heraus und ging in die Küche.

»Ich freue mich auf morgen Abend, und auf das Gesicht deiner Mutter, wenn sie den Umschlag sieht.«

Ihre Eltern, Florian, Claudia und sie, hatten für den siebentägigen Urlaub im exklusiven Hotel *Romance* in Karlsbad zusammengelegt. Am morgigen Abend würden sie Mariannas Geburtstag in der Alten Schmiede feiern und ihr den Geschenk-Umschlag feierlich überreichen.

»Ich mich auch.« Florian lächelte. »Garantiert wird sie uns vorwerfen, dass wir zu viel Geld ausgegeben haben! Aber ich weiß, dass sie und Papa sich über den Urlaub freuen werden, obwohl sie immer sagt, dass sie keinen Urlaub braucht und nur will, dass ihre Familie gesund bleibt und hier im Bunt&Blatt alles glattläuft. Abgesehen davon gibt es nur eine Sache, die sie sich wirklich wünscht und die sie noch viel glücklicher machen würde ...«

Mira hatte eine ungefähre Ahnung, worauf ihr Freund gerade anspielte. In diesem Augenblick stellte sich der Wasserkocher knackend aus. Florian goss heißes Wasser in den Keramikbecher und hing das Filtersäckchen mit der Lose-Blattmischung hinein. »Ganz ehrlich Honey ... Ich weiß, dass Thema nervt dich«, begann er, wie befürchtet. »Aber wir müssen unbedingt nochmal darüber reden. Die ganze Situation ... dass du nach wie vor im Hemingway jobbst ...« Er schüttelte den Kopf. »Und dass wir immer noch nicht zusammen wohnen? Ich meine, wir sind seit sechs Jahren liiert und ich besitze nicht mal einen Schlüssel zu deiner Wohnung.«

»Weil es nur zwei Paar gibt«, rechtfertigte sie sich. »Und Mom und Paps hatten den Ersatzschlüssel schon bevor wir uns kennengelernt haben, ich kann ihnen den nicht wegnehmen!«

»Natürlich nicht, doch du könntest mit deinem Vermieter sprechen, Sicherheitsschloss hin oder her. Der sollte sich nicht so haben!«

»Florian, bitte … Müssen wir das jetzt bereden? Ich bin gerade erst angekommen.«

»Nein Honey, du hast recht, schlechter Zeitpunkt. Entschuldige bitte.«

Mira konnte ihm ansehen, dass es ihn Mühe kostete, dass Thema loszulassen. Die Diskussion über ihren Kellnerjob – ihrem ehemaligen Studentenjob – war ebenso wie die Tatsache, dass sie nicht zusammenwohnten, ein ewiger Diskussionspunkt zwischen ihnen.

Florian schaute zu der roten Wanduhr. »In fünf Minuten ist dein Tee fertig.«

»Und immer noch kein Kunde seit ich da bin. Es ist ja wirklich ruhig, kaum zu glauben, nachdem was im Hemingway heute Vormittag los war.«

»Die Flut war vor dir hier, um mir den Laden leerzukaufen. Die sind schon alle wieder zu Hause«, scherzte er. »Aber statt dir Vorträge zu halten, wollte ich dir was Tolles erzählen! Ich habe mit Weber telefoniert, du erinnerst dich an sie? Die Familie von der Wolfsspitz-Promenadenmischung, die wir damals gefunden haben.«

»Bootsmann!«

Bei einem ihrer ersten Dates hatten sie einen verletzten Hund am Straßenrand entdeckt. Wahrscheinlich hatte ihn jemand angefahren und war anschließend geflüchtet. Florian hatte sofort angehalten und ohne zu zögern und ungeachtet seines hellen Hemds den blutenden Hund hochgehoben und ihn auf die Rückbank seines Autos gelegt.

Das war der Moment gewesen, in dem sie sich in ihn verliebt hatte.

An Stelle des geplanten Kinobesuchs verbrachten sie den Abend in der Tierklinik, wo die diensthabende Tierärztin darum kämpfte, den Hund zu retten. Mit Erfolg, gegen Mitternacht, als klar war, dass die Wolfsspitzmischung überleben würde, hatte Florian Mira nach Hause gebracht.

Schon am nächsten Tag hatten sie erfahren, dass die Besitzer des Hundes ausfindig gemacht worden waren und dass diese sich bei ihnen bedanken wollten.

Seitdem hielt Florian lockeren Kontakt zu der Familie des Hundes.

»Natürlich erinnere ich mich an Bootsmann. Wie geht's ihm?«

Die Türglocke meldete sich.

Kundschaft!

»Das war ja klar«, sagte Florian mit gesenkter Stimme. »Fortsetzung folgt!« Er beugte sich vor, küsste sie schnell und eilte an ihr vorbei in den vorderen Ladenteil, um seine Kunden zu bedienen.

Was immer die Neuigkeiten über Bootsmann waren, sie würde sich wohl gedulden müssen, bis die gewünschten Pflanzen ihre neuen Besitzer fanden.

Schon machte sich die Türglocke des Ladens erneut bemerkt.

Oder noch etwas länger … Mira atmete tief durch und marschierte hinaus.

Nur knapp anderthalb Stunden, dann würde dieser Arbeitstag auch erledigt sein.

4

Jack

Ein neuer Tag.

Jack stemmte sich aus dem Bett hoch und schlurfte Richtung Badezimmer. Vor dem ersten Kaffee war mit seiner Laune nie zu spaßen!

Die heiße Dusche erweckte seinen angeborenen Optimismus. Pfeifend ging er in die Küche, ignorierte das ungespülte Geschirr, erhitzte Milch und kochte einen Becher Kaffee mit dem großen Espressokocher. Schließlich kippte er heiße Milch und dampfenden Kaffee zu einer perfekten Mischung in den Keramikbecher und sog den köstlichen Duft ein.

Fünfundzwanzig oder dreißig – fünfundvierzig oder fünfundsiebzig! Spielte keine Rolle: Innehalten und das Leben genießen, das war es, was zählte. Er konnte das zum Glück. Wie viele Leute konnten dies nicht? So wie seine Kumpels. Erst vergangenen Freitag, als sie Jorges Geburtstag gefeiert hatten, war es ihm wieder aufgefallen. Die Jungs sprachen von ihren Jobs, fast ausschließlich sogar. Andere Themen gab es kaum. Da gingen so viele Stunden von ihrer Lebenszeit für das Brötchenverdienen drauf und was machten sie in ihrer Freizeit? Sie redeten von ihren Jobs!

Den einen hatte es zu einer Karriere in der Bank gezogen, dem anderen reichte sein Dachdecker-Gesellenjob anscheinend nicht, nein, nun stand die Meisterschule an. Verrückt allesamt! Nur Tim hatte kein Wort über seinen Job bei der Barmer verloren. Lag wohl eher an seinem ewigen Trouble mit Martina und der Kleinen. Und nun erwarteten sie ihr zweites Kind. Dabei war Tim noch ein Jahr jünger als er selbst. Wahnsinn!

Am Ende des Abends, exakter formuliert, im Morgengrauen, als er wieder in seiner nachtstillen Wohnung angekommen war, hatte er es deutlich gespürt: Erleichterung.

Ebenso Dankbarkeit. Für sein Leben. Nicht um alles in der Welt wollte er mit den Jungs tauschen. Allein die Vorstellung, jeden Tag mit Anzug in der Bank auftauchen zu müssen? Das würde ihm den letzten Lebenswillen rauben, so viel stand fest.

Er trank einen Schluck Kaffee, sein Blick schweifte aus dem Fenster zu der Lücke in der Häuserwand gegenüber. Dorthin, wo der Park begann. Noch kahle Baumwipfel winkten ihm im Takt des Windes zu. Es verstärkte sein Gefühl der Zufriedenheit. Gleichzeitig fragte er sich, ob er in ein Land wie Deutschland gehörte. Er schien ja hier irgendwie die Ausnahme zu sein. Vor ein paar Tagen hatte er einen Artikel gelesen, im Netz, oder war es in einem der Magazine im Wartezimmer seiner Zahnärztin gewesen? Keine Ahnung, aber der Bericht handelte von einem Dorf im Elsass. Da wusste man zu leben! Schon sah er sich selbst in dem kleinen Café am Marktplatz sitzen. Nebenan spielten die alten Männer Boule. Der Wind war lieblich und brachte den Geruch der Weinberge mit sich.

Ein Hauch von Zwiebeln war dazwischen.

Okay, nicht mehr ganz frische Zwiebeln. Erinnerte ihn an den Müll, der heute dringend runtergebracht werden wollte. Jack kehrte in die Gegenwart seiner Küche zurück. Vielleicht sollte er nach Frankreich ziehen? Er konnte sich dort ein neues Leben aufbauen. Ländlicher zu wohnen würde ihm gefallen. Raus aus der Stadt und endlich einen Hund aus dem Tierschutz adoptieren!

Allerdings – er kannte das *Geschäft* in Frankreich überhaupt nicht. Und deshalb war es unsinnig, darüber weiter nachzudenken. Seine Kontakte waren hier in Deutschland. Ein paar auch in seiner Heimat, in den Niederlanden, aber keiner seiner Geschäftspartner war Franzose.

Apropos Geschäftspartner! Wurde Zeit, was für seine Brötchen zu tun.

Jack trat vor die Wohnungstür und stellte seinen dampfenden Kaffeebecher so lange auf dem Schuhschrank ab, bis er das Outdoor-Sitzkissen auf dem Treppenabsatz platziert hatte.

Voilà, sein Büro war eingerichtet!

Den Speicher zu bewohnen, besaß seine Vorteile. Außer ihm kam hier niemand hoch, sah man vom jährlichen Besuch der Schornsteinfegerin ab. Für diese Privatsphäre nahm Jack gern die vier Altbautreppen in Kauf. Nicht, dass ihm das viel ausmachte. Er war fit, obwohl die Zeit des täglichen harten Trainings einige Jahre zurücklag. Das Schönste aber an diesem Platz – das, was ihn zu einem der Lieblingsplätze in seiner Wohnung machte und auch der ausschlaggebende Grund für seine damalige Mietentscheidung gewesen war –, befand sich in diesem Augenblick genau über ihm. Ein Oberlicht über dem Treppenabsatz, das für jede Menge Tageslicht sorgte.

Dieser Platz, sein Kaffee-Platz, war ein Ersatz für den fehlenden Garten.

Jack stellte den Kaffeebecher neben sich ab und scrollte die WhatsApp-Nachrichten auf seinem Samsung durch. Einunddreißig neue, das traf den normalen Schnitt, da er in vielen Gruppen unterwegs war. Hinzu kamen noch etliche Foren im Internet. Doch die würde er erst später auf dem Tablet checken. Für eine richtige Internet-Recherche war ihm das Samsung einfach zu klein, für WhatsApp aber perfekt. In den letzten Jahren hatte er beobachtet, wie sich die Nachrichten-Gewichtung verändert hatte. Die Foren-Infos waren in dem Maß zurückgegangen wie die Anzahl seiner WhatsApp-Gruppen gestiegen war. Informationen waren der Grundpfeiler in seinem Job. Wenngleich sie meistens nicht eins zu eins für seine Brötchen sorgten, sondern indirekt dazu führten.

Jack überflog die Neuigkeiten, priorisierte sie dabei im Kopf. Ein paar Sachen würde er nachher notieren. Direkten Gewinn versprachen hingegen die Goldnachrichten. Davon gab es im Schnitt drei oder vier im Monat. Höchstens. Doch an diesem Vormittag stieß er auf sagenhafte zwei Goldnachrichten!

»Was zur Hölle …?«

Jack kontrollierte die neuen WhatsApps von oben nach unten. Tatsächlich zwei Stück. Vor seinem inneren Auge erschien eine knallrote, in kurzen Intervallen aufblinkende Warnleuchte. Irgendwas war hier faul!

Er scrollte wieder hoch, stoppte bei Gold-1.

Bock auf Nostalgie? Ich weiß, ist super spontan! Hast du Zeit?

Nostalgie – das war ein Codewort. Es bedeutete, dass er einen Auftrag für ihn hatte, bei dem es um Dokumentenfälschung ging.

Stirnrunzelnd las Jack die andere Nachricht. Gold-2 stammte von Björn und galt dem morgigen Donnerstag.

Vielleicht war es einfach nur Zufall, dass ihn zwei Goldnachrichten an einem Tag erreichten. Es musste nicht zwangsläufig übel sein, aber er sollte es im Auge behalten. Vielleicht bewegte sich irgendwo irgendetwas.

Ohne seinen Blick von dem Samsung zu wenden, griff er seinen Kaffeebecher und trank einen Schluck.

Gold-2, also Björn, erkundigte sich nach dem Biervorrat. Wie stellte er sich das denn vor? Sollte Jack mit einer Arbeitsprobe durch die Gegend laufen? Kopfschüttelnd leerte er seinen Becher mit zwei großen Schlucken und nahm sich die ersten Info-Nachrichten vor. Eine Insider-Information zum nächsten Bundesliga-Topspiel war dabei. Da hatte er heute einiges zu tun. Neben der Vorbereitung für die Treffen – er musste auch noch bei seinen Künstlern anfragen – waren für das Fußballspiel Hausaufgaben zu erledigen. Eine direkte Wette brachte kaum Gewinn, weil die Quoten zu niedrig sein würden, sowas lohnte nur bei Tipps zu Außenseitern. Wenn er die Insider-Info nutzen wollte, dann in Verbindung mit einer Systemwette, und dazu war ein wenig Recherche notwendig.

Dass er die Insider-Info nutzen würde, stand fest, es war schließlich nicht so, dass er auf ein bis zwei Mille, geschenkt und steuerfrei, verzichten konnte!

21

5

Mira

Ich bekomme das Omelett mit den Pilzen und dem kleinen Salat und … frischen Kaffee natürlich«, sagte die ältere Dame.

»Oh, die Eier sind leider ausgegangen«, antwortete Mira. »Das tut uns wirklich leid. Darf ich Ihnen stattdessen das französische Frühstück bringen? Wir haben ganz wunderbare knusprige Croissants und selbstgemachte, unheimlich leckere Bio-Marmelade in drei Sorten.«

»Keine Eier? Aber es ist ja schon halb zwölf, da brauche ich etwas Herzhaftes.«

»Nun, wie wäre es dann mit unserer gebratenen Waldpilzpfanne? Wir überbacken sie mit Manchegokäse, das schmeckt himmlisch zu den Pilzen, und dazu bringe ich Ihnen frische Laugenbrötchen mit guter Butter.«

»Manchegokäse?« Die ältere Dame schaute unglücklich drein.

»Ein spanischer Schafskäse. Er ist fest und mild wie …«

»Entschuldigen Sie bitte …«

Hendrik!

Er musste sich von hinten angeschlichen haben. Jedenfalls stand er nun neben ihr am Tisch und lächelte charmant auf die ältere Dame herunter.

»Wir haben wieder Eier, gerade frisch vom Bauernhof eingetroffen! Ihr Omelett ist also gerettet!« Hendrik wandte den Kopf und sein Lächeln erstarb.

»Könnte ich dich kurz sprechen, Mira?«

Er verschwand Richtung Küche, ohne ihre Antwort abzuwarten.

»Ach, zum Glück!«, rief die Dame. »Ich hatte mich so auf das Omelett gefreut, ich esse es hier doch so gern.«

»Sie müssen wissen, dass die Eier nicht vom Bauernhof sind, sie kommen aus dem Supermarkt und es sind keine Bio-Eier, sie stammen …«

»Wichtiger ist doch, dass die Eier frisch sind. Frische Eier schmecken einfach besser.«

Mira quälte sich ein Lächeln ab.

»Ich bringe Ihnen sofort den Kaffee.«

Auf dem Weg zur Küche nahm sie eine weitere Bestellung für das große Frühstück mit *perfektem Frühstücksei* entgegen.

Hörte das denn nie auf?

Einen kurzen Moment überrollte sie die Verzweiflung. Aber der Kampf war noch nicht verloren! Sie durfte nicht aufgeben. Außerdem besaß sie ein mächtiges Werkzeug: Flyer!

Heute Nachmittag würde sie bei der Druckerei vorbeigehen und einen Schwung Flyer mit dem neuem Layout abholen. Bei diesem zweiten Entwurf hatte sie bewusst auf Schockbilder verzichtet. Im Gegensatz zum ersten Druck. Die hatte niemand haben wollen, nach wie vor standen zwei Kartons in der Garage ihrer Eltern herum. Doch dieses Mal hatte sie ein paar knappe Informationen über konventionelle Hühnerhaltung in ansprechendes Design verpackt. Es war ihr so gut gelungen, dass nicht nur ihre Mutter sie gefragt hatte, ob sie sich nicht in ihrem alten Job als Mediengestalterin selbstständig machen wolle. Allerdings schimmerte da zumindest bei ihr seit Kurzem eine neue Sorge durch: die Frage nach der Zukunft ihres Kindes! Anscheinend war Mira die Einzige, die den Umstand, dass sie mit beinahe dreißig immer noch in ihrem Studentinnenjob – trotz des abgeschlossenen Studiums – arbeitete, nicht als besorgniserregend empfand.

Dabei gab es so viel wichtigere Themen. Ganz konkret und allen voran ihre persönliche Herausforderung, die gleich lauten würde, der älteren Dame und den beiden anderen Gästen Flyer zuzustecken, ohne dass Hendrik es mitbekam.

Hendrik!

Das Gespräch mit ihm musste sie zuerst hinter sich bringen. Mira tippte die neue Frühstücksbestellung in die Kasse und schnappte sich den ausgedruckten Zettel – reine Papierverschwendung, aber Hendrik hatte leider noch nicht auf ein modernes digitales System umgestellt. Vor dem Eingang zur Küche atmete Mira einmal tief durch, dann stieß sie die Tür auf.

»Noch ein großes Frühstück für Tisch Drei.«

Ihr Chef, inzwischen wieder in seiner Kochschürze, stand vor dem Spülstein und wusch Salat. Neben ihm auf der Arbeitsplatte stapelten sich vier Eierkartons.

Mira schluckte, klemmte den Frühstücksbon an die Leiste.

»Hendrik, ich ...«

Er schüttelte den Kopf. Sie verstummte, beobachtete, wie er sich die Hände abtrocknete und sich zu ihr umdrehte.

»Mira, das geht so nicht weiter ...«, sagte er in seinem selten benutzten Tonfall. Dem Tonfall, der für Personal-Gespräche wie dieses reserviert war. Mira wusste, dass er sich dafür überwinden musste, eigentlich ließ er nie den Boss raushängen. Auch deshalb arbeitete sie so gern im Hemingway. Die Arbeit machte ihr Spaß. Die Gäste waren nett und die Arbeitszeiten wirklich moderat für einen Job in der Gastronomie. Zwei Schichten zwischen neun und halb sieben abends. Sonntag geschlossen! Das Café lag genau am Rand zur Innenstadt, daher konnte Hendrik sich diese Öffnungszeiten leisten. Ihr Publikum waren die Gäste, die in der Stadt shoppten, und die Mitarbeiter der Geschäfte, die in ihrer Mittagspause herkamen, um etwas zu essen.

Außerdem war die Bezahlung nach Tarif in Ordnung. Nur die Sache mit den Bio-Eiern, die störte sie ungemein.

»Du arbeitest schon lang hier, Mira. Du machst einen guten Job, bist zuverlässig und die Gäste mögen dich, wir alle hier mögen dich. Du passt super ins Team und ...«

»Aber könntest du nicht doch noch einmal darüber nachdenken, Bio-Eier zu verwenden? Diese Haltung in Legebatterien ist so eine Quälerei für ...«

»Wir haben das alles x-mal beredet«, unterbrach er sie. »Du hast es geschafft, mich dazu zu bringen, dass ich privat inzwischen selbst

24

Bio-Eier kaufe. Doch hier im Geschäft rechnet sich das nicht. Unsere Gäste werden nicht mehr Geld ausgeben für dieselbe Mahlzeit, Bio-Ei hin oder her. Die meisten Menschen sind nicht wie du! Sie interessiert das nicht, ob ein Huhn leidet oder nicht. Oder sie halten Bio ohnehin für Schwindel. Abgesehen davon sind wir jetzt schon teurer als die Franchisefilialen dieser Ketten. Muss ich dich daran erinnern, dass unser stärkster Konkurrent schräg gegenüber sitzt und sich eine größere Außenbestuhlung leisten kann als wir? Und die Zeiten werden nicht besser. Weder für uns noch für unsere Gäste.«

»Eben darum ist es ja so wichtig, dass wir anfangen, uns auf die grundlegenden Dinge zu besinnen und ...«

»Mira, ich bin es leid, darüber mit dir zu diskutieren. Dieses Café ist mein Leben und meine Altersvorsorge! Das weißt du. Außerdem, und das weißt du ebenfalls, häng' nicht nur ich davon ab, sondern auch dein Gehalt sowie das von deinen Kollegen.«

Hendrik schüttelte den Kopf. Sein Blick wanderte zur Wand, als ob er Mut fassen müsse, dann kehrte er zu ihr zurück.

»Wenn das noch einmal vorkommt, Mira, muss ich deine Papiere fertig machen«, sagte er. »Und es würde mir wirklich leidtun. Aber du lässt mir keine andere Möglichkeit.«

6

Jack

Die zweite Tageshälfte war angebrochen. Der Himmel war seit einem kurzen Aufklaren um die Mittagszeit durchweg bewölkt und grau. Schäbiges Aprilwetter.

Jack gehörte nicht zu den Leuten, die sich vom Wetter die Laune verderben ließen. Im Gegenteil, um seinen angeborenen Optimismus ins Wanken zu bringen, musste schon einiges mehr geschehen.

Zeitig verließ er das Haus und machte sich auf zum Treffen Gold-1. Er nahm den Bus in die Innenstadt und spazierte über die Flaniermeile am Fluss entlang zum Sissy. Auf Höhe des Alnatura-Supermarktes machte er sich eine gedankliche Notiz, beim Rückweg dort seinen Vorrat an Bio-Eiern und -Milch aufzustocken.

Ungefähr zehn Meter weiter, vor dem H&M, fegte ein ordentlicher Regenschauer vom Himmel. Natürlich hatte er keinen Schirm dabei, der lag die meiste Zeit zu Hause herum, also stellte er sich im Eingang der Filiale unter. Keine Eile! Eine seiner Angewohnheiten bestand darin, mindestens eine Stunde vor dem vereinbarten Zeitpunkt zu erscheinen. Er würde etwas essen und Zeitung lesen, bis Markus kam, und nebenbei die übrigen Gäste genau im Auge behalten. Sein Instinkt war gut, er war schon lange im Geschäft. Da entwickelte man automatisch ein Gefühl für Menschen und Situationen.

Der ordentliche Regenschauer verwandelte sich in einen Platzregen, exakt in dem Moment, in dem Jack überlegte, einen Sprint zum Sissy hinzulegen.

Als Nächstes vibrierte sein Telefon.

Markus! Er fragte, ob er zum Treffen jemanden mitbringen könne.

Jack blieb für eine Sekunde sprachlos, dann riss er sich zusammen. »Klar, kein Problem.«

»Super, bis nachher.« Markus Stimme klang erleichtert.

Jack verstaute sein Samsung und starrte in den grau-nassen Vorhang vor ihm. Die Einkaufsmeile war wie leergefegt. Dafür knubbelten sich die Leute in den Eingängen der Geschäfte.

Was zur Hölle ging hier ab? Damit meinte er nicht die Regenflut oder die Passanten. Erst sagenhafte zwei Goldnachrichten an einem Tag und jetzt das? Markus stand in der Informationskette ziemlich weit unten. Quasi am Ende. Was war los?

Der Platzregen stoppte so abrupt, wie er eingesetzt hatte. Ein Sonnenstrahl schaffte es irgendwie, seinen Weg durch den trübgrauen Himmel bis zu ihnen hier herunter zu finden. Jack setzte sich in Bewegung.

In dem rustikal-gemütlichen Café angekommen, ergatterte er einen Dreiertisch an der Fensterseite und bestellte bei der älteren Bedienung, die schon seit Ewigkeiten hier arbeitete, einen Kaffee, verzichtete jedoch auf das geplante Essen. Das würde ihm sein Magen nicht verzeihen. Der fühlte sich an, als ob jemand ein Drahtseil um ihn geschlungen hätte. Nachdem Markus eine unausgesprochene Regel verletzt und einem Fremden von diesem Treffen erzählt sowie diesen offenbar sogar dazu eingeladen hatte.

Mit dem Klein-Bergen-Kurier und dem unauffälligen Abchecken der übrigen Gäste, die durchweg altersgemischt waren, vertrieb er sich die Zeit. Es machte keinen Sinn, sich irgendwelche Szenarien auszudenken, was alles geschehen konnte. Nun hieß es cool bleiben und die Situation analysieren.

Pünktlich zur verabredeten Zeit tauchte Markus auf. Begleitet von einer hammermäßig aufgedonnerten Blondine, die er auf Anfang Dreißig einsortierte. Also in seinem und Markus Alter.

»Wie läuft's, Jack?« Markus hängte seinen Wellenstein-Parka über die Stuhllehne. »Das ist Jessica.«

27

»Hi!« Sie gab ihm die Hand, strahlte ihn dabei an. »Nett, dass ich mitkommen durfte.«

Bestimmt eine hübsche Frau unter dem ganzen Make-up. Die Frage war, lief sie immer so rum? Oder diente diese Maskerade einem speziellen Zweck?

»Möchtet ihr Kaffee?« Jack schaute nach der älteren Bedienung, um ihr ein Zeichen zu machen, doch diese war bereits zu ihrem Tisch unterwegs.

Markus entschied sich für Kaffee und Jessica, falls sie wirklich so hieß, für Latte Macchiato. Bis die Getränke gebracht wurden, machten sie ein bisschen Small Talk über den Regen und den April, zum spärlichen Schneefall des vergangenen Winters und den Klimawandel im Allgemeinen. Schließlich nippten er und Markus an dem frischen Kaffee, während die Frau am Tisch eine Show mit dem langen Kaffeelöffel, ihren rosa geschminkten Lippen und dem Milchschaum abzog.

»Ich war unheimlich erleichtert, als Markus erzählte, dass er jemanden kennt, der mir vielleicht helfen kann«, sagte Jessica und warf ihm einen intensiven Blick aus Lidschatten-umrahmten Augen zu.

»Jessica, also ihrer Schwägerin, wird gerade ganz schön übel mitgespielt«, berichtete Markus hilfreicher Weise wie aufs Stichwort.

»Immer gut, wenn man Freunde hat.« Jack lächelte und nickte der blonden Frau auffordernd zu.

Schon begann sie, ihm in mittelknappen Worten eine durchaus glaubwürdige Geschichte von ihrer Schwägerin zu erzählen. Deren Vater hatte die Familie vor einigen Jahren für seine blutjunge Sekretärin verlassen.

»Seine Ehefrau hat ihm geholfen, die Firma aufzubauen, die Kinder großgezogen, und er hat sie quasi mit nichts zurückgelassen. Dabei schwimmt dieser Mann im Geld, schwamm im Geld, meine ich.«

»Schwamm?«, fragte Jack nach. »Er ist inzwischen verstorben?«

»Vor zwei Wochen! Und aus reiner Böswilligkeit hat er ein Testament verfasst, in dem seine Exfrau leer ausgeht, und seine Tochter, meine Schwägerin, gerade mal mit dem Pflichtteil abgespeist werden sollen. Wir reden hier von Peanuts.« Jessica zog die Augenbrauen hoch. Vermutlich, um ihrer Entrüstung Nachdruck zu verleihen. »Er hat eine Villa in Hamburg, Ferienhäuser auf Sylt und am Gardasee. Von dem Barvermögen will ich gar nicht sprechen.«

»Also mit anderen Worten«, antwortete Jack, »deine Schwägerin braucht jemanden, der ihr bei diesem Testament hilft.«

»Ganz genau so ist es.«

Jessica warf einen Blick zu Markus, den man als Erleichterung hätte einschätzen können – wenn nicht für den Bruchteil einer Sekunde darin etwas aufgeflackert wäre.

Etwas wie Triumph?

Jack trank einen Schluck seines zweiten Kaffees und analysierte die Situation, ließ auch seinen Bauch *mitreden*.

Er schaute zu Jessica, ertappte sie dabei, wie sie schnell wegschaute – sie hatte ihn beobachtet. Doch sofort kehrte ihr Blick zu ihm zurück.

»Das Sissy gefällt mir! Kommst du oft her?«

»Ab und an«, antwortete er und fällte seine Entscheidung. »Also gut, Jessica. Du hast mir von dieser Testamentsgeschichte erzählt. Was ich noch nicht ganz verstehe, ist, wie ich euch bei eurem Problem helfen soll? Ich habe kein Jura studiert, ich kenne mich Null mit rechtlichen Angelegenheiten aus.«

Jessica erstarrte, nur kurz, natürlich, so schnell gab sie nicht auf. Sie hatte hier schließlich einen Job zu erledigen.

Jack hatte genug gehört. Sein immer verlässlicher Instinkt, und natürlich die Tatsache, dass Markus eine der wichtigsten Regeln gebrochen und eine weitere Person zu diesem Treffen mitgebracht hatte, ließ nur eine Schlussfolgerung zu: Das hier war eine Falle!

»Markus sagte, du würdest ... Leute kennen, die ...« Sie legte eine Kunstpause ein. »Die helfen können. Ich meine, sieh mal, es ist so ungerecht, was meiner Schwägerin geschieht, und da fände ich es ethisch vertretbar, wenn sie ein älteres Testament, welches vielleicht aus den Zeiten der Ehe stammt, als dieser Typ noch zu schätzen wusste, was er an seiner Familie hatte, vorzeigen könnten.

Wir müssten selbstverständlich beweisen, dass dieses Testament das aktuelle Dokument ist.«

»Sekunde?« Jack gönnte sich einen erstaunten Blick. »Ihr redet doch nicht davon, das Testament fälschen zu wollen?« Er sah von Markus zu der blonden Frau, deren Name garantiert nicht Jessica lautete. Eine gewisse Hartnäckigkeit zeigte sich in ihrer Miene, während Markus irritiert zwischen ihnen beiden hin- und hersah.

Der hatte wirklich keine Ahnung, was hier im Moment ablief!

»Urkundenfälschung? Dafür kann man angezeigt werden, ist euch das klar?« Jack fiel es nicht schwer, Entrüstung in seinen Worten mitklingen zu lassen.

»Sieh mal«, sagte Jessica mit gesenkter Stimme. »Es ist einfach so unfair, was in der Familie meiner Schwägerin passiert.«

Jack begegnete ihrem Blick ohne mit der Wimper zu zucken und schwieg.

»Also ich finde das richtig ungerecht. Das hat die Familie meiner Schwägerin nicht verdient«, wiederholte sie lahm.

Anscheinend schwammen der taffen Jessica gerade die Felle davon!

»Fair geht es in dieser Welt nicht zu, da gebe ich dir recht.« Er leerte seine Tasse und winkte der Bedienung. »Was ihr macht, ist natürlich eure Sache. Aber weiterhelfen kann ich euch nicht. Für so was bin ich definitiv der falsche Ansprechpartner.«

Er bezahlte seine beiden Kaffees, stand auf und zog die Jacke über.

»Aber Jack? Beim letzten Mal hast du doch …«, begann Markus und verstummte abrupt.

Wahrscheinlich hatte Jessica ihm unter dem Tisch kräftig auf den Fuß getreten.

»Bis dann. Viel Glück mit eurer Testamentsgeschichte.« Jack nickte ihnen freundlich zu und suchte seinen Weg, zwischen den anderen Tischen hindurch, zum Ausgang.

Auch ohne sich umzudrehen, wusste er, dass ihm die Blicke der beiden folgten.

Nass-frische Luft begrüßte ihn vor dem Sissy. Es hatte wieder angefangen zu regnen.

Jack stellte den Kragen seiner Cabanjacke auf und atmete einmal tief durch.

Dieses Treffen war mehr als nur Zeitverschwendung gewesen.

Es gab nichts zu Beschönigen. Anscheinend hatten die Beamten ihre Netze nach ihm ausgeworfen. Er bekämpfte den Impuls, gegen den Fahrradständer neben dem Café-Eingang zu treten und machte sich auf den Weg zum Alnatura-Supermarkt.

7

Mira

B is übermorgen«, verabschiedete sich Mira von ihren Kollegen Lilly und Tom, die die Nachmittagsschicht im Hemingway übernahmen.

Hendrik steckte glücklicherweise in seiner Küche fest.

»Ich wünsche dir einen wunderschönen freien Tag morgen!« Lilly, die blonde Kunststudentin mit Hang zur Dramatik, warf ihr einen Handkuss zu.

Vor dem Hemingway atmete Mira befreit durch. Seit Hendriks Ansprache hatte sich hinter ihrer Stirn ein anfangs kaum spürbarer, aber allmählich immer stärker werdender Druck aufgebaut. Schuld daran war die Atmosphäre im Café, die sich mit jeder Stunde mehr aufgeladen hatte.

Auch Lilly hatte es bemerkt, es war also nicht Miras Einbildung entsprungen. Ihre Kollegin hatte mehrfach stirnrunzelnd zu Hendrik gestarrt. Irgendwann hatte sie Mira flüsternd gefragt, ob sie wisse, was mit ihm los sei.

»Er wirkt so … eingefroren!«

»Wer weiß, was ihm über die Leber gelaufen ist«, hatte Mira geantwortet und war zu einem ihrer Tische gegangen, bevor Lilly weitere Fragen stellen konnte.

Mira hasste es zu lügen.

Und wäre die Sache mit den Eiern für sie nicht so wichtig gewesen – oder hätte Hendrik einfach Vernunft angenommen und Flagge gezeigt – dann wäre es nie so weit gekommen.

Draußen fisselte es und trotzdem genoss Mira jeden Schritt in der klaren Luft. Der Druck hinter ihrer Stirn ließ langsam nach.

Bewegung schien dabei zu helfen. Sie eilte über das Kopfsteinpflaster der Einkaufspassage. H&M, DM, ein Fingernagelstudio, ein Billigladen irgendeiner blöden Kette und – ein Lichtblick – der Alnatura-Supermarkt schwammen in ihren Augenwinkeln vorbei.

Irgendwie war Mira froh darüber, dass sie die Gäste nun nicht mehr anlügen musste. Nicht mehr konnte, um genau zu sein. Eine weitere Abmahnung würde sie nicht riskieren.

An der Straßenbahnhaltestelle brauchte sie nur ein paar Minuten auf die Bahn Richtung Waldmühle zu warten. Sie stieg ein und suchte sich einen Sitzplatz. Ihr Ziel, die Druckerei, lag am äußersten Rand von Klein-Bergen. Die Fahrt dorthin dauerte eine knappe halbe Stunde und Mira ließ sich erleichtert auf einen freien Platz fallen. Das hatte sie sich nach einem Arbeitstag im Café verdient. Mit ein bisschen Glück würde sie gegen fünf zu Hause sein. Da hatte sie noch ein bisschen Zeit, um in Ruhe einen Kaffee zu trinken, bevor sie sich für den Abend fertig machen musste. Wie gern hätte sie sich heute – nach der Konfrontation mit Hendrik – zu Hause eingemummelt. Dieses Wetter war super dafür geeignet. Sie verkniff sich ein Seufzen, um keine komischen Blicke zu ernten. Die Bahn war gut gefüllt mit Pendlern.

Mira gönnte sich den Moment und träumte von dem perfekten Nachmittag ohne weitere Verpflichtungen. Gemütlich auf ihrem Lesesessel eingekuschelt, mit einem heißen Kaffee und *Aetherhertz*, dem Steampunk-Roman, den sie gerade las. Den Nachmittag ausklingen lassen, später eine Kleinigkeit essen und dann weiterlesen, bis sie müde wurde. Morgen an ihrem freien Tag – dem Ausgleichstag für Samstag – konnte sie ausschlafen. Erst gegen zehn Uhr wollte Daniela sie abholen.

Mit der Aussicht auf den freien Tag, eine Seltenheit, da sie an Hemingway-freien Tagen normalerweise im Bunt&Blatt mithalf, und dem leider viel zu seltenen Treffen mit ihrer Freundin hätte das ein perfekter Nachmittag sein können. Nur war heute eben Mariannas Geburtstag! Und obwohl sich Mira seit Wochen darauf freute, hätte sie am liebsten abgesagt. Aber das ging natürlich nicht.

Unvorstellbar, zumal sie Verabredungen niemals ohne triftigen Grund absagte.

Doch was hätte sie dafür gegeben, heute nichts unternehmen zu müssen.

Sofort startete das Überfallkommando *Abteilung schlechtes Gewissen* einen Einsatz. Mira verkniff sich ein zweites Seufzen und schaute hinauf zu der elektronischen Infotafel an der Decke. Sie zeigte die vor ihnen liegenden sechs Haltestellen an. Waldmühle war noch nicht dabei.

Marianna verdiente diese Feier! Groß ausgehen in ein gutes Restaurant war etwas, was sich Florians Eltern viel zu selten gönnten. Hauptsächlich lebten sie für den Blumenhandel, das Geschäft, das Mariannas Mutter aufgebaut hatte und das in ein paar Jahren komplett an Florian und seine fünf Jahre ältere Schwester Claudia übergehen sollte. Eigentlich hatte Mira sich auf die Feier mit Florians Familie gefreut. Ach, wäre der Termin nur am Samstag statt ausgerechnet heute!

In ihrer Kuriertasche vibrierte es und Mira kramte nach dem Samsung. Florian hatte ihr ein Bild von Bootsmann geschickt. Die Wolfspitzmischung schaute hechelnd auf einen vor ihm am Boden liegenden, gewaltigen Büffelhautknochen.

Bootsmanns sechster Geburtstag, stand darunter.

Hätte ich b. vergessen d. z. schicken! VG v. Fam. Weber.

Lächelnd antwortete Mira mit einem gesendeten Küsschen und wollte das Telefon gerade zurück in die Tasche schieben, als eine weitere Nachricht eintraf:

Rufst d. zurück?

Stirnrunzelnd antwortete sie ihm, dass sie noch in der Bahn saß, und fragte, worum es gehe, denn sie würden sich in wenigen Stunden sehen, ob es bis dahin Zeit habe.

Mira spürte den schmerzhaften Druck hinter ihrer Stirn zurückkehren.

Okay, schrieb sie zurück. *Melde mich, sobald ich angekommen bin.*

Florians Antwort bestand aus fünf Herzen und einem *ILD*.

Miras Finger schwebten über dem Smartphone; sie verharrte zögernd. Schließlich schickte sie ein *IDA*. Sie packte das Telefon wieder ins Seitenfach ihrer Umhängetasche und starrte durch das regentropfenbesprenkelte Glas hinaus in das Grau-in-Grau. Es passte perfekt zu ihrer Laune.

Knapp zwanzig Minuten später erreichte die Straßenbahn die Haltestelle Waldmühle und Mira verließ die Bahn. Zwischenzeitlich war aus dem Fisselregen ein anständiger Dauerregen geworden und sie sprintete bis zu dem Gebäudekomplex, in dem die Druckerei Green World untergebracht war. Dort stellte sie sich unter das Vordach, wartete einen Moment, bis sich ihr Atem beruhigt hatte, und rief Florian zurück. Es dauerte nicht lange, bis er den Anruf entgegennahm.

»Hi Honey, bist du bei der Druckerei?«, fragte er.

»Gerade angekommen, worum geht's denn?«

Sie erhielt keine Antwort, stattdessen konnte sie Florians Schwester im Hintergrund hören, die einem Kunden anscheinend Tipps für dessen kränkelnden Drachenbaum gab.

Mira schloss kurz die Augen.

»Entschuldige«, sagte sie, »dass ich so kurz angebunden bin, aber hier regnet's in Strömen, ich habe keinen Schirm dabei und heute war ein echt mieser Tag im Café.«

»Was ist passiert?« Florian klang augenblicklich besorgt.

»Ach … nichts … Besonderes eigentlich … Nur einer dieser ätzenden Tage«, antwortete sie und das Überfallkommando startete seinen zweiten Einsatz: *Mission schlechtes Gewissen.*

»Das tut mir leid, Schatz … Denk einfach an heute Abend, wenn wir in der Schmiede sitzen und alle zusammen feiern. Dann wird

35

es dir auf jeden Fall gut gehen, versprochen«, sagte er, als besäße er tatsächlich die Macht, ihre Stimmung zu beeinflussen. »Und du holst jetzt die neuen Flyer ab?«

»Ja, und danach trinke ich zu Hause einen Kaffee und ziehe mich um.«

»Soll ich dir nicht helfen? Ich kann dich mit dem Auto abholen, hier ist es gerade ruhig.«

»Auf keinen Fall«, schlüpften die Worte aus ihrem Mund, bevor sie darüber nachdenken konnte. »Fünfhundert Flyer wiegen nicht die Welt, außerdem habe ich meinen Rucksack dabei.« Ihr Blick ging hoch zu dem grauen Himmel, der nicht so aussah, als ob er ihnen eine Regenpause gönnen wollte. »Der ist wasserfest«, fügte sie hinzu. »Wir sehen uns ja nachher. Bist du um kurz nach sechs da?«

»Ob ich nachher vorbeikomme, um meine Traumfrau abzuholen und groß auszuführen?« Er lachte wieder, jetzt klang in seiner rauen Stimme ein zärtlicher Unterton mit. »Habe ich dir heute eigentlich schon gesagt, dass ich dich liebe?«

»Aber das ist hoffentlich nicht der Grund für unser Telefonat?« Sie trat von einem Fuß auf den anderen. Zwei Meter von ihr entfernt öffnete sich die Eingangstür und eine junge Frau mit hellen Dreadlocks und einer Packung Javaanse Jongens in der Hand erschien. Sie lächelte ihr zu, bevor sie um die Ecke des Gebäudes für ihre vermutliche Zigarettenpause verschwand.

»Das reicht dir nicht als Grund?«, fragte Florian und einen Moment befürchtete sie, ihn erneut vor den Kopf gestoßen zu haben.

Zeitweise war er wirklich empfindlich.

»Du bist eine anspruchsvolle Frau, Mira Hermann«, erwiderte er. »Für mich wäre das ein guter Grund, allerdings wollte ich dir sagen, dass ich eine Überraschung für dich habe.«

»Eine Überraschung ...?« Mira presste ihre freie Hand gegen die Stirn, als das Hämmern dahinter unvermittelt stärker wurde.

»Ich weiß, du magst keine Überraschungen, Hon'. Aber vertrau mir. Die wird dir gefallen!«

Mira bezweifelte es.

»Okay … Florian? Wenn ich mich noch umziehen will, dann muss ich langsam los.«

»Entschuldige Honey, natürlich sollst du dich in Ruhe fertig machen können. Ich freue mich auf heute Abend und ich freue mich auf dich! Um viertel nach sechs bin ich da, um dich auszuführen.«

»So ein teures Restaurant?« Marianna schaute an der Rückseite des Fachwerkhauses hinauf. Sie standen auf dem Parkplatz, der abschüssig und damit tiefer als das Gebäude lag. Über ihnen leuchtete ein langes Fensterrechteck mit milchigen Scheiben. Drei Fenster waren weit geöffnet und Mira sah ein paar emsige Gestalten in dunklen Schürzen und hohen Kochmützen.

Das Klappern von Geschirr und dass vertraute Brutzeln von heißem Fett und Angebratenem in vielen Pfannen schallte aus der Küche heraus. Dazwischen hackte irgendwer irgendein Gemüse. Dumpf und rhythmisch stieß die Klinge in schneller Abfolge auf das Schneidebrett. Echt fix! Selbst Hendrik war nicht so schnell, trotz gelerntem Koch-Handwerk.

Mariannas Blick glitt vorwurfsvoll von Claudia zu Florian. »Die Schmiede wäre nicht nötig gewesen. Ich feiere nicht mal einen runden Geburtstag.«

»Ihr habt es euch verdient«, sagte Claudia. »Und ich möchte, dass ihr den Abend genießt. Ihr arbeitet so viel und gönnt euch nie etwas. Und man wird nur einmal achtundfünfzig, Mama!«

»Das sehe ich ebenso«, erwiderte Kurt und bot seiner Frau galant den Arm. Diese Geste passte perfekt zu dem dunkelgrauen Anzug, den er trug, und der wiederum perfekt zu seinem kurz-gepflegten graumelierten Bart.

Sie alle hatten sich dem Anlass entsprechend festlicher gekleidet als üblich. Claudia war tatsächlich im kleinen Schwarzen aus dem Auto gestiegen. Die blonden Haare, sie waren einen Ton dunkler als die ihres Bruders, hatte sie elegant hochgesteckt. Sie sah wirklich toll aus, fand Mira, obgleich sie auch in ihrer Alltagskluft im Blumenladen mit Jeans-Latzhose und lässigem Pferdeschwanz stets klasse aussah.

»Sollen wir?«

Während sich Marianna und Kurt und hinter ihnen Claudia in Bewegung setzten, umfasste Florian Miras Handgelenk.

»Hey Hon', warte mal …« Er lächelte sie an, nur kurz, sein Blick sprang zu Claudia, die auf halber Höhe der abschüssigen Parkplatz-Einfahrt stehen geblieben war und auf sie wartete. Florians Eltern waren bereits um die Hausecke verschwunden.

»Wir kommen gleich«, rief Florian seiner Schwester zu.

»Trödelt nicht zu lange rum, wenn der Sekt kommt, wird angestoßen, ob ihr da seid oder nicht!«, scherzte sie und folgte ihren Eltern.

Mira sah zu ihrem Freund. Florian war einen Kopf größer als sie und auch er trug heute einen Anzug in einem hellen, bläulich schimmernden Grau. Er sah wahnsinnig gut aus mit seinen blonden, leicht gewellten Haaren, die er mit Gel zur Seite gekämmt hatte.

Nur seine Krawatte fand Mira grausig. Ein elegantes und gleichzeitig schrecklich langweiliges Weinrot mit hellgrauen Streifen. Da hatte wieder einmal sein angeborener Sinn für das Konservative gewonnen.

Florian lächelte sie zärtlich an. Vielleicht weil die Wirkung der Aspirin nachließ und die Kopfschmerzen sich in diesem Augenblick heftig zurückmeldeten – aber vielleicht auch wegen dieses verflixten Tages – zog Mira ihr Handgelenk etwas ruckartiger als nötig aus Florians Griff.

»Lass uns reingehen, bevor sie anstoßen.«

Im ersten Augenblick wirkte er verletzt, dann wurde seine Miene weich.

»Entschuldige Honey. Harter Tag, ich weiß.«

Zu Miras Kopfschmerz stießen die bekannten Schuldgefühle, inzwischen durch neue Nahrung voll- und rundgefressen. Mira hatte sich bislang nicht überwinden können, ihm von der Geschichte mit den Eiern zu erzählen. Wann auch? Nach einem schnellen Kaffee zu Hause hatte sie eine Aspirin geschluckt, geduscht, sich umgezogen und ein bisschen geschminkt. Sie hatte gerade eben den Reißverschluss des Stiefelschafts hochgezogen, als Florian klingelte.

»Tut mir auch leid, Florian ...«

»Natürlich«, sagte er. »Verzeih. Ich wollte dir eigentlich nur sagen, dass ich dich liebe.«

Bevor sie etwas erwidern konnte, streckte er ihr die linke Hand entgegen und sie legte ihre hinein. Hand in Hand gingen sie die paar Meter den Parkplatz hinauf, um die Hausecke herum und stiegen die kleine Treppe unter dem schiefen Vordach hoch.

Im Inneren herrschte ein Mix aus rustikaler Gemütlichkeit und festlicher Eleganz. Für das Rustikale sorgten die dunkel-gebeizten Holzbalken und die strahlend weiß getünchten Wände. Für das vornehme Ambiente waren die weißen Tischdecken und Stoffservietten zuständig, ebenso die Uniformen der Service-Mitarbeiter: lange Kochschürzen in extravagantem Aubergine mit gleichfarbigen Westen und weißen Hemdblusen.

Die alte Schmiede zog Gäste ab vierzig an und Florian, Claudia und sie senkten den Durchschnitt an diesem Abend deutlich. Mit der Unterstützung zweier Kinder, die lustlos auf ihren Stühlen herumrückten, während ihre Eltern den Abend sichtlich genossen.

Von einem runden Tisch im hinteren Teil sah ihnen Florians Familie entgegen. Mariannas Blick tastete ihr Gesicht abwechselnd mit dem ihres Sohnes ab, als würde sie nach irgendwelchen Anzeichen suchen. Anzeichen wofür? Vermutete sie einen Streit als Grund ihres verzögerten Eintritts? Bevor Mira sich setzte – einer der Service-Mitarbeiter rückte höflich den Stuhl für sie zurecht – warf sie ihrem Freund einen schnellen Blick zu. Doch er wirkte glücklich, vielleicht eine Spur nervös, was Mira auf seine Vorfreude im Hinblick auf das ausgefallene Geschenk schob. Gleich würden sie seiner Mutter den extravagant verpackten Gutschein für den Romantikurlaub überreichen.

Zuerst kam der Champagner, wurde verteilt und sie erhoben ihre Gläser.

»Auf dich, Mama! Alles Gute zum Geburtstag!«, sagte Claudia.

»Alles Gute zum Geburtstag ...«

Nachdem sie ausführlich auf Marianna angestoßen hatten, brachte der aufmerksame Chef de Rang die Speisenkarten – hochformatige Umschläge aus dickem, geprägtem Leder, deren Innenleben aus cremefarbenen Büttenkarton samt auberginefarbener Kordel bestand. Nur eine Handvoll Gerichte standen zur Auswahl, wie sich das für ein erstklassiges Restaurant gehörte. Immerhin waren ein vegetarisches und ein veganes Gericht darunter.

Florian und seine Eltern entschieden sich für das Entrecote mit Herzogin-Kartoffeln und Ofenröstgemüse, während Mira die hausgemachten Capaletti mit Ricotta-Kräuterfüllung, sowie das Möhrenragout mit dem Blattspinat italienische Art – ohne Speck – wählte. Claudia bestellte den Lachs mit Balsamicolinsen auf glasierten Möhren und Kräuternocken mit Walnussbutter.

Als das erledigt war, trank Mira einen Schluck Champagner. Es war nicht ihr Lieblingsgetränk, aber er passte zu diesem festlichen Abend. Gleich würde sie auf das stille Mineralwasser, von dem eine Flasche in einem dunkelblauen Getränkekübel in der Mitte des Tisches wartete, zurückgreifen.

Ihre Laune hob sich, sie freute sich auf das Essen, das garantiert erstklassig sein würde. Die alte Schmiede besaß zwei Sterne, und außerdem schien, nun da sie erstmal hier war, auch irgendwie das Ende des Tages in Sicht. Lediglich Florians Andeutung auf seine Überraschung sorgte für eine leise Unruhe in ihrer Gefühlswelt.

Und Hunger für eine größere Unruhe in ihrem Bauch.

»Zeit für das Geschenk.« Claudia griff in ihre Handtasche und holte den silbern-blau glitzernden Umschlag hervor. Glitter rieselte auf die weiße Tischdecke.

»Von uns allen, Mama. Miras Eltern haben sich ebenfalls beteiligt.«

»Deine Mutter hat mich heute Vormittag angerufen, um mir zu gratulieren«, sagte Marianna lächelnd zu Mira.

»Es tut ihnen leid, dass sie nicht hier sein können«, erklärte Mira. »Aber die Absprache mit der Ferienwohnung steht immer ein ganzes Jahr vorher.«

»Du musst nichts erklären, Mira – wir sind doch eine Familie!«

»Öffne ihn schon, Mama«, forderte Claudia ihre Mutter auf.

Marianna öffnete den Umschlag, ein weiterer Schwall Glitter rieselte dabei herab, und zog die dunkelblaue Karte heraus. Behutsam legte sie den Schmuck-Umschlag auf den Tisch, bevor sie die Karte aufklappte.

Ihre Augenbrauen hoben sich.

»Oh mein Gott … Ein Romantikurlaub in Karlsbad?« Sie ließ den Gutschein sinken. Ihre Augen schwammen und sie schaute zwischen ihren Kindern und Mira hin und her, zuletzt heftete sich ihr Blick auf Kurt.

»Wusstest du davon?«, fragte sie, eindeutig bemüht, streng zu schauen.

Kurt streckte ihr seine Handflächen entgegen. »Absolut unschuldig! *Deine* Kinder wollten mir nichts verraten!«

»Papa ist wirklich unschuldig«, meinte Florian lachend.

»Die Überraschung ist natürlich für euch beide«, erklärte Claudia. »Sieben Tage für euch allein ohne Bunt&Blatt!«

»Ihr werdet draußen alle gedrückt«, versprach Marianna. »Aber dass ihr so viel Geld ausgegeben habt …«

»Keine Diskussion über Geld«, entschied Claudia und hob ihr Glas. »Auf unsere Eltern!«

»Auf euch«, sagte Mira und sie stießen ein weiteres Mal an.

»Ihr Verrückten«, verkündete Marianna liebevoll und tupfte sich die Augenwinkel mit einem Taschentuch ab.

»Wir drücken euch die Daumen, dass ihr Ende Juni traumhaftes Wetter habt!«, erwiderte Florian.

Das Couvert kam – warmes Baguette und zwei Tontöpfchen mit gesalzener Butter. Mira breitete die gestärkte weiße Stoffserviette auf ihrem Schoß aus. Passend dazu knurrte ihr Magen und das nicht gerade dezent. Doch das Geräusch ging in den Unterhaltungen der anderen Gäste unter. Sich auf das angewärmte Brot freuend griff sie nach dem Korb. Auf dem Weg dorthin hielt Florian ihre Hand fest.

»Wir haben euch auch etwas anzukündigen – Mira und ich.« Er räusperte sich.

Irritiert schaute sie von Florian, der plötzlich ausgesprochen nervös wirkte, zu Marianna und dann zu Claudia und Kurt. Die beiden sahen überrascht aus. In dem Blick Mariannas hingegen meinte Mira, ein wissendes Lächeln zu erkennen. Sie ahnte, dass Florians Mutter wie immer Bescheid wusste. Es gab kaum etwas, was er ihr nicht erzählte, und in diesem Moment ärgerte sie sich darüber. Der Champagner, anscheinend doch nicht die beste Wahl an diesem Abend, stieß hart in ihrer Speiseröhre hoch. Ihre Finger wurden kalt.

Es gab einen Grund, weshalb sie keine Überraschungen mochte!

»Jetzt sind wir alle gespannt, Florian«, sagte sein Vater. »Du musst liefern!«

Und während sie wie erstarrt auf ihrem Platz saß, griff Florian mit der freien Hand in die Innentasche seines Jacketts und holte eine Schmuckschachtel hervor. Er betrachtete sie einen winzigen Augenblick, dann blickte er auf und Mira in die Augen.

»Du weißt, dass ich dich liebe, Honey«, erklärte er zärtlich. »Und ich möchte, dass du auch weißt, dass ich an deiner Seite … Mit dir zusammen alt werden will.«

Damit öffnete er die Schatulle, nahm einen silbern-glänzenden Ring heraus. Kunstvoll war die Fassung geschmiedet, die den Stein festhielt.

»Mira«, sagte Florian. »Möchtest du meine Frau werden?«

8

Jack

Bicycle, bicycle, bicycle ... I want to ride my bicycle ... I want to ride my bike.«

Der Wecker!

Der verdammte Wecker!

Jack kämpfte sich aus dem Schlaf hinein ins Wachsein und gegen das Bedürfnis, die Weckfunktion inklusive Song zu stoppen, sich auf die Seite zu rollen und weiterzuschlafen. Stöhnend stützte er sich auf seinen Ellbogen, blinzelte den Schlaf aus seinem Gehirn.

»I want to ride my bicycle ... I want to ride it where I like!«

Jack liebte den Song, er liebte Queen. Nur nicht am frühen Morgen und trotzdem ließ er sich jedes Mal Donnerstagfrüh wecken. Genaugenommen liebte er den frühen Morgen überhaupt nicht. Klarer Fall von Eule, doch er hatte feststellen müssen, dass es ihm guttat, an einem Tag in der Woche früh aufzustehen. Jeden Mittwochabend nahm er sich vor, früher ins Bett zu gehen, damit ihm das Aufstehen leichter fiel. Klappte natürlich nie. Eule eben ...

Mit einem neuen Stöhnen stemmte er sich in die Senkrechte und begegnete dem Tag.

Eine halbe Stunde später – Jack hatte geduscht und die Fenster geöffnet, um den Morgen hereinzulassen – füllte er frischen Kaffee in seinen Bugs-Bunny-Becher.

Der zweite Teil seines Donnerstagsrituals erforderte den Bugs-Bunny-Becher. Jack gähnte ausgiebig, dachte darüber nach, dass er die Unterstützung eines klugen Hasen aktuell sehr gut gebrauchen konnte. Nun, wo die Behörden ihm anscheinend auf der Spur waren. Jack streckte den Arm mit dem dampfenden Kaffeebecher ein Stück

43

von sich, um das Bild der Comicfigur anschauen zu können. Dicke Backen, ein Zwinkern im Auge und die angeknabberte Mohrrübe in der Pfote.

Er musste grinsen – wahrscheinlich Galgenhumor. Wenn die Kripo-Mitarbeiter so wären wie Elmer J. Fudd, dann bräuchte er sich keine Sorgen zu machen.

Jack gähnte erneut und trank danach einen großen Schluck Kaffee. Solange Müdigkeit sein Gehirn verklebte, neigte er immer zu albernen Gedanken.

Er schnappte sich sein Samsung und den Kaffeebecher und verzog sich in sein *Büro* auf dem Treppenabsatz vor seiner Wohnungstür.

Fünf Anrufe von Markus! Drei in Abwesenheit plus zwei Sprachnachrichten. Er bat um dringenden Rückruf. Na super! Jack verfluchte ihn, danach dessen Naivität, anschließend die sogenannte *Jessica* und ein weiteres Mal, und extra stark, die Behörden. Als Nächstes riss er sich zusammen. Dieser Rückruf war unumgänglich. Andernfalls würde die Gegenseite misstrauisch werden. Das käme einem Schuldbekenntnis gleich. Am liebsten allerdings hätte er Markus den Kopf abgerissen! Diese Flasche!

Noch wichtiger war es, sich an die abgesprochenen Prozesse zu halten.

Aber erst einmal musste er richtig wach werden. Vielleicht sogar eine Runde spazieren gehen? Abstand gewinnen, Distanz war schon immer der beste Ratgeber gewesen. Möglicherweise entsprang der Wunsch, an die Luft zu kommen, auch einem beginnenden Verfolgungswahn. Andererseits fühlte Jack sich recht entspannt. Er war noch nie der nervöse Typ gewesen. Tiefenentspannt, hatte ihn eine Exfreundin mal tituliert. Anders hätte er es in seiner Branche bestimmt nicht ausgehalten. Er hatte Typen gekannt, die es versucht hatten. Solche, die von Anfang an keine Nacht mehr durchschlafen konnten.

Es war eindeutig der falsche Job für sie gewesen.

Wachsam bleiben ohne in Paranoia zu verfallen, das war der einzige Weg, der auf Dauer funktionierte. Gestern, auf dem Rückweg, war ihm nichts Ungewöhnliches aufgefallen. Wenn die Jungs – und Mädels – von der Kripo einen engeren Verdacht gegen ihn hegten, wussten sie ohnehin schon alles über ihn. Wo er wohnte und dass er vorzugsweise fairgehandelte Kaffeebohnen kaufte. Vermutlich kannten sie sogar seine Blutgruppe.

Jack stoppte weitere unsinnige Gedanken mit weiteren Schlucken Kaffee. Eher halbherzig scrollte er durch die übrigen WhatsApp-Nachrichten. Heute kein Gold dabei. Normalzustand also – das konnte man so oder so bewerten.

Vier Etagen unter ihm schloss sich mit einem dumpfen Geräusch die Haustür. Wahrscheinlich Lorna. Sie ging Donnerstagsvormittags immer zum Friseur, bummelte danach durch die Stadt und traf sich mit ihren Freundinnen in dem altmodischen Café der Konditorei Hazel.

Das war der richtige Moment, um sein Morgen-Kaffee-Ritual zu beenden und seiner wöchentlichen Verpflichtung nachzugehen. Lorna würde erst am Nachmittag heimkehren, doch Jack brachte diese Sache gerne so zügig wie möglich hinter sich. Außerdem ließ sich beim Treppenputzen, Spülen und anderem Haushaltskram unheimlich gut nachdenken. Er sammelte sein Putzzeug zusammen und schlüpfte in die alten, ausgefransten Chucks. Nachdem er die robusten, gelb-roten Putzhandschuhe in die hintere Jeanstasche gepfropft hatte, trug er den Eimer mit dem dampfenden Putzwasser und den Schrubber zwei Etagen runter auf den Treppenabsatz von Helmuts Wohnung. Dann sprang er die Stufen wieder hinauf und schnappte sich Besen und Kehrblech und taperte zurück. Fegen und Putzen von Helmuts und Lornas Etagentreppe schaffte er in knappen vierzig Minuten. Da er jede Woche putzte, wenn er nicht gerade mal ein paar Tage verreiste, waren beide Treppen ohnehin so sauber, dass er mit einem Eimer heißem Putzwasser auskam. Auch heute war das Wasser, das er anschließend vor der Haustür in den Gully schüttete, nur hellgrau.

Während seine Putzgerätschaften zum Trocknen vor seiner Wohnungstür an der Wand lehnten, brutzelte er ein paar braune Champignons in Butterschmalz, packte noch eine kleingehackte

45

Zwiebel und zwei verrührte Eier dazu. Dann schaltete er sein Radio an und verspeiste das Pilzomelette zusammen mit Tomaten, frisch abgeschnittener Brunnenkresse und knusprigem Buttertoast. Bei dem zweiten Kaffee hatte nicht nur sein Kreislauf, sondern auch sein Gehirn Betriebstemperatur erreicht.

Eine Entscheidung musste getroffen werden. Heute Abend würde das nächste Gold-Treffen stattfinden. Sollte er das absagen? Eigentlich kaum vorstellbar, dass bei dem Treffen erneut ein Lockvogel erscheinen würde – so eine *Jessica* wie gestern – das wäre wohl allzu auffällig. Jack nippte an seinem Kaffee. Eine Sicherheit, dass Björn, sein Kontaktmann bei dem heutigen Treffen, nicht aufgeflogen war, gab es dennoch nicht.

Wieder landete Jack gedanklich bei dem gestrigen Treffen. Bei *Jessica*. Wie sie ihn angeschmunzelt hatte. So als ob er und seinen sexy Dreitagbart, O-Ton einer Exfreundin, ihr tatsächlich gefallen hätte. Na ja, vielleicht hatte er das ja auch? Aber ihr Job ging eben vor?

Jack schüttelte den Kopf. Eins musste er zugeben: die neue Beamtengeneration, besonders der weibliche Teil, war verdammt taff!

Der Sender spielte Dire Straits mit *Calling Elvis*. Guter alter Mark Knopfler! Jack stellte das Radio etwas lauter, öffnete das Küchenfenster und ließ die frische Luft hinein. Er trank den letzten Schluck Kaffee, spülte und saugte anschließend Küche und Flur.

Draußen hatten sich die Regenwolken verzogen. Schüchterne Sonnenstrahlen zeigten sich am Himmel.

Eins zu Null für den Wetterbericht!

Jacks Entscheidung stand.

Er würde das Treffen wie geplant durchziehen. Dabei die Augen auflassen und auf Draht sein!

9

Mira

Vogelzwitschern. Dazwischen, markant und mysteriös, der Schrei eines Pfaus.

Schlaftrunken drehte Mira sich auf die Seite. Dämmerlicht in ihrem Schlafzimmer.

Vögel zwitscherten, Wind rauschte durch dichtbelaubte Baumkronen, und wieder stieß der Pfau seinen merkwürdig fremdartigen Laut aus.

Die Ereignisse des gestrigen Tages purzelten in ihr Hirn.

Das Hemingway! Die ältere Dame, die sich auf ihr *frisches* Omelett gefreut und die sie angelogen hatte, und dann Hendrik, der plötzlich neben ihr aufgetaucht war. Hendriks Ultimatum und die anschließende Spannung im Café und als krönender Abschluss dieses grandiosen Tages das Abendessen in der alten Schmiede und ...

Florian!

Mira stöhnte, zog sich die Decke über den Kopf.

Das Bett nicht verlassen schien ihre beste Idee seit Langem zu sein. Sich hier zu verkriechen, die nächsten drei bis fünf Wochen ... Am besten, sie blieb das gesamte restliche Jahr zu Hause!

Wieder schrie der Pfau und ein Specht klopfte mahnend. Im Takt seines Schnabels meinte sie Florians Worte zu hören:

Mi-ra–möch-test-du-mei-ne-Frau-wer-den?

Mira streckte den Arm unter der Decke hervor, tastete mit den Fingern auf dem Boden nach ihrem Smartphone. Erfolglos. Ihr blieb nichts anderes übrig, als die Decke aufzuschlagen und das Bett zu verlassen. Auf dem Laminatboden neben ihrer upgecycelten Kommode entdeckte sie das Telefon und schaltete die Waldwecker-App aus.

Der Gedanke an frischen Kaffee mit heißer Milch und einem aufgebackenen Croissant mit englischer Orangenmarmelade versöhnte sie mit dem Wissen, dass sie aufstehen musste, weil Daniela gegen halb elf vorbeikommen würde um sie abzuholen. Mira hatte sich auf die Verabredung gefreut. Die Treffen mit Daniela kamen doch immer zu kurz!

Sie zog das Holzrollo hoch und öffnete die Fenster. Danach Badezimmer – waschen und anziehen. In der Küche angekommen, kochte sie Kaffee mit ihrem Espressokocher.

»Du hast sie überrumpelt, Florian«, hatte Marianna am Vorabend gesagt. Vermutlich im Versuch, den schrecklichen Moment zu retten. Miras Blick war zwischen dem Finger, an dem nun ein Verlobungsring steckte, zu Florian gegangen, um danach zu dem Verlobungsring zurückzukehren.

»Lass ihr ein bisschen Zeit, diese Überraschung zu verdauen.«

Sie, Kurt und Claudia hatten mehr oder weniger erwartungsvoll zu Mira geguckt und ihr war klar geworden, dass sie irgendwas machen musste.

Nur was?

Sich freuen zum Beispiel?

Florians strahlende Nervosität zeigte schon erste Risse. Seine hellen Augenbrauen zuckten und er blickte zu seiner Mutter.

»Das ruft nach einem dritten Toast«, hatte Claudia gesagt, anscheinend ebenfalls bemüht, die Situation zu retten.

Als Mira mechanisch nach der Champagnerflöte greifen wollte, hatte Florian erneut ihre Hand festgehalten.

»Das gilt uns ... Honey«, erklärte er und eine Spur schlechten Gewissens klang in seinen Worten mit.

Selbstverständlich hatte er ein schlechtes Gewissen.

Sie so zu überrumpeln!

Abgesehen davon war es für sie unverständlich, sich zu verloben, wenn man nicht mal zusammen wohnte. Doch genau deshalb hatte Florian sich auch für diesen hinterhältigen Plan entschieden, nicht wahr? Marianna hatte ihm bestimmt dazu geraten. Beide wollten schon lang, dass Mira in das Haus der Familie einzog.

Mira mochte Florians Mutter beinahe so gern wie ihre eigene, aber sie wusste, dass Marianna kein Problem damit hatte, Entscheidungen für andere zu treffen. Nur zum Wohl ihre Familie natürlich!

Leider trieben in dem konkreten Fall die Interessen ihres Sohns und seiner … *Verlobten* auseinander. Und selbstverständlich stand sie auf der Seite ihres Sohns. Mira gönnte sich den Moment und suhlte sich in den für sie ziemlich unfreundlichen Gedanken.

Erst die Sache im Hemingway, nun Florian!

Der zischende Espressokocher unterbrach das Gedankenkarussell.

Mira schaltete das Radio ein, trank ihren Kaffee und fragte sich, wie es weitergehen sollte.

»Was ist dann passiert?«, fragte Daniela. Sie löste ihren Blick kurz von der Straße, um Mira einen schnellen Blick zu zuwerfen.

Mira zuckte die Schultern.

»Das Essen kam und das war richtig spitze, aber … der Abend war so was von komplett im Eimer!«

»Aber was hast du geantwortet? *Ja* oder *nein*?«

»Weder noch… Ich habe kein Wort rausbekommen!«

Sie waren auf Small Talk ausgewichen. Immer wieder hatten Florians Eltern und seine Schwester versucht, sie und auch Florian in die Unterhaltung einzubeziehen. Florian, der sie zweifelnd und gleichermaßen erstaunt angeschaut hatte, als wäre er gerade dabei, sie neu zu entdecken. Und sie, die ihn nicht anschauen konnte, und noch weniger den Ring an ihrem Finger, der sich unangenehm eng anfühlte.

»Es tut mir so leid für Marianna«, sagte Mira. Doch – welche Stelle in ihrem Großhirn für Urteile zuständig war – sein Richterspruch blieb gültig: Florians Mutter war selbst daran schuld. Sie hätte ihren

Sohn nicht bestärken müssen. Die beiden hätten sich nicht gegen sie zusammenschließen sollen, um ihr Leben zu verplanen!

»Sie hatte sich den Abend bestimmt anders gewünscht.« Sie lachte freudlos. »Mit einem überglücklichen Sohn und ... seiner strahlenden Verlobten!«

Daniela nahm eine Hand vom Lenkrad, strich sich die rote Fransenmähne aus dem Gesicht. »Und warum hat die Verlobte nicht gestrahlt?«

»Wie sollte ich strahlen?«, rief Mira. »Ich war total überrascht! Geschockt trifft es vermutlich besser, Überraschungen konnte ich noch nie leiden. Florian weiß das und Marianna ebenso.«

Sie schaute zu Daniela, erwartete eine Erwiderung, doch deren Blick blieb auf die Straße gerichtet.

Draußen veränderte sich die Umgebung. Der Abstand zwischen den Häusern wurde größer und der Grünanteil wuchs. Sie erreichten die große Aral-Tankstelle und passierten kurz darauf das Ortsausgangsschild. Daniela beschleunigte den Passat, bremste jedoch etwas ab, als sie in ein Waldstück einfuhren. Obwohl die Dämmerung lang vorbei war und daher das Risiko eines Wildwechsels gering, hätte ihre Freundin niemals riskiert, ein Tier anzufahren.

Daniela war im Tierschutzverein von Klein-Bergen seit über zehn Jahren aktiv, wenn Mira sich recht erinnerte. Sie selbst erst kaum länger als ein Jahr und bislang hauptsächlich ein passives, zahlendes Mitglied. Doch allmählich wuchs in ihr der Wunsch mehr zu machen, richtig zu helfen.

Sie hatte mit Daniela bei einem ihrer privaten Treffen, inzwischen waren sie gut befreundet, darüber geredet, und so war es zu diesem Einsatz heute gekommen. Zusammen würden sie einen *Problem-Hof*, wie ihre Freundin es ausgedrückt hatte, besuchen.

»Ich bin wirklich froh, mit dir etwas zu unternehmen und Florian nicht sehen zu müssen.«

»Ein wenig Abstand von der Sache tut dir bestimmt gut, euch beiden wahrscheinlich.«

»Im Moment würde ich am liebsten eine Auszeit nehmen … von allem eigentlich. Am allerliebsten so weit weg wie möglich, nach Australien oder so.«

»Du willst mal raus aus Deutschland?«, fragte Daniela. »Das ließe sich durchaus arrangieren. Unsere Partnervereine in Rumänien, Spanien oder in Portugal können immer Unterstützung in den Tierheimen vor Ort gebrauchen.«

Mira hatte den Gedanken ausgesprochen, ohne ihn allzu ernst zu meinen. Doch die positive Reaktion ihrer Freundin weckte ihr Interesse. Eine Zeitlang zu verschwinden klang verlockend. Natürlich war Weglaufen an sich keine Lösung, aber Abstand, da hatte Daniela vollkommen recht, war stets ein guter Ratgeber.

»Du meinst also wirklich, ich könnte ein paar Wochen vor Ort sein und helfen?«

»Sicher, im Auslandstierschutz gibt es öfters Helfer aus Deutschland und anderen EU-Staaten. Manche gehen sogar nie wieder weg. Ernst, ein alter Freund von mir ist vor zehn Jahren nach Barcelona geflogen um auszuhelfen. Seitdem lebt er dort, dabei wollte er nur zwei Monate bleiben.« Daniela schaute kurz zu ihr herüber. »Du müsstest mit deiner Krankenversicherung sprechen und du brauchst ein wenig Geld. Bestimmt nicht viel, allerdings musst du auch die Miete für deine Wohnung hier und die übrigen laufenden Kosten stemmen.«

»Ich habe einiges auf dem guten alten Sparbuch liegen. Für Notfälle.«

»Dann bleibt doch nur die Frage, ob Hendrik dich für einen gewissen Zeitraum freistellt.«

»Hendrik«, wiederholt Mira düster. »Was im Hemingway los war, habe ich dir ja gar nicht erzählt.« Sie berichtete von der angespannten Stimmung im Café und beichtete ihre Tat.

Danielas Augenbrauen schossen zum roten Haaransatz. »Du hast was gemacht?«

»Ich weiß, es war nicht ganz optimal …«

»Weit entfernt von optimal. Ich kann deinen Chef verstehen, Mira. Es ist sein Café und wenn seine Gäste öfters zu hören bekommen, dass … die Eiergerichte aus sind …? Einen guten Eindruck macht das nicht gerade. Wenn ich dort Gast wäre, würde ich an der Ernsthaftigkeit des Ladens zweifeln.«

»Du hast ja recht«, gab Mira zu. »Es wird auch nicht wieder vorkommen! Es ist mir nun mal so wichtig, dass wir Bio-Eier anbieten. Was ist verkehrt daran? Hendrik legt viel Wert auf Qualität. Unser Essen schmeckt um Längen besser als in den Läden der Systemgastronomie. Außerdem bin ich fest davon überzeugt, dass unsere Kunden den Mehrpreis bezahlen würden. Inzwischen achten viele Leute auf ihre Ernährung und darauf, wie die Tiere gehalten werden oder wo die Produkte herkommen. Es hat sich etwas verändert in unserer Gesellschaft.«

»Definitiv hat sich etwas verändert. Allerdings: Ob eure Gäste wirklich bereit sind, mehr zu zahlen? Die jungen vielleicht, aber so wie du sagtest, ist euer Publikum altersmäßig gemischt.«

»Das stimmt, unsere Stammgäste in den Zwanzigern sind in der Minderzahl. Doch der Großteil ist wie du in den Vierzigern, und dir ist es schließlich …«

»Da ist die Gärtnerei Ebringhaus«, unterbrach Daniela sie. »Dirk meinte, an der Gärtnerei zwei Kilometer geradeaus und danach den Hinweisschildern vom südlichen Parkplatz aus zu dem Freilichtmuseum folgen.«

Ein flaches Gebäude in einem freundlichen Terrakotta-Ton erstreckte sich entlang der Straße. Eine Reihe Gewächshäuser schloss sich an, dahinter folgte ein langgezogenes Acker-Rechteck. Ein in dieser Distanz nicht größer als ein Auto wirkendes Agrarding, von dem Mira trotz der regelmäßigen Urlaube auf dem Bauernhof in ihren Jugendjahren weder die genaue Bezeichnung noch den Zweck kannte, drehte einsam seine Runden darauf.

»Schade, dass Dirk die postalische Adresse von Drei-Linden nicht wusste. Mit dem Navi wäre es einfach«, sagte Daniela.

»Ach, wir finden den Hof schon. Weißt du was? Deine Idee mit der Auszeit in einem anderen Land gefällt mir immer besser.«

»Nimm dir alle Zeit, in Ruhe darüber nachzudenken. Außerdem, in der momentanen Situation mit Hendrik scheint es mir besser, du wartest ein wenig, bis du ihn auf eine Freistellung ansprichst. Falls es das ist, was du möchtest.«

»Das werde ich natürlich tun. Allerdings reden wir hier von ein paar Wochen Auszeit. Nicht von Auswandern.« Mira seufzte. Selbst ein paar Wochen Abwesenheit würden Florian nicht gefallen. Sie kannte ihn gut genug, um das vorhersagen zu können. Es war nicht so, dass er klammerte, oder jedenfalls versuchte er, nicht zu klammern. Was ihm nicht wirklich gut gelang, aber das rührte aus seinen Ängsten, und sie konnte ihm schwerlich einen Vorwurf daraus machen. Schuld daran trug Laura. Mit seiner ersten Freundin war Florian immerhin drei Jahre zusammen gewesen, bevor sie ihn betrogen hatte. Genauer gesagt, bevor ans Licht kam, dass es neben ihm andere gegeben hatte, und das anscheinend schon seit dem Beginn ihrer Beziehung. Mira hatte Laura nie kennengelernt und Florian redete kaum von ihr. Alles, was sie über diesen *Vamp*, wie Claudia sie nannte, wusste, stammte von ihr und von Florians Eltern.

»Wir sind so froh, dass er dich getroffen hat«, hatte Marianna ihr in den Anfangszeiten der Beziehung mit Florian mehr als einmal gesagt. »Dieses Mädchen hat ihm das Herz gebrochen. So lange betrogen zu werden macht was mit einem. Das nagt am Selbstwertgefühl. Ich wünschte nur, er hätte dich eher kennengelernt, Mira! Dein Herz sitzt am richtigen Fleck. Du hast Mitgefühl und bist verantwortungsbewusst.«

Inzwischen waren sie sechs Jahre zusammen.

Mira dachte an den teuren Ring, der zu Hause in ihrer Schmuckschatulle lag. Ein Pfand, so sichtbar und deutlich wie ihre Zukunft, die man für sie geplant hatte! Dass es den Plan gab, wusste sie, denn irgendwann vor ein paar Monaten, hatte sie sich selbst in so einem Gespräch mit Marianna und Florian wiedergefunden. Einem Gespräch über ihre Zukunft!

Im Laufe dieses Jahres, so hatte Mariannas und Florians Vorschlag gelautet, sollte sie ihre Wohnung auflösen und zu Florian ins ausgebaute Dachgeschoss des Hauses im Wiesenviertel ziehen. Unten war das Bunt&Blatt, über die erste und die zweite Etage zogen sich eine große und eine kleine Maisonettewohnung. Hier lebten Florians Eltern und Claudia. Darüber war das Dachgeschoss, wo Florian inzwischen wohnte. Die Wohnung war zu viel zu riesig für eine Person, da waren er und seine Eltern sich absolut einig. Mehr als neunzig Quadratmeter für einen allein waren Platzverschwendung!

»Denk nur daran, wie viel Geld wir jeden Monat sparen können«, hatte Florian gesagt und sie auch an das umständliche *Hin und Her mit unseren Klamotten*, wenn sie bei ihm oder er bei ihr übernachtete, erinnert.

»Außerdem sehe ich dich in unserem Geschäft. Es ist ein Familienbetrieb und du gehörst zur Familie«, meinte Florian, während Marianna zustimmend nickte.

»Aber ich mag meinen Job im Hemingway«, antwortete Mira etwas lahm.

»Eigentlich ist es doch nur ein Studentenjob! So war es geplant, das hast du mir selbst damals erzählt. Und ehrlich?« Florian schüttelte den blonden Kopf. »Kellnern ist schließlich kein richtiger Beruf.«

»Es gibt einen Haufen Ausbildungsberufe in der Gastronomie. Genau wie man sich zum Gärtner oder zum Floristen ausbilden lassen kann«, verteidigte Mira ihren Job und schaute verblüfft zu ihrem Freund. Zum ersten Mal wurde ihr klar, dass er ihre Arbeit anscheinend nicht ernstnahm.

Zweifelte er etwa ihr ganzes Leben an?

Bevor sie sauer werden konnte, schaltete sich Marianna dazwischen.

»Dass du hart arbeitest, stellt niemand in Zweifel«, sagte sie. »Und eben darum sind deine Fähigkeiten in dem Café vergeudet. Das meinte mein Sohn, auch wenn er sich etwas ungeschickt ausgedrückt hat.« Sie warf Florian einen auffordernden Blick zu und er zog sie in die Arme und gab ihr einen Kuss. »So war es natürlich nicht gemeint, Honey«, entschuldigte er sich.

»Du hast einen Hochschulabschluss, Mira. Niemand in unserer Familie hat das«, hatte Marianna noch anerkennend hinzugefügt. Danach hatten sie über die Ruhestandspläne von ihr und Kurt geredet. In spätestens zehn Jahren sollten Claudia und Florian das Geschäft komplett übernehmen. Und sie, Mira, als Teil der Familie, ebenfalls.

Gegen die Zusammenziehpläne hatte Mira sich bislang erfolgreich wehren können. Allein deshalb hatte Florian mit seiner Mutter zusammen diesen ... Überraschungsangriff geplant! Hätte sie es kommen sehen müssen? Die Sache mit der Verlobung?

Mira löste ihren Blick von der Umgebung – hinter den Autofenstern wechselten sich Felder mit Waldstücken ab – sie sah auf die Kuriertasche, die im Fußraum neben ihren Knöcheln lag.

Wetten, dass sich da gerade Nachrichten von Florian auf ihrem Telefon sammelten? Gut dass sie es stummgeschaltet hatte, bevor sie in Danielas Passat gestiegen war. Irgendwann musste sie Florian allerdings zurückrufen. Sich dem Thema stellen. Mira graute davor. Ihre Verabschiedung gestern Abend war reichlich unterkühlt ausgefallen. Florian, schweigsam auf der Rückfahrt. Vor ihrem Haus angekommen, hatte er den Motor ausgeschaltet, geseufzt und erst nach einem langen Moment zu ihr geblickt.

»Lass uns drüber reden … Wir müssen reden, Mira.«

»Ja, natürlich«, hatte sie hastig geantwortet. Eigentlich wollte sie nur eins – aus dem Auto raus und endlich ihre Ruhe haben. »Lass uns morgen darüber reden. Meine Kopfschmerzen bringen mich um ...«

Das war nicht gelogen.

»In Ordnung, bis morgen.« Er hatte sie angeschaut, vielleicht auf einen Abschiedskuss gewartet, doch sie war ausgestiegen und ins Haus gegangen, ohne sich noch einmal umzublicken. Sie konnte sich nicht erinnern, wann sie das letzte Mal so heilfroh gewesen war, in ihre stille, freundliche Wohnung zu kommen und allein zu sein. Kein Florian, keine Marianna. Kein Hendrik!

Aber heute war ein neuer Tag, richtig? Ein neuer Tag, der ihr soeben neue Möglichkeiten eröffnet hatte, eine Auszeit von ihrem

Alltag, und es tat so gut zu wissen, dass sie nicht die nächsten fünfzig Jahre oder so in den dicken Ketten ihres gewohnten Lebens gefangen sein würde. Nein, es gab immer Chancen, auszubrechen. Nur steckte man normalerweise so tief im Alltagstrott, dass man einfach zu blind wurde, um die vielen offenen Türen wahrzunehmen.

Mira beugte sich vor und wühlte in ihrer Kuriertasche nach der Wasserflasche. Sie trank zwei große Schlucke, bevor sie die Flasche wieder verstaute.

»Du wolltest mir etwas über Drei-Linden und über diese ungeklärte Testamentsangelegenheit erzählen.«

»Mach ich – nur, wenn du das Freilichtmuseum siehst, gib mir Bescheid.«

»Ein Freilichtmuseum – gebongt!«

»Also, der Hof gehört seit Generationen der Familie Schultheiß. Der ältere der Brüder – Erich Schultheiß – hat das gesamte Grundstück geerbt, wie das früher üblich war, und den Großteil der landwirtschaftlichen Produktion eingestellt. Die Schweine und die Milchkühe hat er an einen benachbarten Bauernhof verkauft. Seitdem gibt es nur ein paar Schafe. Irgendwann, vor ein oder zwei Jahren, sind zwei Ponys dazugekommen. Erich hat ihnen einen Gnadenplatz gestellt. Außerdem hatte er einen Hund. Allerdings hat Sven den bei seinem Besuch nicht gesehen, vielleicht ist er inzwischen gestorben.«

»Reichen die Schafe aus, um so einen Hof zu finanzieren?«

»Kaum, doch die Familie Schultheiß besitzt genug Geld. Die Schafe waren mehr so etwas wie Liebhaberei für Erich, glaube ich. Jedenfalls hat er den Hof unserem Verein überlassen. Zusammen mit einer großzügigen Summe. Einzige Bedingung war, dass dort ein Gnadenhof errichtet werden soll.«

»Das klingt alles gut«, sagte Mira.

»Theoretisch. Praktisch ist es leider nicht so simpel, denn das Testament ist verschwunden.« Daniela warf ihr einen vielsagenden Blick zu. »Laut des noch lebenden Bruders, wohlgemerkt. Wir wissen jedoch sicher, dass das Testament existiert oder zumindest existiert hat. Erich hat es Ludovine, – bevor er es zum Notar bringen wollte –, gezeigt.«

»Aber dort ist es nie angekommen?«

»Nein, nie. Erich war zu dem Zeitpunkt des Treffens mit Ludovine bereits erkrankt. Allerdings hat niemand damit gerechnet, dass er schon wenige Wochen später sterben würde.«

»Dann gibt es keine rechtliche Handhabe, verstehe. Weiß Ludovine, was aus dem Bruder werden sollte, wenn der Verein das Grundstück erbt?«

»Paul Schultheiß hat Lebensrecht auf dem Hof«, antwortete Daniela. »Er kann ... Er könnte in die Wohnung über dem alten Kuhstall ziehen. Der Verein würde ihm auch das Bauernhaus überlassen, falls er das möchte.« Daniela löste eine Hand vom Steuer, und strich eine rote Strähne aus ihrer Stirn. »Die Sache zieht sich seit Erichs Tod; seitdem suchen wir immer wieder das Gespräch mit seinem Bruder. Zuletzt Sven, als er vor zwei Wochen dort war. Mit wenig Erfolg und daher probieren wir es heute erneut.«

»Die Gegend ist wirklich schön. Ich hatte gedacht, hier gäbe es viel mehr landwirtschaftliche genutzte Flächen als Wald, doch es ist genau andersherum.«

Die Bäume waren noch kahl, aber wie toll würde es hier in zwei Monaten ausschauen, wenn alles blühte und grünte?

»Ich glaube, wir nähern uns dem Freilichtmuseum?« Daniela kniff die Augen zusammen. »Dahinten sind Schilder, die gehören bestimmt zum Museum.«

Ein paar Minuten später erreichten sie die Parkplätze des Freilichtmuseums und bogen schließlich Richtung Hennef ab, so wie Sven es beschrieben hatte.

Kurz darauf tauchte ein einsamer Bauernhof auf.

»Das muss der Hof sein.« Daniela bremste. »Da, schau ...« Sie deutete auf eine Weide, die linkerhand auf dem Hofgelände lag.

Ein weißes Pony stand dort mit hängenden Kopf und rührte sich nicht. Obwohl sie nicht viel von Pferden verstand, konnte Mira erkennen, dass es dem Tier nicht gut ging.

»Ich sehe nur eins, hattest du nicht was von zweien gesagt?«

»Zwei Ponys und ein paar Schafe.« Ihre Freundin reduzierte die Geschwindigkeit bis auf Schritttempo und fuhr in die Einfahrt des Hofes. Das Bauernhaus lag ungefähr eine Sportplatzlänge hinter der Landstraße. Langsam rollten sie die Zufahrt hoch, vorbei an der kleinen Koppel mit dem Pony. Vor ihnen erhob sich düster das Bauernhaus. Selbst wenn es das einsame Pony auf der Koppel nicht gegeben hätte, hätte Mira eine unausweichliche Beklemmung in sich wachsen gespürt. Wie ein Schatten, der sich über ihre Seele legte und ihr das Tageslicht raubte.

Das hier war so was von nicht okay!

Neben ihr fixierte Daniela das Haus mit zusammengezogenen Augenbrauen. »Sieht verlassen aus.«

»Vielleicht hat dieser Paul Schultheiß einen Unfall gehabt? Und braucht Hilfe?« Bilder von älteren Menschen, die Wochen nach ihrem Tod in den Wohnungen gefunden wurden, drängten sich Mira auf.

»Wer weiß, wie lang das Pony schon auf der Weide steht?«

Daniela zog den Zündschlüssel ab, atmete durch, wandte sich zu ihr. »Du kannst hier im Wagen bleiben, Mira, wenn du möchtest.«

»Du willst allein nachsehen?« Mira löste ihren Sicherheitsgurt. »Keine Chance.«

Sie verließen den Passat und näherten sich dem düsteren Haus. Eine alte Scheune mit einem Anbau – vermutlich der ehemalige Kuhstall oder eine Remise – erhob sich rechterhand. Zwischen Haupthaus und Scheune lag eine weitere verwilderte Grünfläche. Ein hüfthoher Jägerzaun, bestimmt mal weiß und adrett, doch inzwischen verwittert und fleckig, trennte das wildwuchernde Stück Land ab und verband die beiden Gebäude gleichzeitig. Etwa in der Mitte der Strecke tat sich eine Lücke auf. Auffällig wie ein fehlender Schneidezahn.

Ein Gemüse- und Kräutergarten. Früher einmal.

Früher musste es hier schön gewesen sein. Als hier Menschen lebten, die sich Mühe gaben, aus diesem Ort ein gemütliches Zuhause zu machen. Jetzt wirkte alles deprimierend und einsam. Vernachlässigt.

Was war hier geschehen? Was war mit den Bewohnern geschehen? Warum hatten sie aufgehört sich zu kümmern?

Auf der rechten Seite des Hauses lag eine weitere Viehkoppel. Vielleicht für Kühe? Hoch wuchs das Gras dort. Als wäre es seit Ewigkeiten nicht gemäht oder abgegrast worden sein. Mira erkannte vereinzelt dunkle Balken in dem Grün, die Stücke eines grobmaschigen Drahtzauns festhielten. Ein ehemaliger Schafszaun! Aber wo waren die Schafe?

Daniela setzte ihren Weg Richtung Haustür fort, Mira folgte ihr. Dann fiel ihr Blick auf die Hundehütte neben dem Bauernhaus. Im nächsten Moment zuckte sie heftig zusammen. Ein grau-braunes zotteliges Etwas schoss wie eine lebendige Kanone bellend aus der Hütte heraus auf sie zu – und wurde ruckartig von einer Kette gestoppt und vom eigenen Schwung zurückgerissen.

Der Hund fiepte vor Schmerz und Schreck auf.

»Ganz ruhig … Hey, Kleiner, alles in Ordnung.« Während Mira noch mit ihrem klopfendem Herzen und dem Schrecken kämpfte, sprach Daniela beruhigend auf das Tier ein. »Alles in Ordnung, Kleiner, ganz ruhig …« Sie ging – außerhalb der Reichweite des Kettenradius – in die Hocke.

Der Hund, kaum als solcher zu erkennen unter der zotteligen, verfilzten Haarmähne, kauerte sich auf den Boden und begann flehend zu winseln.

Als erwarte er Schläge.

Mira schnürte es die Luft ab. Sie kämpfte sich einen zitternden Atemzug ab, näherte sich dem Hund langsam und hockte sich neben ihre Freundin. Vorsichtig streckte sie den Arm aus, nur ein Stück dem Hund entgegen.

»Nicht«, mahnte Daniela leise. »Es kann sein, dass er aus Angst beißt.«

Doch der Hund kroch auf ihre Hand zu und fing an, ihre Finger abzuschlecken, dabei winselte er ununterlassen. Mira stammelte blödsinnige Worte aneinander. Es fiel ihr schwer, ihre Tränen zurückzuhalten.

»Ist es nicht verboten, Hunde an der Kette zu halten«, krächzte sie. »Definitiv verboten in Deut...«

»Verschwinden Sie von meinem Grundstück!«

Alle drei zuckten sie zusammen. Der Hund winselte auf und verzog sich in seine Hütte.

Ein alter Mann in derben Arbeitshosen und Regenjacke schlurfte auf sie zu. Als er näherkam, sah Mira, dass er zwischen fünfzig und achtzig sein mochte. Er wirkte alt. Viel älter, als er vermutlich in Wirklichkeit war, weil seine Miene alt war. Alt und verbittert. Versteinert vor Hass.

»Guten Tag, Herr Schultheiß. Wir kommen vom Tierschutzverein Klein-Bergen. Einer meiner Kollegen, Sven Wilpert, war letzte Woche hier und wir wollten nachschauen, ob bei Ihnen alles in Ordnung ist.« Daniela ging auf den Mann zu, streckte ihm die Hand hin.

»Mein Name ist Dan...«

»Es interessiert mich nicht, wer Sie sind«, fiel ihr der Mann ins Wort. Seine Stimme klang so harsch, wie sein Gesichtsausdruck hasserfüllt war. »Verschwinden Sie von meinem Grundstück.«

Daniela blieb bewundernswert gelassen. Doch die Freundlichkeit wich aus ihrem Gesicht, sie wirkte nun ganz professionell. »Wir werden Ihren Hof verlassen. Aber zuerst müssen wir über das Pony und den Hund sprechen. Sie verstoßen gegen Gesetze ...«

»Ich weiß genau, was Sie wollen! Sie bekommen das Grundstück nicht, und wenn es das Letzte ist, was ich tue, bevor ich sterbe! Verdammte Tiere ... Und jetzt verschwinden Sie. Sofort!«, brüllte der Alte.

Mira zuckte zusammen, obwohl einige Meter zwischen ihr und dem Mann lagen.

»Wir werden gehen«, entgegnete Daniela. »Und ich werde das Veterinäramt einschalten. Sie werden von offizieller Stelle Besuch erhalten.«

Der Alte schnaubte abfällig, und spie aus.

Ihre Freundin drehte sich um, bedeutete ihr mit einem Blick, dass es keine andere Möglichkeit gab, als den Rückweg anzutreten.

Mira warf einen letzten Blick auf die wieder verlassen wirkende Hundehütte. Aber sie wusste ja, dass das Innere einen verängstigten Hund barg.

Einfach wegzugehen schien unendlich falsch.

Dann fiel ihr Blick auf den alten Schultheiß. Der pure Hass glühte in seinem Gesicht. Wie konnte ein Mensch nur so viel Feindseligkeit in sich tragen? Hasserfüllt Menschen gegenüber, die er nicht einmal kannte?

Mit zittrigen Knien folgte sie Daniela zum Passat.

10

Jack

Jack, der sein Samsung zu Hause *vergessen* hatte, nahm die Tram zum Bahnhof. Er zog ein Ticket Stufe 2 am Fahrscheinautomaten und verbrachte ein bisschen Zeit mit Herumstöbern in der großen Buchhandlung. Schließlich tauchte er in der Menge der Reisenden unter und fuhr mit der S12 Richtung Horrem. Ein Ausflug zum Rhein-Center, um einen Shopping-Tag einzulegen, war eine Fahrt, die man gut nachvollziehen konnte.

Vom Kölner Hauptbahnhof erreichte er das Shopping-Paradies mit einer der kölschen Trams schnell und einfach. Trotz des stinknormalen Wochentags war das Einkaufscenter belebt. Bestimmt kein Vergleich zu dem, was an einem Samstag hier los war. Allerdings würde er auch niemals, wirklich niemals auf den Gedanken kommen, samstags an einem Ort wie diesem aufzukreuzen.

Jack schlenderte durch die Erdgeschoss-Ebene und stoppte vor der Hinweistafel neben der Rolltreppe, inspizierte diese. Dann schüttelte er den Kopf, als könne er sich nicht entscheiden, in welcher Etage er beginnen wolle. Er sah sich um, suchte den Aufzug und machte sich, nachdem er ihn gefunden hatte, auf den Weg dorthin. Gemeinsam mit einer vierköpfigen Familie, – der jüngste Nachwuchs protestierte lautstark gegen seine Zwangsverfrachtung in den Kinderwagen – betrat er die Kabine und drückte augenblicklich den Knopf für die erste Etage. Ein paar Sekunden später, und ein paar Nerven weniger, verließ er die Kabine wieder. Das Geschrei von dem kleinen Rotzlöffel hallte schmerzhaft in seinen Ohren nach. Jack ging mit schnellen Schritten aus dem Aufzugsvorraum ins angrenzende Treppenhaus.

Paradiesische Stille.

Er gönnte sich den Moment und wartete, bis der Tinnitus nachließ. Schließlich warf er einen Blick über das Geländer, sowohl hinunter als auch hinauf.

Niemand hier. Er holte das alte und wunderbare handliche Ericsson aus der Jackeninnentasche, prüfte den Empfang. Zwei von drei Balken zeigten ihm, dass er genügend Netz haben sollte, um eine Textnachricht verschicken zu können. Er tippte die paar Worte ein, drückte auf Senden und wartete, um sicherzugehen, dass die SMS tatsächlich rausgegangen war. Anschließend verstaute er das Telefon und kehrte in das Shopping-Paradies zurück.

So viel Umstand für eine kurze Textnachricht.

Und für einen nicht verfolgbaren Anruf.

Jack kämpfte sich von der ersten Ebene aus hoch. Er besuchte mehrere Läden, mit denen er in der Vergangenheit gute Erfahrungen in Bezug auf Kleidung gemacht hatte und kaufte eine neue Jeans, zwei Boxershorts und eine Strickjacke. Jeans und Boxer hatten ohnehin auf seiner Einkaufsliste für dieses Frühjahr gestanden. Es gefiel ihm, Dinge zu kaufen, die er brauchte, und damit gleichzeitig die perfekte Tarnung seines Ausflugs zu gestalten. Da er schon hier war, besorgte er auch die nützlichen Kleinigkeiten für den Alltagsbedarf wie Rasierklingen und solchen Kram.

Wegen der Menge an Kaufwilligen um ihn herum war es schwer auszumachen, ob ihm jemand folgte. Falls es so war, dann würden garantiert mehrere Mitarbeiter in Zivil unterwegs sein. Unmöglich für Jack, diese von den anderen zu unterscheiden. Insofern war es also unsinnig, sich überflüssige Gedanken zu machen.

Gegen drei Uhr legte er einen Stopp in der trendig ausschauenden Vegan-Bar auf der dritten Ebene ein und gönnte sich dort einen Grüntee-Mango-Smoothie mit Spinat, der gut gelungen war, – und einen kleinen Broccoli-Quinoa-Bowl, plus in Sesam gebratenem Tofu –, der ebenfalls fabelhaft schmeckte.

Gestärkt bezahlte er und machte sich samt der stabilen Papiertasche mit seinen Neuerwerbungen auf in Richtung Aufzug. Diesmal war er allein in der Kabine. Anscheinend waren die Familien mit Kinderwagen bereits nach Hause gedampft. Jack fuhr in die erste Etage runter und betrat zum zweiten Mal an diesem Tag das Treppenhaus des Centers. Die schwere Brandschutztür fiel hinter ihm ins Schloss und er beugte sich wiederum über das Treppengeländer und schaute hinauf, hinunter und lauschte.

Totenstille. Dann zog er das kleine Outdoor-Telefon hervor und prüfte den Nachrichteneingang.

Bingo!

Die Antwort war angekommen. Er prägte sich Ort und Zeitpunkt des Treffens ein und löschte beide SMS vom Gerät. Natürlich speicherte der Provider die Nachrichten. Aber wie sollten die Behörden herausfinden, welche SIM-Nummer sie suchen mussten? War garantiert eine Menge Traffic, die der Handymast auf dem Rhein-Center an diesem Nachmittag weitergeleitet hatte! Pfeifend ging er die restlichen Treppen ins Erdgeschoss und verließ das Treppenhaus Richtung Haltestelle.

Knappe anderthalb Stunden später – auf der Toilette der S-Bahn mit Ziel Blankenberg-Sieg hatte er die SIM-Karte und den Akku aus dem Ericsson entfernt – spazierte er durch den kleinen Bahnhof seiner Heimatstadt und nahm die Tram zurück zu seiner Wohnung. Er hatte noch genug Zeit bis zu dem Treffen mit Björn.

11

Mira

Mira taperte in die Küche und goss Wasser in den orange-gelben Wasserkessel von Le Creuset. Ein Geschenk ihrer Eltern zum letzten Weihnachtsfest. Miras Budget hätte das bei Weitem überschritten.

Sie schaltete den Gasherd an, schaute einen Moment sinnend auf den Kessel. Gab es etwas Beruhigenderes als einen altmodischen Teekessel auf einer Gasflamme? Doch heute konnte dieses Ritual – Wasser in dem Kessel zu erhitzen und die Aussicht auf einen guten Kaffee mit frisch gemahlenen Bohnen – das miese Gefühl in ihrem Bauch nicht auslöschen.

Ihr Blick ging zu der hellgrünen Wanduhr. Daniela hatte sie gerade mal vor einer knappen Stunde vor dem Haus abgesetzt.

»Keine Sorge, Mira. Damit kommt er nicht durch«, hatte ihre Freundin zu ihr gesagt, bevor Mira aus dem Passat gestiegen war. Eigentlich war im Vorfeld geplant gewesen, nach dem Besuch auf dem Hof einen Kaffee zu trinken und eine Kleinigkeit essen zu gehen. Auch ohne dass sie darüber gesprochen hatten, war klar, dass ihnen der Sinn nun nicht mehr danach stand. Das Erlebnis auf dem schrecklichen Hof mit dem noch schrecklicheren Alten hatte sie beide erschüttert.

»Gleich als Erstes rufe ich das Veterinäramt an. Ist nur eine Frage der Zeit, bis wir das Pony und den Hund da rausholen können.«

Hoffentlich hatte Daniela recht.

Mira schaltete abrupt den Herd aus. Sie ging in den Flur, zog die Chucks wieder an, schlüpfte in den Übergangsanorak, packte ihre Kuriertasche und verließ ihre Wohnung.

Sie musste hier raus! Musste die Bilder von dem apathischen Pony und dem winselnden Hund irgendwie aus ihrem Kopf bekommen. Mira marschierte los, mit schnellen Schritten. Ohne Ziel, Hauptsache bewegen, dies schien das Einzige, was sie tun konnte. Sie erreichte die Bushaltestelle, die sie üblicherweise nahm, wenn sie in die Stadt oder zum Hemingway wollte. Jetzt lief sie daran vorbei. Sie durchquerte ein Wohngebiet, das sie nur aus dem vorbeifahrenden Bus heraus kannte. Die Straße war länger, als sie erwartet hatte.

Gut so!

Sie eilte über den Bürgersteig, atmete die frische Luft ein. Was immer frische Luft in der Stadt bedeuten mochte. Jedenfalls roch sie hier anders als vorhin auf dem Land. Besser definitiv als im Stadtzentrum, wo die Hauptstraßen durchführten. Hier gab es auch viel mehr Bäume. Ebenso wie in der Eichenallee, in der sie wohnte, säumten alte Bäume – nur vereinzelt Eichen, dafür Platanen und Linden – die Straße. Das ganze Viertel besaß eine gute Atmosphäre. So etwas hatte Mira damals gesucht. In einer grauen Mietskaserne zu wohnen, war für sie schon immer undenkbar gewesen.

Miras Füße trugen sie die Straße entlang. Am Fliederweg bog sie spontan ab. Der kleine Bus, der sie auf dem Weg zur Arbeit ins Stadtzentrum brachte, fuhr an dieser Stelle geradeaus. Jedes Mal, wenn er am Fliederweg vorbeifuhr, konnte Mira einen Blick auf ein winziges, knall-lila-gestrichenes Haus in der Mitte erhaschen. Oft hatte sie darüber nachgedacht, hierher zu spazieren und sich dieses lustige Häuschen genauer anzuschauen.

Irgendwie war sie nie dazu gekommen und jetzt war der perfekte Moment dafür.

Das bunte Häuschen besaß nicht nur eine auffallende Farbe, auch der Vorgarten glänzte absolut originell. Diverse Figuren aus Altschrott tummelten sich hier, gleich neben einer Sammlung Gartenzwerge. Die Leute, die hier lebten, mussten einfach nett sein!

Miras Stimmung hob sich ein wenig, wenngleich nicht genug, um den Ballast ihrer Seele abwerfen zu können. Sie marschierte weiter. Irgendwann erreichte sie die größeren Straßen. Sie hielt inne, schaute sich um. Ungefähr dreihundert Meter entfernt gab es eine Bushaltestelle. Sie konnte mit dem nächsten Bus zum Sternplatz fahren und von da die Bahn Richtung Bergener Heide, dem weitläufigem Naherholungsgebiet, nehmen. Dort führten verschieden lange Wanderwege durch Heide und Wald. Die Hin- und Rückfahrt würde allerdings jeweils mindestens eine Stunde dauern. Den letzten Ausflug dorthin hatte sie mit ihrer Nachbarin Yasemin unternommen und natürlich waren sie mit Yasemins Peugeot hingefahren. Mira überlegte einen Moment, die Tour nun mit den Öffentlichen zu wiederholen, verwarf die Idee dann. Es war zu spät dafür, selbst wenn sie einen Wagen zur Verfügung gehabt hätte. Außerdem musste sie morgen früh raus, sie hatte Frühschicht im Hemingway. Da war sie am Abend vorher immer gern gegen acht zu Hause.

Sie drehte sich in die andere Richtung, schaute die Straße hinunter. Jetzt schon wieder zurück wollte sie auf keinen Fall. Laufen, Bewegen war viel besser als Stehenbleiben und über Drei-Linden nachzudenken. Mit dem eher vagen Ziel, ihr Wohnviertel in einem großen Bogen zu umrunden, setzte sie sich in Bewegung.

Der Fluss! Wenn sie sich südlich hielt, erreichte sie den Bröl und dessen Auen. Gleich nebenan lag der Stadtwald.

Mira beschleunigte ihre Schritte – es war gut, ein Ziel zu haben –, als ein buntes Plakat sie erneut innehalten ließ.

Zirkus Gregoriana

Auf dem Plakat waren die üblichen Zirkusattraktionen zu sehen. Durch die Luft fliegende und saltoschlagende Artisten, ein Clown und eine Dame in einem paillettenbesetzten Smoking mit Zylinder, bestimmt die Zirkusdirektorin. Außerdem gescheckte Ponys, vier prachtvolle Rappen und eine lustig-gemixte Hunde-Truppe. Und … ein Alpaka?

Das schien zu exotisch für einen kleinen Wanderzirkus. Dass Zirkus Gregoriana nicht zu den großen, international bekannten

Zirkusunternehmen gehörte, war deutlich. In dem Fall hätte das Klein-Bergener Reiseverkehrsamt viel mehr Werbung gemacht.

Mira überflog die Informationen zu den Vorstellungen und stellte fest, dass heute der letzte Tag des Zirkus in Klein-Bergen war. Sein Quartier hatte er im Theatergarten des Stadtwaldes aufgeschlagen.

Ungefähr dreißig Gehminuten, bei ihrem momentanen Tempo etwas weniger, schätzte sie und beschloss spontan, hinzugehen und sich das Zirkuszelt anzuschauen. Schon eine Viertelstunde später erblickte sie die Zeltspitze, rot-blau zwischen den noch kahlen Baumwipfeln des Stadtwalds aufleuchtend. Hier begann der Theatergarten, ein Park mit viel altem Baumbestand.

Die Poller am Eingang der Allee waren entfernt, doch ein Schild wies darauf hin, dass das Anfahren zum Zirkus nur für Personen mit Sondergenehmigung – vermutlich die Zirkusleute und deren Lieferanten – sowie Besuchern mit Behinderten-Ausweis gestattet war. Normalerweise durften hier lediglich die Wagen der Stadt – Abteilung Grünflächen und Gewässer – passieren.

Einige Spaziergänger mit Hunden, zwei eng umschlungene Pärchen, ein Jogger und drei Teenager, höchstens vierzehnjährige Mädels mit Knieschonern, Fingerhandschuhen und grellen Basecaps auf Skateboarden, teilten sich den breiten Weg unter den alten Bäumen.

Vor dem Eingang zum Zirkusgelände stoppte Mira.

Das blau-rote Zelt ragte, wenngleich nicht so groß wie die Zelte, an die sie sich von früher erinnerte, eindrucksvoll und einladend vor ihr auf.

Einladend. Tatsächlich. Und Erinnerungen weckend.

Ihr letzter Zirkusbesuch lag Jahrzehnte zurück. Teenagerzeit, nicht später. Ihre Eltern hatten sie oft mitgenommen, von klein auf eigentlich. Sie hatte es geliebt. Die Zirkusleute, die man sonst nirgendwo sah, nicht auf der Straße, in der Schule oder im Supermarkt, und die Musik, die man nur hier hörte – Zirkusmusik eben. Das Zelt und natürlich die Tiere. Kamele und Elefanten und die Löwen und Tiger. Auf die Raubtiernummern hatte sie sich immer besonders gefreut. Aber dann, als sie älter wurde und sich mehr für den Tierschutz und die Umwelt interessierte, hatten ihre Zirkusbesuche gestoppt. Viele Tierschützer lehnte Zirkusse kategorisch ab, weil sie die Tierhaltung für Tierquälerei hielten. Na, was das anging, da konnte die konventionelle Tierhaltung locker mithalten!

Mira, den Blick auf das Zelt gerichtet, trat näher. Die Nachmittags-Show, die Abschiedsvorstellung, lief bereits. Die Vorhänge des Zeltes waren verschlossen und Musik und Stimmen, Lachen und Klatschen von vielen Händen schallten gedämpft zu ihr herüber.

Es war faszinierend! Alles hier, angefangen bei dem geschmückten Zelt, das von den Wohnwagen und den Anhängern mit den mobilen Ställen umringt wurde, genauso wie das riesige Banner in der Luft, schwebend zwischen den Zelt-Pylonen, auf dem in großen, farbenfroh-heiteren Lettern einer klassischen Zirkus-Schriftart Zirkus Gregoriana aufgepinselt war.

So viel gab es hier zu sehen!

Und zu riechen ... Eine Prise Pferd schlich sich in ihre Nase. Schon hörte sie ein zufriedenes Schnauben hinter sich. Mira wandte sich um. Vier Pferde, drei silbergraue und ein ebenholzschwarzes, alle prachtvoll gepflegte Tiere, spazierten gelassen an ihren Führstricken vorbei.

Ein Mann, Junge traf es wohl eher – er war höchstens Anfang zwanzig und ebenso schön wie seine Pferde, dunkle Locken und Augen ... die ihr zuzwinkerten? –, führte die Tiere an ihr vorbei.

Oh Mann!

Seit wann eigentlich interessierten sich Jungs für sie? Als er vorüber war, konnte Mira einen Blick auf seinen Rücken werfen. Breite Schultern und – wow, was für Muskeln sich da unter dem Shirt abzeichneten. Dieser Typ war eindeutig kein Junge! Nur Männer hatten solch muskulöse Rücken. Der Pferde-Mann führte seine Tiere zwischen den Wohnwagen und Ställen in den hinteren, privaten Teil der Zirkuswelt und verschwand schließlich aus ihrem Blickfeld.

Mira drehte sich langsam einmal um sich selbst, saugte das gesamte Bild in sich auf. Ihr Blick stoppte bei dem etwas erhöhten, mobilen Kassenhäuschen. Im Augenblick schien es verlassen. Unübersehbar wies ein Schild darauf hin, dass die Nachmittagsvorstellung heute die letzte Show in Klein-Bergen war.

Zeit für sie, umzudrehen und nach Hause zurückzukehren.

Sie atmete ein letztes Mal den Zirkusduft ein, vielleicht – nur vielleicht – würde sie beim nächsten Besuch eines Zirkus in Klein-Bergen wieder herkommen und sich die Vorstellung anschauen.

Musik schallte zu ihr, ging in ein finales Trommeln über, ein Leierkasten spielte dazu. Obwohl sie seit Ewigkeiten nicht mehr in einer Zirkusvorstellung gewesen war, wusste sie, was diese Musik bedeutete.

Das Ende der Vorstellung.

Mira wurde klar, dass sie vis-à-vis des Zelt-Eingangs stand, aus dem gleich ein Besucherstrom gleiten würde. Sie drehte sich um und wollte gerade losmarschieren, um den Vorsprung vor den Besuchern auszunutzen, als sie irgendetwas zögern ließ. Da war etwas. Zog an ihrer Aufmerksamkeit. Wie ein Gedanke, der sie mahnte, dass sie etwas vergessen hatte.

Als die ersten Besucher – eine Familie mit zwei Kindern, groß und klein mit glücklich strahlenden Augen und Gesichtern – heraustraten, trugen Miras Füße sie an den Rand, heraus aus der Schneise zwischen Zirkuszelt und Geländeausgang. Sie stoppten bei den ersten Wohnwagen.

Der Bereich war nicht als privat ausgewiesen, dennoch war Mira unsicher, ob sie sich hier überhaupt aufhalten durfte. Linkerhand vor ihr parkte ein geräumiger Hänger mit weit geöffneter Laderampe. Stroh bedeckte den Boden, es gab eine Heuraufe unter der Decke und Trenngitter aus abgerundeten, an einigen Stellen zusätzlich gepolsterten Metallstangen. Rechts parkte ein ebenso großer Hänger, ein paar Strohballen lagen davor. Ohne darüber nachzudenken setzte Mira sich auf einen der Ballen und legte ihre Hand auf das Stroh. Die Halme piksten in ihre Haut. Es fühlte sich gut an, irgendwie natürlich. Das musste ewig her sein, dass sie auf einem Strohballen gesessen hatte. Bilder, Eindrücke – das Gefühl von purem Glück, jetzt ebenso greifbar wie das Stroh –, Erinnerungen an die regelmäßigen

Urlaube auf dem Bauernhof in ihrer Jugend- und Teenagerzeit blitzten auf.

Damals war ihr die Vorstellung, dass sie, wenn sie erwachsen wäre, fernab der Stadt und mit Tieren zusammenleben würde, völlig selbstverständlich vorgekommen. Sie hatte nie daran gezweifelt, dass es so kommen würde. Weil es das war, was sie sich vom Leben wünschte.

Mira seufzte. Noch ein frustrierender Gedanke, passend zu dem Besuch auf dem schrecklichen Hof.

Kinderstimmen schallten zu ihr. Der Besucherstrom versandete allmählich. Nachzügler suchten ihren Weg zum Ausgang. Einige guckten zu ihr herüber. Nur kurz, dann glitten ihre Blicke weiter. So, als würden sie Mira für ein Mitglied der Zirkusfamilie halten.

Ein dritter frustrierender Gedanke. Sie gehört hier nicht hin!

Da drängte sich etwas in ihr Bewusstsein. Das Gefühl von eben, dieses Zupfen an ihrer Aufmerksamkeit. Immer noch schwer zu beschreiben. Vielleicht so etwas wie eine zaghafte aber freundliche Begrüßung?

Mira wandte sich um … und staunte.

Ein Alpaka?

Es stand hinter ihr und schaute auf sie herunter.

Tatsache, ein Alpaka! Nein, ein Lama …? Oder vielleicht war es auch ein Alpaka mit Lama-Genen? Da war Mira sich nicht ganz sicher. Sie hatte gelesen, dass es solche Kreuzungen gab. Aber was immer für ein Tier auch vor ihr stand, es war wunderschön. Sein flauschig-helles Fell schimmerte sanft im Nachmittagslicht. Und auf dem Nasenrücken trug es eine Art Blesse, einen grauen sternförmigen Fleck.

Das Zeichen eines weisen Schattens beim Licht des Mondes …

Der Satz tauchte plötzlich in ihren Gedanken auf, sie musste ihn irgendwo gelesen haben.

Jedenfalls wirkte dieses Alpakatier äußerst vornehm. Vielleicht lag es daran, wie es seinen Kopf hielt? Als fließe in ihm blaues Blut, so wie bei den Pferden der englischen Queen.

Trotz all seiner Würde weckte es in Mira den Wunsch, es mit nach Hause zu nehmen, um etwas zum Knuddeln zu haben. Okay, es war wohl etwas zu groß, um es sich unter den Arm zu klemmen, doch sein schimmernd helles Flausche-Fell sah so kolossal weich aus, dass sie die Hand ausstreckte, um es zu berühren. Und stoppte. Mochte es überhaupt angefasst zu werden? Sie meinte sich zu erinnern, dass diese Tiere das gar nicht gern hatten. Verständlich, sie hätte es auch nicht gemocht, wenn sie ein Alpaka oder Lama wäre, und ständig Fremde an ihr herumstreicheln würden. Sie wollte ihre Hand gerade behutsam zurückziehen, als das Alpaka seinen Kopf vorstreckte und an ihren Fingern schnupperte. Warm streichelten die samtigen grauen Lippen über ihre Haut. Es fühlte sich unendlich gut an.

»Bist du ausgebüchst?«, fragte sie.

Es schaute sie an. Die Ausstrahlung königlicher Würde verschwand, mit einem Mal wirkte sein Blick schrecklich traurig. Mira sah sich um. Wo waren die alle? Das musste doch jemandem aufgefallen sein, dass dieses Tier nicht in seinem Stall stand.

»Und warum bist du traurig?«

Eigentlich gut, dass sie allein war. Hätte jemand gehört, dass sie mit dem Alpaka sprach, hätte der sie wohl für ziemlich neben der Spur gehalten!

Mira drehte sich langsam auf dem Strohballen herum, sodass sie ihren Nacken nicht weiter zu verdrehen brauchte, um das Tier anzugucken.

»Wir sollten jemanden finden, der sich um dich kümmert«, schlug sie vor. »Was meinst du?«

Das Alpaka machte einen weichen Laut, der ebenso Zustimmung wie auch Ablehnung bedeuten mochte, dann knickte es zuerst die Vorderbeine und anschließend die Hinterbeine ein und kniete sich, zu ihrem neuerlichen Staunen, vor ihr auf den Boden und barg den Kopf in ihrem Schoß.

Zaghaft streichelte Mira den seidigen Hals. Wie es sie anschaute, die großen, dunklen Augen so unendlich traurig.

Sie schluckte.

Aber der Kloß in ihrem Hals ließ sich nicht verdrängen. Eine grenzenlose Traurigkeit rollte über sie hinweg.

12

Piet

Piet griff nach dem Becher und führte ihn zum Mund, ohne seinen Blick von der Buchseite abzuwenden. Dieser historische Krimi von Alex Beer war richtig spannend!

Piet nahm sich vor, auch den zweiten Band aus dieser Reihe zu kaufen.

Bücher waren eines der wenigen Dinge, auf die er niemals verzichtet hätte. Das lag in der Familie, mütter- und väterlicherseits. Der Besuch eines Antiquariats in Amsterdam mit seinem Großvater gehörte zu seinen frühsten Erinnerungen. Da musste er so fünf oder sechs Jahre alt gewesen sein. Dieser Großvater hatte ihm gezeigt, wo es in jeder Stadt, in jedem Land die besten Antiquariate und Buchhandlungen gab.

Piet las zwar am liebsten in seiner Muttersprache Niederländisch, aber Deutsch und Englisch gingen ebenfalls ganz gut, und Bücher in diesen beiden Sprachen bekam man eigentlich fast überall. Sobald der Zirkus seine Vorbereitungen abgeschlossen hatte, das Zelt aufgebaut war und die Vorstellungen starten konnten, begann für ihn – seit er nicht mehr selbst auftrat – die entspannte Zeit, während es für die meisten in seiner kleinen Zirkusfamilie hingegen erst richtig losging.

Manchmal vermisste er es, diese Anspannung vor den Vorführungen. Die begeisterten Gesichter im Publikum. Allerdings verschwand seine Sehnsucht nach dem Rampenlicht immer mehr, je älter er wurde. Er hatte jetzt viel mehr Zeit zum Lesen als früher. Trotzdem, und das war ebenso wichtig, waren seine Aufgaben hier, seine Unterstützung, wertvoll für ihre kleine Gemeinschaft. Und zu tun gab es immer etwas.

Piet leerte seinen Assamtee. Ein wenig unwillig glitt sein Blick zu dem Funkwecker auf dem Regal links neben ihm. Gleich fünf. Die letzten Besucher sollten inzwischen ihren Weg vom Gelände gefunden haben. Die Verabschiedungsmusik hatte er vor bereits vor einigen Minuten hören können.

Es war an der Zeit, den historischen Krimi wegzulegen und seinen Verpflichtungen nachzukommen. Verdammt, wo es gerade so spannend war. Manchmal war das Timing echt ungünstig, half aber nix. Sie mussten das letzte Tageslicht nutzen und ein paar Tiere einladen. Josinas Pferde zum Beispiel. War besser für sie, wenn sie eine Nacht am Ort verbracht hatten, bevor sie in die Vorstellungen gingen. Konnte schon mal vorkommen, dass sie nervös wurden, je nachdem wo ihr Zirkus Quartier fand.

So wie bei dem grässlichen Platz von letzter Woche.

Josi würde sich gleich mit ihrem Wohnwagen vom Acker machen und vorausfahren. Ebenso Gijs, der den Bus mit den Pferden fuhr und Leon und seine Hundetruppe. Den würde Tony begleiten. Obwohl dessen Familie streng katholisch war, wie man es von echten Römern erwartete, hatte Tonys Coming-out sie weniger geschockt als die Tatsache, dass ihr ältester Sohn darüber nachdachte, aus der Trapeznummer der Familie aus- und dafür in Leons Hundenummer einzusteigen.

Piet schmunzelte ein bisschen vor sich hin.

Die Rosanellys würden schon einen geeigneten Nachfolger oder eine Nachfolgerin für ihren Sohn finden. Das kam im Zirkusleben immer wieder vor. Jede Familie war stolz auf ihre Tradition, aber mindestens die Hälfte aller Zirkusleute, die unter dem Namen der jeweiligen Familie auftraten, gehörten – wenn man es genetisch korrekt nahm – zu anderen Familien; und trotzdem wurden sie von der neuen Familie assimiliert, sobald sie beitraten. So wie sie alle hier zu einer großen Familie gehörten: der Zirkusfamilie Gregoriana.

Piet saugte den letzten Absatz auf, ehe er die Postkarte, die Jack ihm einmal aus Kopenhagen geschickt hatte, und die er stets als Lesezeichen benutzte, zwischen die Seiten klemmte und die Buchdeckel zusammenklappte.

Bevor er zu Josi ging, um zu nachzugucken, ob die Pferde verladen werden konnten, wollte er kurz bei Duchess vorbeischauen. Seit Prinzess gestorben war, hatte er es sich zur Angewohnheit gemacht, mehrfach am Tag bei der trauernden Alpakadame vorbeizuschauen. Im Hinausgehen stoppte er am Vorratsschrank neben der Tür und nahm die Packung mit den Honig-Crunchies heraus. Es gab nicht viel, was Duchess Freude machte. Nicht mehr, seitdem sie allein war, aber diese klebrig-süßen Dinger, die liebte sie. Duchess war wahrscheinlich das einzige Alpaka weltweit, dass eine Vorliebe für Honig-Crunchies hegte. Das wiederum hatte Piet durch einen Traum entdeckt. Genauer gesagt war es dreimal derselbe Traum gewesen, den er in drei aufeinanderfolgenden Nächten geträumt hatte.

Duchess und er liefen durch die Fußgängerpassage einer Stadt, die ihm bekannt vorkam, ohne dass er hätte sagen können, wo sie sich befanden. Mit einem auffordernden Blick zu ihm war Duchess plötzlich losgetrabt, mitten hinein in einen Alnatura-Supermarkt. Piet war ihr bis zu dem Regal mit den Getreideflocken gefolgt. Dort hatte die Alpakadame eine Packung Honig-Crunchies mit den Zähnen gepackt, aus dem Regal gezogen und vor ihm auf den Boden fallen lassen.

Am Morgen, nachdem er den dritten Traum gehabt hatte, war Piet, sobald seine vormittäglichen Aufgaben erledigt waren, in die Stadt gefahren und in den dortigen Alnatura-Supermarkt gegangen, um Honig-Crunchies zu kaufen. Die Marke selbstverständlich, die Duchess im Traum gewählt hatte. Piet hatte niemandem von diesem Ereignis erzählt. Tatsache war, dass er in seiner Zeit mit den Alpakas immer mal wieder merkwürdige Dinge erlebt hatte. Oft nur Kleinigkeiten, aber inzwischen wunderte er sich über nichts mehr. Besaß Duchess magische Kräfte? Das bezweifelte er allerdings. Seine Vermutung ging in die Richtung, dass sie die Stimmung der Menschen um sie herum, wahrnehmen konnte. Tiere waren allgemein sehr empathisch. Manche mehr, manche weniger. Möglicherweise mochten Duchess Antennen eine Spur feiner sein, als die anderer

Tiere. Es spielte keine Rolle! Wer war er, dass er alle Geheimnisse im Universum lüften wollte?

Er füllte einen Kaffeebecher voll des klebrigen Cerealienmix in den Futterbeutel und verließ den Wohnwagen. In dem Trailer neben seinem saß Ulrich am geöffneten Fenster und schminkte seine Clowns-Maske ab.

»Ich fahre gleich mit Josina, Gijs und Leon zum neuen Platz. Hilfst du mir später, den Trailer vorzuziehen?«, fragte er. »La Mamà hat mich gebeten, mitzufahren. In Gummersbach war der Sturm gestern Abend anscheinend heftiger als hier. Die Leute von der Stadt haben sie angerufen, dass es das Dach von einem Gebäude am Platzrand erwischt hat. Soll wohl ein Haufen Zeugs überall rumliegen, und sie wissen nicht, ob es die Jungs von der Stadtreinigung schaffen, heute da vorbeizuschauen, weil sie mit den Hauptstraßen in Verzug sind.«

»Also ihr vier? Wird das reichen oder will La Mamà noch jemanden dabei haben?«

»Tony wird mit Leon fahren, und falls es richtig schlimm ist, rufen sie durch.«

»Okay ... Bis nachher.« Piet ging weiter, quetschte sich zwischen zwei Wohnwagen durch und stand schließlich vor dem geräumigen Pferdeanhänger und musste zweimal hingucken, um zu begreifen, was er sah. Genauer gesagt, was er nicht sah. Nämlich Duchess!

Der Hänger war leer.

Piet blinzelte, blinzelte nochmal, nur um sicherzugehen. Das Alpaka besaß definitiv einige ungewöhnliche Begabungen, aber sich unsichtbar zu machen hatte bislang nicht dazugehört.

Stroh am Boden, Futtersack und Heuraufe. Ein paar dunkle Kötel lagen herum, die Reste vom Frühstück, doch von Duchess keine Spur. Selbstverständlich war die Rampe herabgelassen. Piet ließ Duchess mobilen Stall immer geöffnet. Er wollte, dass sie sich nicht ausgeschlossen fühlte. Natürlich war sie auch niemals angehalftert. Seitdem ihre Schwester gestorben war, hatte sie den Hänger ohnehin nicht mehr verlassen. Höchstens mal mit zwei Beinen, die auf die Rampe auswichen, wenn er das Alpaka zur Seite schob, um misten zu können.

Aber wo verdammt war sie …

Ein furchtbarer Gedanke schreckte über seine Seele – Diebstahl!

Aber schon die nächsten Gedanken beruhigten ihn. Selbst wenn irgendwer auf die Idee kam, das Alpaka stehlen zu wollen – niemand würde es schaffen, sie aus dem Hänger herauszubekommen! Das schaffte nicht einmal er. Die Alpakadame musste also von allein verschwunden sein … Die Frage war nur, wann und wie weit sie bereits gekommen war. Bevor Piet ein mittelstarker Anflug von Panik überkam, tat er das Einzige, was er tun konnte: Er machte sich auf die Suche.

Glücklicherweise war es eine sehr kurze Suche. Sie endete am inneren Wagen-Ring, der an den Zeltvorplatz grenzte. Zwischen dem Vorratswagen der Huftiere und der Rückseite von Josinas Pferdehänger lagen ein paar Strohballen. Auf einem davon saß eine junge Frau. Duchess kniete vor ihr am Boden und ließ sich streicheln.

Piet blieb stehen. Diese Szene würde er garantiert noch lang im Kopf behalten!

Alpakas sahen vielleicht wegen ihrer wolligen Gestalt wie zu groß geratene Kuscheltiere aus – aber sie waren keine Kuscheltiere. Und Duchess schon mal gar nicht. Nur zu ihm, der sie und ihre Schwester aufgezogen hatte, kam sie ab und an und rieb ihren Kopf an seiner Schulter, eine Aufforderung, sie zu streicheln. Anderen gegenüber, die sie mochte, wie La Mamà zum Beispiel, gestattete sie es ebenfalls. Doch niemals hatte Piet es erlebt, dass sie sich vor der Zirkusdirektorin oder einem Mitglied der Zirkusfamilie hingelegt hatte, so wie sie es in diesem Moment tat.

Piet ging näher und die junge Frau blickte auf.

»Sie ist so unglücklich«, sagte sie zu ihm und fing an zu weinen.

Piet stellte die dampfenden Becher mit heißem Kakao auf die schmale Tischplatte und setzte sich auf einen der Klapphocker davor.

Die junge Frau – Mira – saß ihm gegenüber auf der Bank vor dem Fenster. Sie hatte ihren Anorak ausgezogen und sich die Nase geputzt. Nun legte sie ihre Hände an den Becher, als wolle sie sich daran wärmen.

»Dankeschön.« Ihre Stimme klang ein bisschen nasal vom Weinen.

Nachdem er aufgetaucht und Miras Tränenfluss versiegt war, hatte Duchess sich ohne Probleme in ihren mobilen Stall bringen lassen. Piet hatte die Futterschale im Inneren aufgehängt und die Honig-Crunchies aus seinem Beutel reingeschüttet. Duchess verhielt sich wie ein normales Alpaka, widmete sich den honigsüßen Knuspercerealien und ignorierte die menschlichen Zweibeiner vollständig.

»Trink mal, Mädel. Geht nichts über einen heißen Kakao, um traurige Gedanken zu vertreiben.« Er lächelte ihr aufmunternd zu.

Bestimmt Liebeskummer …

Ab Teenageralter und besonders mit Anfang bis Mitte Zwanzig – er schätzte sie auf höchstens sechsundzwanzig – war es beinahe immer Liebeskummer. Piet wappnete sich für ein Gespräch über die Unterschiede zwischen Frauen und Männern. Wäre nicht das erste. Je nachdem, in welchem Alter sich die Kinder aus ihrer großen Zirkusfamilie gerade befanden, gab es typische Sorgen. Die wiederholten sich Jahr um Jahr, und es war leichter, mit jemanden darüber zu reden, der nicht mit im selben Wohnwagen lebte. So waren sie alle häufig zu ihm gekommen und kamen noch immer. Nicht nur die jungen, auch die älteren, sogar La Mamà – vor allem Geraldine, auf deren Schultern ein ganzer Zirkus lastete.

Mira ließ den Becher los, um in ihrer Jeanstasche zu kramen. Sie förderte einen Haargummi zutage und band sich die dunklen Haare zu einem kurzen Pferdeschwanz. Ihr Blick glitt durch das Innere seines kleinen Reichs und blieb bei den Büchern auf dem Regal hängen.

Piet griff seine Tasse, pustete über die heiß-dampfende Oberfläche. Solche Gespräche brauchten schon mal einen Anstupser. »Dann erzähl mal, Mädel, was hat er gemacht, dass du um ihn weinst?«

»Was … Er …?« Sie blickte ihn verblüfft an.

Piet erkannte seinen Fehler. »Oder ist es eine Sie, die dich zum Weinen gebracht hat?«

»Oh …« Mira schaute mit zusammengezogenen Augenbrauen in den Becher.

»Es ist nicht sowas … Mir war gar nicht klar, dass ich traurig bin. Ich war nur wütend auf dieses alte Ekel! Und … ich glaube, ich bin irgendwie von meinem Leben genervt ...« Sie zuckte mit der Schulter. »Außerdem ärgere ich mich über Florian … Das ist mein Freund. Und beides war mir auch nicht klar.« Sie sah ihn unsicher an. »Klingt merkwürdig, oder?«

»Überhaupt nicht.« Piet schüttelte den Kopf.

Mira schob ihren Becher ein Stück hin und her, zog ihre Finger zurück, bis nur die Fingerspitzen auf der Tischkante lagen und begutachtete ihre Fingernägel. Vermutlich suchte sie nach den richtigen Worten.

»Aber das Schlimmste ist dieser Bauernhof …«

»Es ist alles so perfekt, Florians Familie und die Pläne mit dem Geschäft, meine ich.«

Mira hatte ihren heißen Kakao getrunken und ihm dabei von dem Bauernhof und von der Testamentsgeschichte erzählt. Und von dem Pony und diesem Hund. Es bestätigte Piets Meinung darüber, dass es manchen Leuten verboten sein müsste, Tiere zu halten oder Kinder zu bekommen. Nicht, dass ihn irgendwer danach fragte.

Schließlich hatte Mira von ihrem Freund und von der Familienfeier in dem Restaurant einschließlich der Verlobungsüberraschung berichtet.

»Unser Leben sollte nicht perfekt, sondern glücklich sein«, sagte er. »Aber eine Menge Menschen kommen auch ohne Glück prima zurecht. Das Schwierige ist, herauszubekommen, was für dich passt.«

Es klopfte kurz und kräftig an die Tür seines Wohnwagens.

»Herein.«

La Mamà steckte ihren blondierten Kopf in seinen Wohnwagen. Ein Teil der blonden Haarpracht verbarg sich unter dem blauen Basecap, das sie immer trug, wenn sie nicht in der Manege stand.

Geraldines Blick schwenkte zu Mira und landete dann bei ihm. Obwohl Mira kein Mitglied ihrer Zirkusfamilie war, schien sie nicht überrascht, dass sie hier in seinem Wagen zusammensaßen.

»Gijs und ich wundern uns, wo du steckst.«

»Ich bin gleich da.«

Geraldine nickte und drückte mit einem Lächeln in Miras Richtung die Tür von außen wieder zu.

»Ihr verlasst Klein-Bergen heute?«, fragte Mira.

»Ein kleiner Teil von uns fährt schon heute«, erklärte er, weil sie aufrichtig interessiert schien. »Morgen früh kommt der Rest nach. Wirklich schade, dass wir dieses Mal nur so kurz hier sind. Dieser Platz ist richtig schön, so im Wald und mit dem Fluss nebenan.«

»Also, danke fürs Zuhören und für den Kakao natürlich. Der war sehr lecker.« Sie lächelte, verrenkte sich dann, um den Anorak im Sitzen überzuziehen.

»Gern geschehen, Mira. Weißt du, auch wenn dir der Besuch auf dem Hof zu schaffen macht, solang es Menschen wie dich gibt, nimmt das Unrecht in der Welt keine Überhand.«

Sie nickte betrübt. »Aber viel tun konnte ich nicht.«

»Das Veterinäramt wird sich kümmern, ist nur eine Frage der Zeit. Wichtig ist, dass du nicht gleichgültig bist. Davon gibt es zu viele auf diesem Planeten.«

Sie nickte erneut, schien betrübter als zuvor.

Ein Gedanke tauchte in Piet auf. »Vielleicht kenne ich jemanden, der dir helfen kann … in Bezug auf das Testament.« Er zögerte. »Ist nicht hundertprozentig sicher, dass es so ist, allerdings ist er ziemlich … erfindungsreich.«

Jack würde ihm die Hölle heißmachen, das stand fest. Doch – wer wusste schon, warum er jetzt und hier mit Mira zusammensaß?

Konnte natürlich Zufall sein, dass sich Duchess ausgerechnet vorhin auf ihren Solo-Spaziergang begeben hatte, als sich Mira auf dem Zirkusgelände befand. Oder auch nicht.

Piet griff in die Schublade, holte einen Block hervor und schrieb Jacks Handy-Nummer auf.

»Sag ihm einen schönen Gruß von Piet und lass dich nicht abschrecken, falls er ein wenig abweisend reagieren sollte.«

Mira schaute ihn mit großen Augen an. »Ja, ist gut ... danke.«

»Und ...«, er kratzte sich am Kopf, »bitte gib die Nummer nicht weiter ... an niemanden.«

13

Jack

Das Telefon!
Jack, in der Horizontalen auf der Couch liegend, streckte den
Arm aus und reckte sich, was das Zeug hielt. Vergeblich, nur wenige
Zentimeter fehlten seinen Fingerspitzen zu dem auf dem Couchtisch
vibrierenden Samsung.

»Verdammt!«

Er setzte sich auf, packte das Samsung, das genau in diesem
Moment auf die Mailbox umschaltete.

»Hölle verdammt!« Jack schnappte die Fernbedienung und stoppte
die DVD. Vor ihm auf der Mattscheibe, eingefroren als Standbild,
standen sich zum ersten Mal seit Spielfilmbeginn Alan Rickman
aka Hans Gruber und Bruce Willis aka John McLane gegenüber.
Antagonist versus Protagonist. Erster warf gerade einen Blick auf den
Helden ohne Schuhe.

In Zeiten großer Not und Verzweiflung wie dieser half eine Sache
todsicher – Pizza und Blockbuster! Im konkreten Fall Pizza Mista und
Stirb Langsam. Der erste Filmteil war und blieb immer noch der beste.

Nachdem die erste Hälfte der Pizza, die er sich aus seiner
Lieblings-Pizzeria in Klein-Bergen hatte anliefern lassen, verdrückt
und Jack irgendwie immer mehr in die Couch gerutscht war – hatte
der gemütliche Teil des Abends begonnen.

Bis zu dem Anruf.

Jack scrollte die Anruferliste durch.

Markus!

Natürlich! Er war selbst schuld. Er hätte die Sache mit Markus
spätestens heute Nachmittag bei seiner Rückkehr aus Köln klären

können. Hatte er aber nicht und daher musste er es jetzt hinter sich bringen. Jack stand auf, atmete durch und drückte auf Rückruf.

Markus nahm das Gespräch an und startete augenblicklich mit Vorwürfen.

»Ich verstehe das nicht, Jack! So etwas war nie ein Problem für dich! Du kennst doch ... Leute ... die Jessica helfen könnten.«

Zur Hölle, Markus klang nach echtem Unverständnis.

»Junge, ich weiß nicht, worauf du hinauswillst!«, antwortete er. »Wen soll ich kennen, der bei so einer Testamentsgeschichte helfen könnte? Wie kommst du nur darauf? Ich meine, das Beste, was man machen kann, egal worum es geht, ist, sich eine anständige Rechtsschutzversicherung zuzulegen. Mir hat eine Anwältin mal erklärt, dass das Gesetz Auslegungssache ist, und genau deshalb ist es so wichtig, einen Profi für sowas hinzuzuziehen.«

»Aber vor zwei Monaten, als es um den ...« Markus brach ab. Immerhin schien er sich an die Regel, über diese Dinge niemals am Telefon zu sprechen, zu erinnern.

»Sucht euch eine vernünftige Anwaltssozietät, das ist der einzige Rat, den ich euch geben kann.« Jack gab sich einen innerlichen Ruck. »Und mehr gibt es darüber auch nicht zu sagen! Ich muss jetzt hier weitermachen, bis dann Markus!«

Er beendete die Verbindung.

Ein unbefriedigendes Telefonat.

Emotional gesehen. Da er nicht mit Sicherheit wusste, ob Dritte mithörten, hatte er den entscheidenden Punkt nicht klar ansprechen dürfen.

Was war die Alternative? Dass er sich mit Markus traf, um darüber zu reden? Aber wer garantierte ihm, dass der nicht verkabelt sein würde? Möglicherweise war er längst eingeweiht? Hatte gewusst, wen er zu dem Treff im Sissy mitgebracht hatte?

Das war es, was Jack wirklich, richtig doll die Laune verdarb.

Wusste Markus Bescheid, oder nicht? Hatte man das Treffen vielleicht so clever vorbereitet, dass Markus tatsächlich das unwissende Opfer war?

Jack hatte Zeit seines Lebens Schwierigkeiten damit gehabt, Leute für unschuldig oder naiv zu halten. Womöglich hatte er einfach nie bemerkt, was für schauspielerische Fähigkeiten in Markus steckten?

Was auch immer, das Fazit der unerfreulichen Angelegenheit lautete, dass ihr Treffen im Sissy nun einen Rattenschwanz von Unannehmlichkeiten hinter sich her ziehen würde. Nicht nur für ihn, sondern für den gesamten Ring.

Sehr unangenehm.

Vor allem lästig.

Der nächste Punkt auf der ungeschriebenen Liste der Prozesse hieß, den Kontakt zu den sich verdächtig verhaltenden Personen abzubrechen.

Markus war verbrannt.

14

Frank

M ist!«
Der Fluch war ihm rausgerutscht und brachte ihm augenblicklich den schiefen Blick der jungen Frau ein, die ihm gerade so nett die Tür der Espresso-Bar aufhielt.

»Viel los heute Morgen.« Frank machte eine entschuldigende Miene und nickte Richtung Menschenansammlung vor der Theke.

Dort stauten sie sich in zwei Reihen. Die Coffein- und die Teeinsüchtigen! Wenn die Situation nicht sogar einen wesentlich kräftigeren Fluch verdient hatte, was dann?

Das war wirklich nicht sein Tag!

Zuerst hatte sein Wecker versagt – ausgerechnet heute! Nach einer superschnellen Wäsche hatte er im Halbschlaf den Kaffeeautomaten eingeschaltet, um bei dessen schrecklichem Gekrächze beinahe einen Herzanfall zu bekommen. Anscheinend hatte jemand vergessen, Kaffeebohnen nachzufüllen.

Er selbst, um genau zu sein, denn Annika würde erst an diesem Nachmittag von ihrem viertägigen Messebesuch zurückkehren. Als Nächstes hatte er beim Durchwühlen des Vorratsschranks kostbare Zeit verloren – nur um feststellen, dass dieser *Jemand* auch vergessen hatte, neue Kaffeebohnen zu kaufen.

Ausgerechnet heute!

Kurzentschlossen, die Zeit drängte, hatte er seine Alternativen überlegt. Ohne Kaffee ging gar nichts. Und ob ihm – wenn im Büro angekommen – genügend Zeit bliebe, um sich einen Kaffee vor der ersten Morgenbesprechung mit dem neuen Team zu holen, war fragwürdig. Vermutlich würden sie allesamt gespannt im Besprechungszimmer sitzen. Abgesehen davon verdiente die Brühe im Büro kaum die Bezeichnung Kaffee.

Doch ohne Kaffee brauchte er sich nicht in ein Meeting zu setzen, da konnte er ebenso gut fernbleiben. Allerdings würde ihm Michael das ziemlich übelnehmen. Mehr noch, er würde sich veralbert vorkommen. Wie lange hatte Frank ihn schon darum gebeten, in die Fälscher-Ermittlung wechseln zu können?

Seit Sommer letzten Jahres mindestens.

Vor ihm an der Theke bewegte sich etwas und er rückte auf. Mangelnde Geduld war eigentlich nicht sein Problem. Trotzdem schien er hier der Einzige zu sein, der es eilig hatte. Die mit ihm wartenden Kunden – überwiegend knappe fünfzehn Jahre jünger als er – lachten und scherzten miteinander, unbeeindruckt von der frühen Morgenstunde oder des Höllenlärms der Keramikmahlwerke, die pausenlos Kaffeebohnen zu Pulver verarbeiteten und trotz des Zischens, wenn heißes Wasser auf das Kaffeemehl gepresst wurde oder dem brizzelndem Aufschäumen der Milch.

Wahrscheinlich war er einfach zu alt für so viel Krach.

Glück im Unglück, die Baristas – vier junge, stylische Männer – verstanden ihren Job, und nach relativ kurzer Zeit kam Frank an die Reihe.

»Großer Cappuccino zum Mitnehmen bitte«, sagte er laut, um den Krach seiner Umgebung zu übertönen.

»Becher?«, fragte der junge Mann zurück, der einen Krater im rechten Ohrläppchen samt eines schwarzen Ringes sein Eigen nennen durfte.

»Großer Becher, bitte«, wiederholte Frank, bemüht deutlich zu sprechen.

Ohrläppchen-Krater schüttelte den Kopf und zeigte auf das Schild an der Wand, das Frank erst jetzt bemerkte.

Die Menge aller Unterwegs-Getränkebecher für heiße und kalte Getränke hat sich in den letzten 25 Jahren verdoppelt! Inklusive Zubehör wie Deckel, Strohhalm und Rührstab fallen allein

»Wir verkaufen keine Papp-Becher! Schon seit Monaten nicht mehr.«

Totenstille!

Kein Mahlwerk mahlte Kaffeebohnen, kein Milchaufschäumer zischte. Alle Gespräche waren verstummt und alle Augen auf ihn gerichtet.

Zum ersten Mal seit dem Aufstehen fühlte Frank sich hellwach.

Und das ohne Koffein.

»Du kannst einen Bambus-Becher kaufen«, sagte Ohrläppchen-Krater. »Wir haben allerdings nur noch Becher der Sonder-Edition.«

Frank folgte seinem Blick auf das Regal über der Glastheke. Vier große, mit buntem Rautenmuster bedruckte Becher umrahmten den Kopf eines südamerikanischen Nutztiers, dem die Designer riesige dunkle Wimpern und rosa Lippenstift verpasst hatten.

»Lavendel oder Green-Tea?«

»Was?«

»Welches Design willst du?«

Frank kniff die Augen zusammen und erkannte, dass die Rautenmuster in zwei unterschiedlichen Grundfarben existierten – Rosa und Grün.

»Green-Tea bitte«, flüsterte er, was gar nicht einfach mit gebleckten Zähnen war.

Mit einem großen Cappuccino für vierzehn Euro inklusive Nerven am seidenen Faden verließ er die Espresso-Bar fünf Minuten später.

Ausgerechnet heute!

»Schicker Becher«, sagte Dirk.

»Gehört Annika.« Frank ließ sich in den Stuhl fallen, der rechts neben dem seines Kollegen stand. »Was glaubst du, womit wir es zu tun haben?«

»Groß in Mode!«

»Bambusbecher?«

»Alpaka-Wanderungen«, antwortete sein Kollege. »Sind neuerdings ständig im Fernsehen. Früher waren es Esel, jetzt sind es Alpakas. Ich sage nur Detox und Entschleunigung.« Dirk, der mit seinen Ende fünfzig gut zehn Jahre eher an der Pension kratzte als er selbst, verzog das Gesicht vielsagend.

Sie saßen mit fünf anderen Kollegen, zwei Männern und drei Frauen, in dem faden Besprechungszimmer. Dessen Wandfarbe hätte niemand als Green-Tea bezeichnet. Deutsch-Behördengrün, immer schön amtlich bitte!

Frank hatte sich gewundert, Dirk hier zu sehen. In seinem Alter hätte er auch ins Archiv wechseln können. Eine entspannte Tätigkeit, wenn man den Kollegen glauben durfte, die dort arbeiteten. Doch anscheinend zog Dirk die Action einer großen Ermittlung dem Ausruh-Posten im Archiv vor.

»Guten Morgen zusammen!« Michael, der Chef der Abteilung, hochgewachsen, dunkelhaarig und immer im Stress, das Notebook unter dem Arm geklemmt, eilte in den Raum. »Entschuldigt meine Verspätung, aber ich habe gerade noch mit Eva telefoniert und starte dafür mit perfekten Neuigkeiten.«

Er legte das Notebook auf den Tisch, verkabelte es mit dem Netzwerk, klappte den Deckel hoch und griff nach der Fernbedienung für den Beamer.

»Für alle Anwesenden, die neu zu unserer Abteilung gestoßen sind – Eva ist unsere IT-Chefin. Sie wird veranlassen, dass wir und die Kollegen in Düsseldorf Zugriff auf ein gemeinsames Laufwerk bekommen. Damit können wir alle, unabhängig vom Standort, auf die Dokumente zugreifen und unsere Bemühungen bündeln.« Er warf einen kurzen Blick auf die Wand, wo sich allmählich ein helles Quadrat abzeichnete.

»Und Synergien erzielen natürlich! Okay, braucht einen Moment, bis der Beamer einsatzbereit ist – habt ihr alle das Memo gelesen, dass ich vorgestern gemailt habe? Dann solltet ihr über die Eckpunkte informiert sein. Ich bringe euch ... Ja, Iris?«

Frank drehte sich auf dem Stuhl. Iris saß etwas versetzt hinter ihm. Er kannte die dunkelblonde Mittdreißigerin von diversen Weiterbildungs-Workshops.

»Dieser Fälscher-Ring scheint sehr ambitioniert zu sein, um es mal so auszudrücken. Ich wundere mich, dass sich das BKA die Sache noch nicht geangelt hat.«

»Guter Punkt!«, sagte Dirk.

Michael nickte. »Ambitioniert ist zutreffend formuliert. Deshalb sollen wir die Kollegen in Düsseldorf unterstützen, damit die Sache nicht so bombastisch wird, dass die Bundesstaatsanwältin es demnächst zu einer Angelegenheit des BKA machen muss.«

Ihr Vorgesetzter warf einen Blick in die Runde. »Habt ihr weitere Fragen? Ansonsten verteilen wir die Aufgaben im Team und setzen die Ermittlungs-Schwerpunkte. Danach bringe ich euch auf den aktuellen Stand.«

Michaels Blick hatte jeden einzelnen erfasst und stoppte bei Dirk. »Du bist Dienstältester von uns, daher möchte ich, dass du mich vertrittst.«

»Kann ich machen«, meinte Dirk.

»Perfekt, als nächsten Punkt – Frank?« Sein Vorgesetzter wandte sich ihm zu. »Dich könnte ich mir als unser aller Koordinator vorstellen, wenn du einverstanden bist. Düsseldorf war lange Zeit deine Dienststelle und – soweit ich informiert bin – hast du gute Kontakte zu deinen alten Kollegen. Insofern würdest du als unser Verbindungsmann fungieren. Das bedeutet aber regelmäßige Dienstfahrten. Ist das okay für dich?«

»Ich suche mir einen festen Wochentag aus und bitte bei den Düsseldorfern um Asyl«, antwortete er. »Dann kann ich morgens direkt dorthin fahren und von dort aus arbeiten.«

»Sehr schön! Was die sonstige standortübergreifende Kommunikation angeht – falls euch telefonieren nicht ausreicht –, wir haben auf der dritten Etage einen hübschen neuen Viko-Raum! Ihr habt's bestimmt in den letzten Monats-News gelesen. Der ist frisch gestrichen und allein für unsere Abteilung reserviert. Den werden wir auch für die angedachten Team-Besprechungen mit den Düsseldorfer Kollegen nutzen. So, was macht der Beamer?«

Der hatte inzwischen seine Betriebstemperatur erreicht.

Michael schaltete die Anzeige seines Notebooks um, sodass sie alle im Raum ein buntes Torten-Diagramm sehen konnten.

»Starten wir mit den Fakten.«

15

Mira

Ich weiß, ich hätte dich nicht so überfallen dürfen«, sagte Florian. »Aber Honey, du weichst immer aus, wenn ich dich darauf anspreche!«

»Das ist nicht wahr«, antwortete Mira und wusste im selben Moment, dass es stimmte. Wie oft hatten sie in den letzten Monaten darüber diskutiert, endlich zusammenzuziehen. Das heißt, Florian hatte diskutiert.

»Du sagst, du liebst mich, doch du willst nicht mit mir zusammenwohnen. Wo ist da die Logik?«, setzte er nach.

Diesem Argument konnte Mira nichts entgegensetzen. Sie wechselte das Telefon vom linken zum rechten Ohr und schaute aus dem Wohnzimmerfenster hinunter auf die Eichenallee. Gegenüber standen mehrere zweigeschossige Häuser inmitten großer Gärten. Es war ein ruhiges Viertel, mit schönen Altbauten und viel Grün. Mira mochte die Wohnung, mochte die Umgebung. Und zum ersten Mal wurde ihr klar, dass sie es auch mochte, Florian nicht jeden Tag zu sehen.

Der gestrige Besuch auf dem entsetzlichen Hof mit dem hasserfüllten Alten hatte die Ereignisse des Vortages verdrängt. Die Sache im Hemingway – der Schreck-Moment, als Hendrik neben ihr aufgetaucht war und sie in flagranti beim Lügen erwischt hatte. Hendriks Ultimatum. Schließlich am Abend das Highlight: Florian, der ihr den Ring ansteckte!

Florians Anschlag sollte ihrem Ausweichen ein Ende setzen. Er wollte unbedingt den nächsten Schritt in ihrer Beziehung einläuten. Wieso hatte er es nicht lassen können, wie es war?

Weil ihm das nicht genügte.

So hatte es Marianna bei ihrem Telefonat gestern formuliert. Florian wünschte sich ein Leben mit ihr, als der Frau an seiner Seite! Marianna war sehr verständnisvoll gewesen, doch die unausgesprochene Frage – wenn Mira ihren Sohn liebte, warum wollte sie dann nicht auch den nächsten Schritt machen – war bei jedem Wort mitgeschwungen. Die Verlobung und das längst fällige Zusammenziehen bedeuteten nicht, dass sie kommendes Jahr heiraten mussten, hatte sie gesagt. Außerdem wisse Mira schließlich über Florians Ängste Bescheid und sie würde bestimmt verstehen, wie wichtig für ihn dieses Signal, dieser öffentliche Beweis ihrer Zusammengehörigkeit wäre.

Zuletzt hatte sie hinzugefügt, dass für ihren Sohn feststand, mit wem er alt werden wolle. Danach hatte Marianna sie nicht weiter bedrängt, sondern nur erwähnt, dass sie Florian geraten habe, erst morgen mit ihr zu sprechen. Damit sie beide einen Tag Abstand hätten.

Einen Tag Abstand, als wenn das ausreichen würde. Erneut tauchte der Gedanke an Danielas Vorschlag, Deutschland für ein paar Wochen zu verlassen, um im Auslandstierschutz mitzuhelfen, in ihr auf.

Eine Auszeit von Florian und dem Hemingway, das klang auch heute noch unwahrscheinlich verlockend. Gleichzeitig fühlte Mira, dass sie zuerst alles tun musste, um das Pony und den verängstigten Hund vor diesem schrecklichen Alten zu retten.

Mira holte Luft, atmete durch.

»Ich weiß es nicht, Florian«, antwortete sie. »Das hat für mich nichts mit Logik zu tun … Es geht vor allem um …«

»Es hat alles mit Logik zu tun, Mira«, fiel er ihr ins Wort. »Menschen verlieben sich ineinander, und wenn sie glücklich sind, ziehen sie zusammen und irgendwann gründen sie eine Familie. Wir sind seit sechs Jahren ein Paar, Herrgott nochmal, Mira!«

»Wieso müssen alle Paare zusammenwohnen?«, rutschte es viel heftiger, als sie es gewollt hatte, aus ihr heraus. »Was stimmt mit unserer Partnerschaft nicht, nur weil wir in zwei getrennten Wohnungen leben und dabei glücklich sind?«

Florian schwieg einen Moment.

»Willst du überhaupt heiraten, Mira?«, fragte er dann. »Und Kinder haben?«

»Natürlich, aber jetzt doch noch nicht … Wir haben alle Zeit der Welt. Warum machst du so einen Druck?«

»Weil du in ein paar Monaten dreißig wirst, Mira!«, Florians Stimme klang ungewohnt hart. »Du bist bald zu alt, um gesunde Kinder kriegen zu können!«

Während Mira diese Gemeinheit, die er da gerade losgelassen hatte, verdaute, sprach er schon weiter.

»Entschuldige, Honey, tut mir leid, dass es so harsch klingt … Aber das ist ja nun mal die Wahrheit. Ich bin ein Mann. Ich kann auch mit siebzig noch Kinder zeugen.«

Einen Augenblick blieb es still und irgendwie war Mira dankbar für diese *Wahrheit* von ihm. Sonst hätte sie vermutlich nie den Mut aufgebracht, ihren Wunsch laut auszusprechen.

»Und meine Wahrheit ist, dass ich Abstand brauche, um darüber nachzudenken, Florian. Eine Auszeit von unserer Beziehung! Wir sollten uns eine Zeitlang nicht sehen.«

»Was ... Was meinst du damit? Du willst eine Auszeit? Wie lang … soll deine Auszeit dauern?«

»Unsere Auszeit«, korrigierte sie.

»Nicht unsere! Ich brauche keinen Abstand von dir, um zu wissen, dass ich dich heiraten will, Mira Hermann.«

Er war enttäuscht. Natürlich. Sie hatte ihn enttäuscht. Mira zwang sich dazu, das schreckliche Gefühl – ein Schuldgefühl vielleicht – auszuhalten und nicht aus Mitleid nachzugeben.

»Zwei Wochen. Zwei Wochen, in denen wir uns nicht treffen.« Und nicht telefonieren, hätte sie am liebsten hinzugefügt, traute sich aber dann doch nicht.

Erneute Stille.

Einen langen Moment später ein Einatmen. Es klang nach einem Menschen, der gerade vernichtet worden war. Als hätte sie ihn gerade vernichtet!

Wie albern, dachte sie und war gleichzeitig über ihren Gedanken entsetzt.

»Wenn du das so willst … Mira?«

»Ja, das will ich«, zwang sie sich, mit fester Stimme zu erwidern.

»Dann … also ... bis in zwei Wochen, Mira.«

Damit war ihr Telefonat beendet.

Mira blieb am Fenster stehen und starrte auf die Gärten gegenüber. Alles grünte und blühte da draußen, noch ein paar Wochen und sie würde die Äste der Bäume in den dichten Blattkronen nicht mehr erkennen können.

Allmählich beruhigte sich der durcheinanderwirbelnde Gefühlsmix in ihrem Inneren. Mit jeder Sekunde, die verging, verblassten die Schuldgefühle und ließen etwas anderes zurück.

Erleichterung.

Unendliche Erleichterung.

»Wie könnte dieser *Jack* bei der Testaments-Sache helfen?«, fragte Daniela.

»Ich weiß es nicht«, gestand Mira. »Die Situation war so seltsam. Ich stand vor dem Zirkuszelt und hatte so ein Gefühl, als ob es was zu erledigen gäbe … Ist schwer zu beschreiben. Und plötzlich war das Alpaka vor mir und es schien furchtbar traurig und dann ist Piet aufgetaucht und ich habe angefangen zu heulen.« Sie zuckte mit den Schultern. »Keine Ahnung, das war alles ... seltsam! Klingt schräg, oder?«

»Es klingt nach einem magischen Moment.« Daniela zwinkerte ihr zu.

»Vielleicht war es das ja wirklich.« Mira lächelte und trank einen Schluck Kaffee. Mit dem bunten Keramikbecher in der Hand lehnte sie sich zurück.

Es war schön, hier mit Daniela in deren Küche bei einem Kaffee zusammenzusitzen. Ein spontanes Treffen und eine komplette Abwechslung zu Miras üblichem Freitagnachmittag. Freitags war ihr kurzer Tag im Hemingway und üblicherweise erledigte sie an diesem Nachmittag Besorgungen und ruhte sich anschließend zu Hause ein bisschen aus, bevor sie wie üblich ins Bunt&Blatt fuhr, um dort mitzuarbeiten.

Die Nachmittage im Laden waren ausgefüllt mit allem, was anstand, angefangen mit Putzen und Aufräumen bis zur Abrechnung. Hinterher aßen sie mit Florians Eltern und Claudia zu Abend und Mira übernachtete natürlich dort. An dem folgenden Samstag übernahm sie gewöhnlich den Spätdienst im Hemingway, damit sie und Florian zusammen in Ruhe frühstücken konnten. Samstags war der einzige Tag, an dem er erst ab Mittag in den Laden ging.

Aber heute war alles anders. Der allererste Freitagnachmittag frei von dem gewohnten Trott. Nun, Florian und das Bunt&Blatt würden ohne sie auskommen, das stand fest. Dennoch, ein leises Schuldgefühl kratzte irgendwo in ihr herum. Wahrscheinlich, weil es sich so gut anfühlte, ihren Feierabend mit ihrer Freundin bei einem Kaffee zu verbringen!

»Ich habe letztens eine Doku gesehen, eigentlich eine Reisedokumentation über die Oberpfalz«, sagte Daniela. »Da haben sie unter anderem einen Hof gezeigt, der Alpaka-Wanderungen anbietet. Die Halterin erzählte, dass diese Tiere unwahrscheinlich emphatisch sind. Bestimmt hat Duchess deine Traurigkeit gespürt.«

»Möglich.« Doch Mira zweifelte daran. Sie hatte sich eher erschüttert als traurig gefühlt. Wütend auf den schrecklichen Alten und ohnmächtig wegen des Hundes und des apathischen Ponys. Aber auch verärgert wegen Florians und Mariannas Verlobungsattacke.

»Jedenfalls hat mich dieser seltsame Nachmittag auf Piet treffen lassen. Nur wie uns das bei Drei-Linden weiterbringt und wie dieser Jack uns helfen soll ...« Sie zuckte mit den Schultern. »Keine Ahnung.«

»Das wirst du wohl erst herausfinden, wenn du ihn anrufst.« Daniela warf einen Blick in Miras Kaffeebecher.

»Können wir los? Du kannst mir den Rest unterwegs erzählen. Vor allem von Florian und eurer Auszeit und wie die Stimmung derweil im Hemingway ist.«

»Klar.« Mira trank den letzten Schluck Kaffee. Sie schnappte sich die beiden Keramikbecher und stellte sie in die Spüle.

»Ich hoffe, dass der Hof, zu dem wir heute fahren, anders ist als der Hof von dem schrecklichen Alten! Kennst du die Leute persönlich?«

»Ich habe nur mit ihnen telefoniert, aber dass die Sunflower-Ranch das Gegenteil von Drei-Linden sein wird, verspreche ich dir ohne dort gewesen zu sein. Sonst würden sie kaum eine Bio-Zertifizierung beantragen.«

»Das ist der dritte Hof in unserer Region, der dieses Jahr bei uns nachgefragt hat, wie das im Detail mit der Bio-Zertifizierung ausschaut«, erklärte Daniela.

Sie saßen in ihrem Passat und fuhren durch das Stadtzentrum Richtung Osten.

»Wollen sie auch in die Fleischproduktion?« Mira, die seit zwei Jahren vegetarisch lebte, konnte nicht nachvollziehen, dass Menschen Tiere großzogen, um sie dann zum Schlachthof bringen zu lassen. Dass die Tiere wenigstens bis zu ihrem Lebensende ein anständiges Leben führten, versöhnte sie ein wenig mit dem Gedanken.

»Nein, sie werden sich auf Eier und Milch spezialisieren. Sonst hätte ich dich nicht mitgenommen. Nach deiner Aktion im Hemingway traue ich dir durchaus zu, dass du eine Grundsatzdiskussion beginnst.« Daniela lächelte zwar, doch in ihren Worten schwang ein ernster Unterton mit.

»Ich würde dich bestimmt nicht bloßstellen«, entgegnete Mira. Sie schaute aus dem Beifahrerfenster auf den Rückstau am Parkhaus-Eingang der Klein-Bergener-City und staunte über die Beharrlichkeit der Fahrer und Fahrerinnen. Geduldig verharrten sie in der Schlange, bis sie an der Reihe waren, ihr Ticket zu ziehen und in die Dunkelheit vor ihnen eintauchen zu dürfen. »Außerdem möchte ich die Leute nicht entmutigen. Ist immerhin ein Schritt in die richtige Richtung.«

Daniela stoppte an der roten Ampel vor ihnen. »Hat dein Chef eigentlich noch was zu der Sache gesagt?«

»Nein, aber es ist nicht wie vorher. Hendrik vermeidet es, mich anzuschauen, wenn wir miteinander sprechen. Ist nur eine Frage der Zeit, wann es Lilly oder Tom auffallen wird.«

»Da musst du wohl jetzt durch.«

Es klang ein bisschen belehrend, das war okay. Daniela war älter als sie. Da gestand sie ihr gern zu, ab und an mal die lebenserfahrene *weise Frau* raushängen zu lassen.

Nach Florians Attacke und der Begegnung mit dem Ekel-Alten, gehörte die angespannte Atmosphäre im Hemingway zu Miras kleinsten Sorgen. Sie berichtete ihrer Freundin von dem gestrigen Telefonat mit Florian.

»Ich bin also deinem Rat gefolgt.«

»Es wird euch beiden guttun, davon bin ich überzeugt. Hast du über die Idee, ein paar Wochen im Auslandstierschutz mitzuhelfen, nachgedacht?«

»Ich würde es gern machen ...«, sagte sie. »Aber ich bekomme Drei-Linden nicht aus dem Kopf, das hat die Idee zur Seite gedrängt. Was wird das Veterinäramt unternehmen?«

»Sie haben mir zugesagt, dass sie heute morgen als erstes auf den Hof fahren. Sie werden sich alles anschauen und mit Paul Schultheiß sprechen.«

»Und ihm eine Frist setzen um die Missstände zu beheben, vermute ich ...«, antwortete Mira düster.

»Das Veterinäramt muss sich an die gesetzlichen Vorgaben halten und solang keine Lebensgefahr für die Tiere besteht, existiert keine

Handhabe sie zu beschlagnahmen.« Daniela warf ihr einen kurzen Blick zu. »Die Gesetzmühlen mahlen langsam, aber es wird etwas geschehen, Mira.«

Irgendwann bestimmt. Doch vielleicht hatte sich durch die Begegnung mit Piet tatsächlich ein neuer Weg, eine neue Lösung ergeben. Eine die schneller funktionierte, als die Mühlen der Rechtssprechung!

»Ich glaube, ich bleibe auf der Landstraße«, sagte Daniela. »Das Stück Autobahn spart uns höchstens fünf Minuten.«

Inzwischen hatte sich die Sonne herausgetraut. Zögernd streichelte sie durch die zart grünenden Baumspitzen. Mira freute sich über die Sonnenstrahlen ebenso wie über diesen gewonnenen Freitagnachmittag, der ohne die übliche Bunt&Blatt- und Florian-Routine ungewohnt leicht daherkam.

Sie selbst fühlte sich leicht. Frei, irgendwie.

Eine knappe halbe Stunde später – die Landstraße hatte sie zwischen durch sanft geschwungene Hügel mit zu beiden Seiten liegenden Feldern und Wiesen geführt – erreichten sie ihr Ziel. Schon die Zufahrt zu dem Bauernhof unterschied sich von denen anderer Höfe. Rustikale Holzbalken umrahmten das zweigeteilte Gatter-Tor, wie bei einer amerikanischen Western-Ranch. Oberhalb der Einfahrt thronte ein Holzschild: *Sunflower-Farm* war in den bunten Lettern einer bekannten Western-Schriftfamilie darauf gemalt. Sie erinnerten an die übergroße Aufschrift vom *Saloon* in einer Filmkulisse.

Daniela fuhr die Zufahrt entlang bis zu dem – tatsächlich – sonnenblumengelb gestrichenen Bauernhaus. Rechterhand stand eine geräumige Scheune. Stallgebäude schlossen sich daran an. Linkerhand hütete ein hellgrüner Garagenbau gut gelaunt einen alten Pick-up, wie Mira wegen des geöffneten Tors erkennen konnte.

Ihre Freundin ließ den Passat die letzten Meter rollen, stoppte und drückte kurz auf die Hupe.

»Endlich Beine vertreten!« Daniela schaltete den Motor ab und sie stiegen aus.

Von irgendwoher schallte ein schnell lauter werdendes Bellen zu ihnen herüber und im nächsten Moment schoss ein mittelgroßer Jagdhundmix fröhlich wedelnd auf sie zu.

»Sunny tut nichts«, sagte eine männliche Stimme hinter ihnen. Sie gehörte zu einem Mann in den Dreißigern mit kurzem Bart, blauem Arbeitsoverall, knallgrünen Gummistiefeln und einer Heuforke in der Hand.

»Willkommen auf der Sunflower-Farm.« Er lehnte die Forke an die Scheunenwand und wischte sich die Finger am Overall ab.

»Herr Lanzenroth, vermute ich?«, fragte Daniela.

Mira hockte sich hin und streichelte den Jagdhundmix ausgiebig.

»Yannis bitte, wir hatten telefoniert.«

Daniela und ihr Gastgeber schüttelten sich die Hände. Mira erhob sich, und während Sunny fröhlich japsend davonsauste, um ihren Hunde-Angelegenheiten nachzugehen, begrüßte sie den Landwirt.

»Wie angekündigt bringe ich eine Kollegin aus dem Tierschutz mit, Mira Hermann.«

Sie tauschten ein paar Floskeln und einigten sich schließlich alle auf das Du.

»Lena, meine Frau, wird gleich dazu kommen, aber ich kann euch schon mal den Kuhstall zeigen? Es sei denn, ihr möchtet zuerst einen Kaffee zur Stärkung.«

»Lass uns erst die Besichtigung durchführen und hinterher können wir die offenen Punkte in Ruhe besprechen. Ich habe einen Fragebogen mitgebracht ...« Daniela holte ein Klemmbrett mit Notizblock und einen Kuli aus ihrer Umhängetasche.

»Ich finde das unheimlich hilfreich, dass sich der örtliche Tierschutzverein Zeit nimmt, und Beratungen zu dem Thema Bio-Zertifizierungen anbietet. Natürlich war ein Ansprechpartner von Bioland hier und hat uns eine Menge erklärt. Von ihm bekamen wir den Tipp, dass wir euren Verein kontaktieren sollten. Ich glaube, es lag ihm sehr am Herzen, dass die lokal beheimateten Tierschutzvereine mit dem Bio-Verband an einem Strang ziehen.«

»Solidarisierung ist wichtig«, schaltete sich Mira ein. »Unsere Gegner, die global agierenden Konzerne, machen nichts anderes.«

Ihre Freundin nickte zustimmend. »So ist es, also sowohl, dass die Interessenvertreter der Konzerne eine Front bilden, als auch, dass der Bund der ökologischen Lebensmittelwirtschaft die Zusammenarbeit mit dem Tierschutz fördert.«

»Hallo zusammen und herzlich willkommen auf der Sunflower-Ranch!«

Mira schätzte die Frau, die aus dem Eingang des Bauernhauses trat, auf Anfang, Mitte vierzig und damit etwas älter als ihren Mann. Sie trug kirschrote Dreadlocks, die sie mit einem leuchtend orangegelben Tuch zusammengebunden hatte.

Mira liebte Buntes! Und wäre ihr Herz nicht schon beim Anblick des sonnenblumengelben Bauernhauses aufgegangen, wäre das spätestens jetzt geschehen.

Yannis machte sie miteinander bekannt.

»Wo wolltet ihr starten?«, fragte Lena anschließend.

»Mit dem Kuhstall«, antwortete ihr Mann und so zog die kleine Gruppe los. Sie durchquerten die Scheune, – wo Daniela sich nach der Herkunft der Heuballen erkundigte – und betraten von dort die Kuh-Residenz. Ultramodern, hell und freundlich! Kein Vergleich zu den dunklen, engen Boxen der konventionellen Milchwirtschaftsbetriebe. In der Mitte der Wand war eine geräumige Kuhpassage eingelassen, die weit geöffnet war. Dahinter erstreckte sich grünes Weideland bis zum fernen Waldrand.

»Unsere Tiere sind tagsüber natürlich die meiste Zeit auf der Weide, außer wenn es zu kalt ist.«

»Und ich wette, sie lieben ihren Stall genauso wie diese Wellness-Apparaturen.« Daniela deutete auf die Handvoll verteilten Kuh-Massage-Bürsten, die jeweils an einem stabilen Metallgestell hingen.

Mira kannte sie aus TV-Dokumentationen, hatte dergleichen aber noch nie live gesehen. Sie ähnelten in ihrem Umfang den Reinigungsbürsten in den Auto-Waschstraßen. »Die sehen großartig aus.«

Lena lachte. »Die Tiere sind verrückt danach! Was mich absolut gewundert hat, ist, dass sie überhaupt keine Scheu hatten, die Bürsten auszuprobieren. Dabei haben wir uns im Vorfeld einen Haufen Gedanken gemacht, ob wir solche riesigen Fremdkörper in ihrer Schutzzone aufstellen dürfen oder ob das zu viel Stress für sie wäre.«

»Von wegen Stress!« Yannis strich sich über den dunklen Backenbart. »Es dauerte, glaube ich, kaum eine halbe Stunde, bis unsere Kühe anfingen, sie zu erkunden. Und – das hat uns beide am meisten überrascht – sie haben unheimlich schnell herausgefunden, was man mit den Dingern anstellt.«

»Weil du unsere Kühe immer unterschätzt«, sagte Lena zu ihrem Mann.

»Aber ich liebe sie!«

»Genau wie du mich liebst, und mich unterschätzt du auch ständig.«

»Frauen zu unterschätzen ist ein weit verbreiteter Fehler bei Männern«, stieg Daniela auf den Scherz ein.

»Ich bin hier in der Unterzahl und bitte dies in Bezug auf weitere Kommentare zu berücksichtigen!«, protestierte Yannis schmunzelnd.

»Einverstanden.« Lena trat zu ihm und das Paar gab sich einen raschen Kuss.

Begleitet von Sunny, der unvermittelt neben ihnen auftauchte, marschierten sie auf die Weiden hinaus. Der Regen der letzten Tage hatte den Feldweg zu einem ordentlichen Matschgebiet verwandelt und Mira, die ihre Lieblings-Chucks mit dem auf altmodisch getrimmten Blumenmuster trug, hüpfte von einer trockenen Stelle zur nächsten.

Schwarz-weiß gefleckte Kühe – Holsteiner-Milchkühe, wie Lena erklärte – standen wiederkäuend in kleinen Grüppchen beisammen. Miras Blick folgte den sanften grünen Hügeln über die Weiden bis hin zum Waldrand. Tief atmete sie die frische Luft ein. Es roch herrlich. Nach Land, nach Natur, nach Glück.

Ein Telefon klingelte.

»Oh, Entschuldigung.« Daniela zog ihr Mobiltelefon aus der Umhängetasche und ging ein paar Schritte von ihnen weg.

»Wie seid ihr auf die Idee gekommen, euren Hof Sunflower-Ranch zu nennen?«, fragte Mira. »Und wieso der Western-Style?«

»Der Western-Style war meine Idee«, antwortete Lena. »Ich bin mit Bonanza und den Filmen von John Wayne aufgewachsen. Ich habe da ein Faible für.«

»Und Sonnenblumen haben wir beide immer schon geliebt«, ergänzte Yannis.

»Eine tolle Idee! Die Einfahrt zu eurem Hof sieht so klasse aus, ich hatte einen Moment das Gefühl, in den USA zu sein.«

Daniela hatte ihr Telefonat beendet, verstaute ihr Mobiltelefon und kam wieder zu ihnen. »Schlechte Nachrichten«, sagte sie zu Mira. »Ludovine hat gerade erfahren, dass Landmeister dem alten Schultheiß ein Angebot für den Hof gemacht hat. Jetzt läuft die Zeit.«

»Landmeister? Dieser … ekelhafte … Eier-Mogul?«

Landmeister war als einer der größten Eier-Produzenten in der Region stinkreich geworden. Auf Kosten der Tiere, der Umwelt und seiner Angestellten.

Daniela berichtete den beiden angehenden Bio-Landwirten von ihrem Besuch kürzlich auf Drei-Linden und von der Konfrontation mit dem Besitzer.

»Mein Güte!« Yannis sah zu Lena. »Kannst du dir das vorstellen, eine Eier-Fabrik kaum siebzig Kilometer von uns entfernt?«

16

Jack

Die Sonne schien, der Himmel war blau und abgesehen von dem etwas zu kühlen Wind erinnerte Jack der ganze strahlende Tag an eine Sache – der Sommer stand bevor!

Auf dem Weg zum verabredeten Treffpunkt mit dem *Künstler* stoppte Jack an der Buchhandlung Hardenburg. Knappe zwanzig Minuten später – für ihn ein mega-kurzer Aufenthalt in einem Buchladen – kam er wieder heraus. In dem Rucksack aus upgecycelter LKW-Plane befand sich eine Stofftasche mit seinen neuen Schätzen. Zwei Taschenbücher für ihn, eins für seinen Onkel. Zuhause lagen bereits drei Bücher für Piet und jetzt mit diesem vierten, dem Roman von Stewart O'Nan, lohnte es sich, ein Paket zu schnüren und ihm zu schicken. Davor musste er allerdings noch einen Blick auf den Touren-Plan des Zirkus werfen, um zu wissen, wo Gregoriana nächste Woche landen würde.

Jack schulterte seinen Rucksack und reihte sich in den Strom der Passanten, hauptsächlich Rentner und Rentnerinnen, ein, die die Einkaufsstraße in gemäßigtem Tempo entlangflanierten. Er bremste sich und passte seinen Schritt an. Die Entschleunigung bot ihm eine gute Möglichkeit, abzuchecken, ob ihm jemand folgte. Gleichwohl war ihm klar, dass er die Profis unter den Beamten in Zivil nicht erkennen würde.

Dort hinten leuchtete ihm das rote Schild mit dem TIPICO-Schriftzug entgegen. Ort des vereinbarten Treffpunkts.

In dem Eiscafé vor dem Wettanbieter-Shop stoppte er erneut. Dieses Mal um sich einen Cappuccino in seinen mitgebrachten Thermobecher füllen zu lassen. Er schraubte den Becher zu und betrat die Filiale des Wettanbieters.

Die üblichen Klienten hingen hier rum. Jack hatte sich immer schon gefragt, wieso die Leute zum Wetten in einen Shop gingen. Ließ sich doch alles prima von zu Hause aus erledigen. Bequemer definitiv und wer besaß heutzutage keinen DSL-Anschluss?

Dass er ab und an hierherkam, lag daran, dass dieser Laden einer der abgesprochenen Notfall-Treffpunkte war. Dementsprechend musste er manchmal herkommen, damit sein Besuch hier nicht auffiel.

Jack grüßte unbestimmt in die Runde und sein Gruß wurde von den Anwesenden, den Mitstreitern – oder besser ausgedrückt, den ahnungslosen Statisten seiner kleinen Inszenierung – vage erwidert. Fast augenblicklich nahm niemand mehr Notiz von ihm und er suchte sich ein Terminal in einer ruhigen Ecke.

Der Künstler war noch nicht eingetroffen. Allerdings – hundertprozentig sicher konnte er da nicht sein. Der Fälscher hatte bei jedem ihrer knapp Handvoll Treffen anders ausgesehen. Jack tippte auf ein Schauspielstudium im früheren Leben oder zumindest einen Intensivkurs Schwerpunkt Maskenbildner-Werkstatt. Definitiv spannend. Mal sehen, wem er heute begegnen würde.

Vielleicht war dieser ganze Aufwand, bedachte man auch die Art der Kontaktaufnahme, sprich die Exkursion ins Rhein-Center, überflüssig. Das alles sollte nur dem Fall dienen, dass die Behörden ihn bereits dem engeren Verdächtigenkreis zugeteilt hatten. Natürlich müßig darüber zu spekulieren, da ihm die wesentlichen Informationen fehlten: Waren sie über Markus auf ihn gestoßen? Oder andersherum? Nur eines stand fest: Das Treffen im Sissy war ein Hinterhalt gewesen. Ein Fangeisen, das nicht zugeschnappt war, weil er den Köder ignoriert hatte. Aber ob das ausreichte, um ihn aus dem Kreis der Verdächtigen zu löschen?

Er wusste es nicht. Alles hing davon ab, wie die andere Seite Markus einschätzte und was der ihnen erzählt hatte ... Verdammter Markus!

Jack spülte den Haufen negativer Energie mit einem großen Schluck Cappuccino herunter. Zeit für den Job.

Er setzte sich vor das Terminal, holte seinen *Kicker* und einen Collegeblock heraus und begann, abwechselnd die elektronischen Tafeln an der Decke, die die Ergebnisse der aktuellen Matches abspulten, und die gedruckten Pläne der Wettbegegnungen zu studieren. Bis zum Eintreffen des Künstlers konnte er dieses Treffen prima zu Recherchezwecken für seine kommenden Fußballwetten nutzen.

Erste Bundesliga, Serie A, Premier League … Er behielt die europäischen Spitzenligen grundsätzlich im Blick, besonders die Mitstreiter der Champions und Europa League. Das waren schon eine Menge Vereine, die er dauerhaft auf dem Schirm halten musste.

Von seinem Cappuccino war nur noch ein Drittel vorhanden, dafür war die Blockseite mit blauen Notizen überzogen. Termine der nächsten Begegnungen. Dahinter hatte er seine eigenen Kürzel für sichere Wette, Risiko, Kombi und System gesetzt. Seine Einschätzung würde er später und in der Ruhe seiner Wohnung mit den Insider-Infos abgleichen und danach entsprechend seine Wetten platzieren.

»Frag mich, wann die Franzosen den Pokal mal wieder nach Hause holen«, sagte eine vertraute Stimme neben ihm.

Jack warf seinem Gegenüber einen kurzen Blick zu. Ein Mann in den Fünfzigern, mit Nickelbrille, angegrauten Haaren und dezentem Schnäuzer. Durchschnittlich aussehend, durchschnittlich alt – definitiv ein Büroangestellter, vielleicht ein Mitarbeiter einer öffentlichen Krankenkasse?

Der Künstler!

Er setzte sich vor das benachbarte Terminal und zog Collegeblock und Kuli aus seinem Aktenkoffer.

»Ist einfach nicht mehr dasselbe, seit Zizou die Pokale für Madrid holt«, pflichtete Jack ihm bei.

»Ein Ausnahme-Spieler! Wirklich schade, dass er sich für seine Trainer-Karriere Spanien ausgesucht hat und nicht zu Hause geblieben ist.«

Sie fachsimpelten eine Weile über die Favoriten beim diesjährigen Champions-League-Finale. Jack hielt die anderen Typen im TIPICO-Shop dabei unauffällig im Auge.

»Was ist nur mit der UEFA los?«, fragte der Künstler im selben beiläufigen Tonfall ihres bisherigen Gesprächs, lediglich die Lautstärke war etwas gesenkt. »Immer dieselben Querelen.«

Jack berichtete, ebenso leise, von dem Treffen mit dem Lockvogel. Deutete zwischendurch auf die elektronische Tafel über ihnen, als wären die momentanen Spielbegegnungen ihr Gesprächsgegenstand.

»Sicher?«

»Definitiv.«

»Verstehe.« Der Künstler wandte den Blick zu seinem Terminal, studierte scheinbar die anstehenden Spiele.

»Liverpools Ergebnisse sind nicht gerade stabil«, sagte er nach einem Augenblick. »Werde vorläufig nicht mit denen wetten.«

Jack nickte. »Hab ich mir auch schon überlegt.«

Im Klartext bedeutete das, dass der Künstler anordnete, keine Aufträge anzunehmen. Vorläufig jedenfalls. Jack akzeptierte die Ansage ungeachtet dessen, dass er sich in der Regel von niemanden etwas vorschreiben ließ. Doch hier war die Hierarchie klar. Die Künstler riskierten am meisten und mit ihnen stieg oder fiel das gesamte Geschäft!

Sie plauderten noch ein wenig über die Chancen der einzelnen Bundesligavereine, ins Finale zu kommen, und dass Schalkes Pechsträhne sowohl zu Hause als auch in der Europa League anzuhalten schien.

Schließlich verabschiedete Jack sich. Er spazierte zur nächsten Straßenbahn-Haltestelle und nahm die Bahn Richtung Schafswiese. Von der Haltestelle waren es nur ein paar Minuten bis zum Rheinufer. Dort setzte er sich auf die Terrasse eines Cafés, in dem sie hervorragende Pasta-Gerichte machten. Er suchte sich eine windgeschützte Ecke und bestellte ein alkoholfreies Radler und Cannelloni mit Blattspinat und Ricotta. Jack genoss die Sonnenstrahlen, nippte an seinem Radler und ließ den Blick über den Rhein schweifen.

Der Künstler würde die aktuellen Informationen – entsprechend der vereinbarten Prozesse – weitergeben. Das Geschäft temporär einzufrieren war eine nützliche Maßnahme, mit der Jack natürlich gerechnet hatte. Falls nun weitere Goldnachrichten eintrudelten, würde er die ablehnen und dies mit Urlaub, Umzug oder dergleichen begründen. Ein paar Monate ohne die Vermittlungsjobs konnte er locker überstehen. Er war klug genug gewesen, um sich schon in seinen Anfangsjahren ein Polster zuzulegen. Außerdem verdiente er noch Geld mit den Fußballwetten, sowie mit dem, was der Informationsfluss zwischendurch vorbeispülte.

Das Wichtigste würde es von jetzt ab sein, seine Umgebung im Blick zu behalten und wachsam zu bleiben.

Vielleicht sollte er wirklich Urlaub machen? Mal wieder raus aus Deutschland kommen und was anderes sehen war immer eine gute Idee. Das würde auch die Behörden auf neue, spannende Spuren lenken! Er grinste kurz bei der Vorstellung, wie ein Haufen gesichtsloser Gestalten vor einer Weltkarte stand und dem roten Bindfaden, der zwischen vielen farbigen Wimpeln gespannt war, mit ratlosem Blick folgte.

Die Kulturroute von Florenz bis Griechenland reizte ihn ohnehin. Oder doch lieber wieder in den Norden nach Dänemark und Schweden?

Jack beschloss, ernsthaft darüber nachzudenken. Er holte die vorhin erworbenen Buchschätze heraus und blätterte sie durch. Abgesehen von dem Stewart O'Nan für Piet, der statt in Folie eingeschweißt zu sein, nur einen Aufkleber über den Buchdeckeln besaß. Eine Idee, die seiner Meinung nach schon lange fällig war. Früher hatte man Bücher schließlich auch ohne Folie verschickt und sie waren heil angekommen.

Der Roman von Gary Disher, *Flugrausch*, ein älteres Werk des Thrillerautors, war so spannend, dass er sich festlas, bis seine Cannelloni kamen. Er packte die Bücher zurück in die Stofftasche und verstaute diese im Rucksack, bevor er sich seiner Pasta widmete. Zwischendurch bestellte er ein zweites alkoholfreies Radler und genoss die Sonnenstrahlen, bis sie sich zurückzogen.

Nach dem wirklichen guten Essen machte er sich auf den Heimweg. Der Bus füllte sich allmählich mit Fahrgästen, die von der Arbeit Richtung Feierabend fuhren. Jack blieb im Mittelgang stehen und war einmal mehr froh, dass er keinen Nullachtfünfzehn-Büroalltag ertragen musste.

Von der Haltestelle brauchte er noch mal zehn Minuten bis zu dem Haus, in dem er wohnte. Ohne seine schnellen Schritte zu verlangsamen, eilte er die vier Etagen hinauf.

Ein geblümter Porzellanteller erwartete ihn vor seiner Wohnungstür. Etwas, vermutlich ein Stück Kuchen, befand sich in Papier der Konditorei Hazel eingepackt darauf. Inklusive eines gelben Post-its. Lornas Dankeschön dafür, dass er die Treppe geputzt hatte. Erfreut brachte er den Teller in die Küche. Mit einem Kaffee zusammen war das ein wunderbarer Abendimbiss. Jack konnte nicht widerstehen, das zart blau gemusterte Papier vorsichtig aufzuziehen und einen Blick hineinzuwerfen.

Käse-Mohn-Kuchen.

Perfekt. Eine seiner Lieblingssorten. Davon gab es allerdings einige. Jack liebte Kuchen, vorausgesetzt die Qualität stimmte. Er stellte den Teller auf den Küchentisch und verschwand im Bad, um sich frisch zu machen. Als er wieder herauskam, klingelte sein Samsung. Eine Festnetznummer, die er nicht kannte. Augenblicklich sprang bei ihm eine Warnlampe an.

»Ich soll von Piet grüßen.«

Eine weibliche Stimme, deren Besitzerin er altersmäßig zwischen Mitte zwanzig und Mitte vierzig einsortierte.

»Arbeiten Sie mit Piet im Büro?«, fragte er.

»Büro ...? Ähm nein, ich meine den Piet aus dem Zirkus Gregoriana. Sie waren bis gestern hier ... Also in Klein-Bergen«, sagte sie. »Ein älterer Mann ... er hat einen grünen Wohnwagen ... Ich hatte es so verstanden, dass er mit Ihnen bekannt ist?«

Jack tat einen Teufel, ihre Frage zu beantworten. Stattdessen analysierte er die Situation. Falls ihre Verwunderung gerade geschauspielert war, dann besaß sie Talent! Andererseits würde Piet seine Telefonnummer – diese Nummer – nie weitergeben! Es sei denn, er hätte einen absolut guten Grund dafür. Allerdings fiel Jack keiner ein. Und das Timing war echt grenzwertig!

»Es tut mir leid, wenn ich störe. Ich kann auch ein anderes Mal anrufen.«

»Der Moment ist tatsächlich etwas ungünstig. Ich bin auf dem Sprung«, antwortete Jack. »Ich rufe Sie zurück. Entweder heute Abend oder morgen. Bis bald.«

Er beendete die Verbindung, starrte einen Augenblick stirnrunzelnd auf das Samsung, bevor er seinen Kopf schüttelte und Piets Kontakteintrag aufrief und ... stoppte.

Ehrlich jetzt?

Seufzend zog er seine Chucks an und die Cordjacke wieder über und trabte erneut zur Straßenbahnhaltestelle. Von da nahm er die nächste Tram zum Bahnhof. Dort gab es – wer wusste schon, wie lange noch – zwei öffentliche Telefone. Jack kaufte eine Telefonkarte in der winzigen Bahnhofsbuchhandlung und rief Piet an. Obwohl er erwartete, dass Piets Mailbox anspringen würde, erwischte er seinen Onkel persönlich. Die Hintergrundgeräusche waren laut. Er sortierte sie ein und kam darauf, dass Piet augenscheinlich gerade hinter dem Steuer saß und fuhr.

»War das notwendig?«, fragte er, als sich Piet meldete.

»Hätte ich ihr wohl sonst nicht gegeben«, schnauzte sein Onkel ebenso kurz angebunden zurück. »Und wenn du dein Leben ... deine Frauengeschichten in Ordnung bringen würdest, müssten wir dieses Gespräch nicht führen.«

Piet war clever genug, es als *Frauengeschichten* zu benennen. Schließlich wusste er, womit Jack sein Geld verdiente.

Dass er ihn niemals bei den Behörden verpfeifen würde, war klar. Genauso klar wie dass er mit der Berufswahl seines Neffen definitiv nicht einverstanden war.

Familie!

17

Frank

Pfeifend spazierte Frank über den Parkplatz Richtung Turnhalle. Auf halbem Weg vibrierte das Smartphone in seiner Jacke. Er stoppte, stellte die Sporttasche ab und zog das Telefon hervor.

Eine Nachricht von Annika.

Stecke zwischen Podiumsdiskussionen fest! Könntest Du Daniela v. TierSVerein K-Bergen zurückrufen? Grund: Hunde v. Smeura

Hinter der Nachricht war ein Bild der aneinandergelegten Hände angefügt. Eine dieser buddhistischen Gesten, die Danke ausdrücken sollten. Das wusste er inzwischen, durch Annika natürlich.

Ein Blick auf die Uhr sagte ihm, dass das Training in einer halben Stunde beginnen würde. Noch genug Zeit für einen schnellen Rückruf. Frank antwortete seiner Freundin, dass er sich kümmern wolle, und suchte die Mobilnummer von Daniela Lohmann heraus.

Sie nahm seinen Anruf beim zweiten Klingeln an.

»Hallo Daniela, hier ist Frank. Frank Wissing vom Tierschutzverein Bonn. Wir haben uns bei dem letzten Groß-Stammtisch der regionalen Tierschutzvereine in Bonn getroffen. Ich war mit Annika dort.«

»Ja, natürlich, ich erinnere mich. Wie geht es Annika?«

»Etwas gestresst im Augenblick, glaube ich. Sie ist in Hamburg auf der Messe und bat mich daher, mich mit dir in Verbindung zu setzen. Es betrifft die Hunde aus Smeura?«

»Perfekt dass du dich meldest. Ich hatte ihr heute Vormittag eine Nachricht dazu geschrieben. Torsten Wilpert, unser Kassenwart, ist in Rumänien. Wir haben fünf freie Pflegestellen hier in Deutschland, und Torsten soll die Hunde dafür aussuchen. Aber er hat noch ein älteres Tier gefunden, dass unbedingt aus Smeura raus muss.«

»Bestimmt keine leichte Situation«, antwortete er.

»Überhaupt nicht, am liebsten würde er für alle Hunde dort ein neues Zuhause finden.

»Wie ist denn der Stand im Moment?«

»Sechstausend!«

»Das wird tatsächlich ein wenig viel ... Was diesen älteren Hund betrifft – ihr sucht eine Pflegestelle für ihn, oder eher ein endgültiges Zuhause?«

»Du sprichst es aus, Letzteres am liebsten. Der Rüde ist soweit fit, ungefähr acht Jahre alt, doch das Team aus Smeura sagt, dass er sich aufgegeben hat und es nicht mehr lange machen wird, wenn er dortbleibt.«

Frank dachte kurz nach. Annika und er wollten seit Ewigkeiten einen Hund haben. Nur waren sie beide den ganzen Tag außer Haus. Ein Tier so viele Stunden allein zu lassen war Tierquälerei.

Sein Blick schweifte über den Vereins-Parkplatz. Gerade bog der graue Corsa seiner Jiu-Jitsu-Trainerin in die Einfahrt ein.

»Ich sage dir was, Daniela, ich treffe gleich eine Freundin, die seit längerem darüber nachdenkt, sich einen Hund zuzulegen. Ich frage sie und falls es bei ihr nicht klappt, rufe ich ein paar Leute aus unserem Bonner Tierschutzverein an. Wir starten eine WhatsApp-Welle und werden bestimmt ein Plätzchen für euren Senior finden.«

»Das klingt prima, danke dir! Ich informiere sofort Torsten, dann hat der schon mal eine Sorge weniger. Und falls deine Freundin oder ein anderer Fragen zu dem Hund hat, kann er sich gern bei mir melden. Den Steckbrief samt Foto mache ich gerade fertig.«

Frank verabschiedete sich, schob das Smartphone zurück in die Jacke und schulterte den Gurt seiner Sporttasche.

Drüben verriegelte seine Trainerin den Wagen. Er winkte, damit sie auf ihn wartete, und marschierte zu ihr rüber.

Er würde ihr die frohe Nachricht bringen, dass sie bald Besitzerin eines Hundesenioren aus Rumänien sein könnte.

18

Mira

Zweimal das große Frühstück«, sagte Mira zu Hendriks Rücken. Und der Gast von Tisch sechs fragt, ob er Waffeln bekommen könnte.« Sie zögerte einen winzigen Moment. »Ich kann die Waffeln backen, wenn die Getränke draußen sind.«

Die Schwingtüren öffneten sich und Lilly rauschte in die Küche. Mira drückte sich an die Wand, damit ihre mit Tellern beladene Kollegin zur Edelstahlspüle gelangen konnte.

»Nicht nötig«, antwortete Hendriks Rücken. »Sag Tisch sechs bitte, dass er die Waffeln bekommt, sobald die Frühstücksbestellungen raus sind.«

Lilly stellte das benutzte Geschirr in die Spüle und warf einen Blick von Mira zu Hendrik. »Tisch fünf meinte, das Rührei war eine Spur zu salzig.«

»Hast du ihm einen Kaffee oder Kuchen aufs Haus angeboten?« Hendriks Finger wechselten flink zwischen Bratpfanne und dem großen Schneidebrett hin und her. Entweder wollte er ihre Kollegin auch nicht anschauen oder er vermied es, weil sie dort stand. Mira tippte auf Letzteres.

Sie verzog das Gesicht, drehte sich um und verließ die Küche. Der Sound von brutzelndem Öl begleitete sie zusammen mit dem Duft nach angebratenen Zwiebeln hinaus. Mira schlüpfte hinter die halbrunde Theke und bediente den Profi-Kaffeeautomaten – die Bohnen wurden malmend-laut gemahlen, dann zischte die dampfend-heiße Milch, Schaum inklusive, in die Tassen. Zuletzt verteilte Mira Kekse auf die Untertassen und stellte die Becher dazu. Ihre Kollegin kam im selben Augenblick aus der Küche, schnappte sich die beiden

Cappus und lieferte sie ab, obwohl Tisch zwei nicht ihrer war. Das war etwas, was Mira am Hemingway schätzte. Das nette Arbeiten und die Kollegialität im Team. Sie machte den fehlenden Latte für Tisch eins fertig, brachte ihn dorthin und kehrte zur Theke zurück. Lilly folgte eine Minute später.

»Raucherpause!«, befahl sie.

Mira schaute über die besetzten fünf Tische. Alle Gäste waren so weit versorgt, und bis die Frühstücke serviert werden konnten, würde es einen Moment dauern.

Sie gingen hinaus und um die Ecke in den kleinen Hof hinter dem Haus, wo die Mülltonnen des Cafés geduldig bis zur nächsten Leerung verharrten. Darüber war das vergitterte Fenster mit der Milchglasscheibe der Küche wie immer geöffnet.

Lilly marschierte zielstrebig in die entgegengesetzte Hofecke.

»Also«, sagte sie mit halblauter Stimme. »Hendrik versalzt die Eiergerichte und guckt dich seit Tagen nicht mehr an. Ihr scherzt nicht mehr zusammen, eigentlich habe ich euch schon ewig überhaupt kein privates Wort wechseln hören.« Sie zog die hellen Brauen hoch. »Zumindest nicht, wenn ich in der Nähe bin. All dies zusammengezählt würde ich sagen: Ihr habt eine heiße Affäre am Laufen!«

»Du spinnst!« Mira warf einen finsteren Blick zu dem Fenster, hinter dem ihr Chef gerade die Mahlzeiten für seine Gäste zubereitete. »Du guckst zu viele komische Soaps.«

»Die Wahrheit ist oft banal«, erklärte Lilly und kramte das altmodische silberne Zigaretten-Etui hervor. »Heimliche Küsse, noch heimlichere Blicke … Affären am Arbeitsplatz sind immer voller Leidenschaft! Ich wette gestern Abend, als er mich eine halbe Stunde eher in den Feierabend geschickt hat, hat er den Laden abgeschlossen und dich anschließend auf einem der Tische vernascht!«

Dieses Bild war so absurd, dass Mira ihre Kollegin nur anstarren konnte.

Diese zündete sich lächelnd eine Zigarette an, nahm einen Zug und pustete ihr den Rauch mit einem koketten Zwinkern ins Gesicht. Sie packte ein aufreizendes Stöhnen obenauf.

»Hey!« Mira trat einen Schritt zurück, wedelte mit den Händen durch die Luft. »Lass das, du weißt, dass ich nicht rauche.«

»Na, du isst ja auch kein Fleisch«, sagte Lilly. »Kein Alkohol, kein Fleisch, keine Zigaretten. Ich bete zur Göttin, dass du zumindest heißen, schmutzigen Sex hast. Was soll irgendwann auf deinem Grabstein stehen? Sie war immer ein wenig langweilig ...«

»Bestimmt nicht, dass ich Sex mit meinem Chef hatte, mal abgesehen davon, dass ich fest liiert bin!« Der Gedanke an Florian erinnerte sie an das Geburtstagsessen von Marianna und die gesamte katastrophale Situation drumherum inklusive des Gesprächs mit Hendrik in der letzten Woche und den Besuch auf Drei-Linden.

Was hatte sie das alles satt!

Hendrik, Florian und seine Familie ... Menschen wie den alten Schultheiß und irgendwelche Eiermogule, die Macht über Lebewesen, die sich nicht wehren konnten, besaßen. Das alles war so ungerecht ...

»Weißt du, Lilly, das ist nicht das richtige Leben. Heiße Affären, seichtes Fernsehen und ... und shoppen und der ganze banale Kram. Das richtige Leben handelt von echten Menschen und unserer Umwelt, die durch die Profitsucht der Konzerne ausgebeutet wird. Von Tieren, die nur geboren werden, um zu leiden und dann qualvoll zu sterben, nur weil die Menschen so wenig Geld wie möglich für Nahrungsmittel ausgeben wollen. Damit sie mehr Geld für Curved TVs und ... und schicke Autos und ... und Amazon Prime haben. Da kann man Geld für hinlegen, aber doch nicht für Fleisch oder Milch. Warum auch, wenn man's billig kriegen kann!«, platzte es aus ihr heraus.

Augenblicklich bereute sie die Gehässigkeit, die in ihren Worten mitgeschwungen war. So eine Ansprache hatte ihre Kollegin nicht verdient.

»Manche von uns machen sich das Leben auch einfach schwer«, antwortete Lilly, die nicht die Spur verletzt zu sein schien. »Und im Übrigen: Ich bin seit drei Jahren Fördermitglied bei Greenpeace. Zwar nur mit zehn Euro im Quartal, doch dafür gehöre ich zu den Studenten ohne reiche Eltern.«

115

»Ich weiß«, sagte Mira. Sie holte Luft und atmete durch. »Entschuldige, das ist ... absolut nicht meine Woche.«

»Du hast recht mit allem, was du sagst! Und gerade deshalb brauchen wir Menschen was Schönes im Alltag, was Aufregendes.« Sie nahm einen weiteren Zug von ihrer Zigarette. »Wie eine heimliche Affäre mit dem Boss«, fügte sie grinsend hinzu. »Außerdem passt meine Theorie so gut zu euch und eurem Verhalten.«

Mira schüttelte den Kopf. »Damit liegst du voll daneben.«

Was für eine Vorstellung!

»Wirklich voll daneben.« Sie seufzte. »Rauch in Ruhe zu Ende, ich kümmere mich drinnen, und in der nächsten Pause erzähle ich dir, was wirklich zwischen Hendrik und mir passiert ist.«

Unter dem halbernsten Protest ihrer Kollegin marschierte Mira zurück ins Café.

Eine knappe Stunde vor der mit dem Fremden namens Jack verabredeten Zeit traf Mira in dem Café-Restaurant Rheinauen ein.

Ihr Regionalexpress hatte Klein-Bergen mit etwas Verspätung verlassen, aber da sie gleich am Ende ihrer Schicht im Hemingway zum Bahnhof gefahren und den frühestmöglichen Zug nach Bonn genommen hatte, war sie mehr als rechtzeitig angekommen.

Das Rheinauen war eine dieser Touristen-Abfertigungs-Läden. Eigentlich die Art von Gastronomie, die Mira gewöhnlich vermied. Ausgerichtet auf Busladungen voller Touristen und in der Lage, große Mengen von Gästen im schnellen Rhythmus abzufertigen, bot das Café-Restaurant im rustikalen Inneren jede Menge Tische. Dazu kam ungefähr dieselbe Anzahl Plätze auf der Terrasse.

Bus-Gastronomie, so der Szene-Begriff, bot in der Regel günstige, dafür qualitativ sehr durchschnittliche Speisen an. Vom Service konnte man definitiv dasselbe behaupten, was jedoch an nicht den

Fähigkeiten der Service-Mitarbeiter lag, sondern an dem Verhältnis der Menge von Angestellten zur Menge der Tische.

Mira wünschte ihren hier schuftenden Berufskollegen und -kolleginnen, dass sie zumindest in den Saisonzeiten gut besetzt waren, um die Anzahl der Tische innen und außen einigermaßen abdecken zu können. So oder so würden ihre Arbeitstage von morgens bis abends aus Rennen bestehen. Wie stark sich doch die Arbeit im Hemingway davon unterschied! Wenn Hendrik ihr in der Sache mit den Bio-Eiern entgegenkommen würde, wäre wenigstens dieser Teil ihres Lebens in Ordnung.

Aber hier und jetzt hatte sie die Möglichkeit, etwas zu verändern. Heute ging es um Drei-Linden und dieses alte Ekel. Immerhin hatte sie sich in die Bahn gesetzt und war nach Bonn gefahren, um einen Fremden zu treffen.

Bei der zweiten und dritten Rauchpause hatte sie ihrer Kollegin die Aktion mit den *ausgegangenen Eiern* gebeichtet. Anschließend hatte sie ihr von dem Besuch auf Drei-Linden erzählt und von ihrer Unruhe, die sie zu dem langen Spaziergang durch die Stadt veranlasst und an dessen Ende die Begegnung mit Piet und dem traurigen Alpaka namens Duchess gestanden hatte.

Nur von dem mysteriösen Fremden namens Jack, den sie gleich treffen würde, hatte sie nichts erzählt.

»Ein Alpaka mit Lama-Genen?«, hatte Lilly nachgefragt. »Ich wusste gar nicht, dass es Kreuzungen gibt.«

»Ist wohl gar nicht so unüblich. Piet, der Mann vom Zirkus, sagte, dass Duchess Mutter ein reines Alpaka war. Vermutlich also war das Vatertier ein Lama oder selbst schon eine Mischung. Man erkennt es an der Nase. Aber Duchess ist sowieso eine Seltenheit. Sie hat so eine Art graue Blesse, in Form eines Sterns auf dem Nasenrücken. Piet sagte, dass es bei den Inkas Legenden darüber gab, wenn solch ein Tier geboren wurde.«

Französische Gesprächsfetzen holten Mira in die Gegenwart zurück. Eine kleine Reisegruppe: Vier Frauen, zwei Männer gingen gutgelaunt plaudernd an ihr vorbei zum Eingang des Restaurants und verschwanden darin.

Die französischen Nachbarn waren früh dran mit Sightseeing!

Mira sah auf ihre Armbanduhr, blickte dann durch die geöffneten Eingangstüren in das Lokal hinein. Drinnen war kaum etwas los. Doch außerhalb der Fensterfront auf der gegenüberliegenden Restaurant-Seite – der Terrasse – saßen einige Gäste, angelockt vom Sonnenschein und den frühlingshaften Temperaturen. Schon tauchten die Franzosen auf der Terrasse auf.

Mira wandte sich um und schaute die kopfsteingepflasterte Gasse, die sie von der Straßenbahnhaltestelle hochgekommen war, zurück. Sie mochte dieses Altstadtflair, die vielen Kastanien und Platanen. Ihr gefiel sogar der Anblick der Souvenirshops, die sich auf der anderen Rheinseite, auf dem Weg hinauf zum Drachenfels, explosionsartig vermehrten. Letzteres wusste Mira von früheren Besuchen. Spontan nahm sie sich vor, noch vor dem Sommer erneut herzukommen. Ohne Verabredungen mit Fremden. Und ohne Florian!

Die Schuldgefühle kamen prompt.

Mira verdrängte die Gedanken und betrat das Restaurant. Sie grüßte den Servicemitarbeiter, inhalierte den Geruch nach Kaffee und frischgebackenem Kuchen, der so typisch für diese Ausflugslokale war, und folgte den Stimmen der Gäste hinaus auf die Terrasse. Dort waren etwas mehr als zehn Tische besetzt, wie Mira berufsmäßig routiniert mit einem Blick erkannte. Mehr als die doppelte Anzahl hingegen war frei.

Normal, bedachte man, dass die Saison noch nicht richtig begonnen hatte und heute ein Tag unter der Woche war.

Sie setzte sich an einen Vierertisch neben das Metallgeländer. Unter ihr floss der Rhein – majestätisch und gemächlich und unaufhaltsam. Frachtkähne kämpften sich entweder den Strom hinauf oder trieben auf der entgegengesetzten Seite hinunter. Rechts versetzt unterhalb der Restaurant-Terrasse lag ein Touristen-Aussichtsboot der Düsseldorf-Köln-Flotte am Anleger. Auf dem Sonnendeck des Schiffes tummelten sich einige Personen, wenngleich die Entfernung zu groß war, als dass sie die Gesichter genauer hätte ausmachen können.

Mira bestellte einen Cappuccino und holte ihr Buch aus der Tasche, immer noch *Aetherhertz,* und begann da weiterzulesen, wo sie im Zug gestoppt hatte. Doch fiel es ihr schwer, sich in dieser Umgebung auf den Text zu konzentrieren. Eine Bewegung im Restaurant-Eingang ließ sie aufblicken. Ein Pärchen erschien und ging nach kurzem Zögern zu einem der Tische am Terrassenrand.

Kein einzelner Mann, der sich suchend umblickte.

»Ich werde dich schon erkennen«, hatte Jack vorgestern Abend am Telefon zu ihr gesagt.

Wie auch immer er das schaffen wollte! Vielleicht würde er auf Facebook gehen und gucken, was er über sie herausfinden konnte. Sie hätte es jedenfalls so versucht, hätte sie seinen Nachnamen gekannt. Erstaunlich viele Leute tummelten sich mit ihrem echten Namen auf Face.

Seinen Familiennamen hatte er allerdings nicht sagen wollen.

»Nur Jack«, hatte er auf ihre Frage geantwortet und dies in einem Tonfall, der keine weiteren Fragen zuließ.

Nur-Jack hingegen kannte ihren vollen Namen. Außerdem hatte sie ihr Facebook-Profil damals mit ihren korrekten Daten angelegt. Dennoch bezweifelte Mira, dass er sie anhand des Fotos erkennen würde. Es war schon ein paar Jahre alt und zeigte zwei bis über beide Ohren verliebte und entsprechend dümmlich strahlende Menschen, die sich umarmten und dabei überglücklich in die Kamera schauten: Florian und sie.

»Ihr Cappuccino.«

Der Servicemitarbeiter stellte das Getränk vor ihr ab.

»Dankeschön.«

Mira schob das Paperback zur Seite und zog den Kaffeebecher – weißes Standardgeschirr, wie zu erwarten – zu sich. Sie rührte den Milchschaum etwas unter, leckte den Löffel ab und hob die heiße Tasse behutsam hoch. Probierte. Okay, der Cappuccino kam erwartungsgemäß nicht an den Kaffee im Hemingway oder an den ihrer Stamm-Cafés heran. Aber er war in Ordnung.

Sie trank einen weiteren vorsichtigen Schluck. Ihr Blick kletterte am Siebengebirge bis zum Drachenfels hinauf. Früher war sie öfters mit Florian dort gewesen. Ihr drittes Date hatte da stattgefunden. Sie erinnerte sich noch genau, wie sie mit der historischen Zahnrad-Bahn zum Gipfel gefahren waren und oben in dem Aussichtsrestaurant – ziemlich teuer – gegessen hatten.

Romantik pur!

Eine Brise wehte über die Terrasse, vertrieb die Gedanken an Florian und die in ihrer Beziehung verlorengegangene Romantik. Vertrieb auch den Duft nach Kaffee und frischgebackenem Kuchen und brachte stattdessen den Geruch von ... Heu mit? Frisch gemähtes Gras? So intensiv, als säße sie inmitten einer soeben gemähten Wiese!

Im nächsten Augenblick verdunkelte ein Schatten die Sonnenstrahlen.

»Mira?«

Sie schätzte den Mann auf Anfang dreißig. Die dunklen Haare fielen ihm nachlässig in die Stirn. Seine Jeans, die graue Jacke und das bläuliche Shirt darunter waren durchschnittlich. Alles in allem wirkte er sehr durchschnittlich ... unauffällig. Jemand, dem man nicht unbedingt einen zweiten Blick zuwerfen würde. Doch seine Augen, oder besser sein Blick, stand sowas von komplett im Gegensatz dazu: grüne Augen, die sie prüfend anschauten. Er erinnerte Mira an einen Freund ihrer Eltern, einen Kripobeamten, dessen Blick die Leute in seiner Umgebung stets ebenso musterte.

»Jack?«

Er nickte und setzte sich auf den gegenüberliegenden Stuhl.

Mira starrte ihn an, während sie überlegte, wie sie ins Gespräch kommen konnten. Dann wurde ihr bewusst, dass sie ihn anstarrte, und sie senkte schnell den Blick auf ihre Tasse. Nur um sofort wieder aufzuschauen und seinem Blick, der sie nicht losgelassen hatte, erneut zu begegnen.

»Komische Situation«, gab sie spontan zu.

Etwas in seinem Gesicht veränderte sich minimal. Vielleicht entspannte sich sein Mund ein wenig. Schön geformte Lippen, die glücklicherweise von keinem Bart verdeckt wurden. Okay, Mira strich den letzten Gedanken. Wie unpassend!

Sie schob ihn auf diese merkwürdige Situation. Aber auch darauf, dass sie sich ewig nicht mehr allein mit männlichen Freunden und Bekannten getroffen hatte. Die waren alle irgendwie in den Jahren ihrer Beziehung mit Florian verschüttgegangen. Anscheinend machte sie das hier nervöser, als sie gedacht hatte.

»Danke, dass du dich bereit erklärt …«

»Hast du es gut gefunden?«

Sie beide gleichzeitig.

Er nickte, um ihr zu bedeuten, dass sie beginnen sollte.

»War kein Problem«, antwortete sie ein wenig irritiert von seiner höflichen Nachfrage. Bei ihren zwei Telefonaten war er äußerst kurz angebunden gewesen. Außerdem schien Höflichkeit auch nicht wirklich zu diesen prüfenden grünen Augen zu passen.

»Ich war früher öfters in Bonn unterwegs«, sagte sie und ärgerte sich sofort darüber, dass sie etwas von sich preisgab.

Er quittierte ihre Erklärung mit einem weiteren Nicken, schaute dann über seine Schulter nach dem Service-Mitarbeiter. Der war gerade an dem Tisch der gutgelaunten französischen Reisegruppe beschäftigt. Als er sich herumdrehte, hob Mira den Arm und winkte ihm.

Sie bestellte einen zweiten Cappuccino und Jack einen doppelten Espresso Macchiato.

Anschließend lehnte Jack sich zurück.

»Also, Mira, erzähl mir, weshalb wir uns hier treffen.« Er klang nicht unfreundlich, eher distanziert und guckte sie an wie ein Arzt, der dabei war, die Anamnese bei einem neuen Patienten aufzunehmen.

»Um ehrlich zu sein, weiß ich das nicht genau. Piet sagte, dass du mir … bei der Testamentsgeschichte helfen könntest.«

Jacks Miene zeigte nichts. Überhaupt nichts. Er sah sie weiterhin mit diesem unmöglich einzuschätzenden Blick an.

Mira gab sich einen Ruck und begann von Drei-Linden und den zerstrittenen Brüdern zu berichten. Ebenso von der Zusage des inzwischen verstorbenen Erich Schultheiß dem Tierschutzverein gegenüber und dass das Testament laut Paul Schultheiß verschwunden war. Sie schloss ihren kleinen Vortrag mit der jüngsten Entwicklung, nämlich dass Landmeister dem alten Schultheiß ein Angebot für das Grundstück gemacht hatte.

Der Service-Mitarbeiter unterbrach die einseitige Unterhaltung um die Getränke zu bringen. Mira nippte kurz an dem zweiten Cappuccino, er war noch zu heiß zum Trinken, und lehnte sich zurück.

»Das Pony steht apathisch auf der Koppel, falls man dieses Schlammloch so bezeichnen kann und der Hund ...« Sie brach ab, griff zur Tasse, bevor ihre Stimme versagte.

Keine Sentimentalitäten. Jacks Blick war gleichbleibend aufmerksam und distanziert wie zu Anfang, aber sie wollte ihn bestimmt nicht mit Gefühlsduselei verschrecken.

»Der alte Schultheiß hasst den Hund, das spürt man. Der gehörte seinem Bruder und ich wette, dass er ihn gleich nach dessen Tod aus dem Haus geschmissen und ihn draußen an die Kette gelegt hat«, erklärte sie. »Sehr wahrscheinlich schlägt er ihn auch. Das Tier ist total verängstigt und als der Alte näherkam, hat er sich winselnd in seiner Hütte verkrochen.«

Ihr Herz fühlte sich mit jedem Satz schwerer an. Sie schwor sich, egal ob Jack bei der Sache helfen konnte oder nicht, dass sie die Tiere dort rausholen würde, und wenn sie sie stehlen musste!

»Hört sich nach einem unsympathischen Fiesling an.« Jack nahm die Espressotasse, trank einen Schluck. Etwas Milchschaum verblieb auf seiner schön geschwungenen Oberlippe und Mira zwang ihren Blick weg und zu dem Aussichtsboot der Düsseldorf-Köln-Flotte. Es legte in diesem Augenblick ab und schickte sich an, dem Verlauf des mächtigen Stroms durch das Siebengebirge zu folgen.

»Du hast von dem verschwundenen Testament erzählt. Was würde passieren, wenn dieses Testament wieder auftauchen würde?«, fragte Jack.

»Dann könnte der Tierschutzverein auf dem Gelände einen Gnadenhof errichten. Das wiederum ist die Bedingung, die der andere Bruder an den Erhalt des Grundstücks gebunden hat.«

»Und der Fiesling? Was wird aus dem?«

»Er besitzt Bleiberecht bis zum Lebensende, soweit ich weiß.«

»Verstehe.«

Sie schwiegen einen Augenblick. Zwei Tische weiter stand das junge Pärchen auf. Der Mann legte den Arm um den Rücken seiner Freundin, während sie ihre Hand auf seiner Hüfte ablegte. Auf diese Weise ihre Zusammengehörigkeit demonstrierend spazierten sie über die Terrasse zum Gebäude.

»Und was ist mit dir, Mira?«

Einen Moment lang glaubte sie, dass Jack drauf und dran war, nach ihrem Liebesleben zu fragen. Ob sie liiert war oder dergleichen … Was für eine absurde Vorstellung! Mira konnte ihn nur anstarren.

»Warum ist dir die Sache so wichtig?«, fragte Jack.

»Weil ich …«

Sein Blick ließ sie verstummen. Er schaute sie noch prüfender an als zuvor, falls das überhaupt möglich war.

»Das Pony und der Hund leiden und …«, versuchte sie einen neuen Anfang.

»Um das Pony und den Hund rauszuholen, braucht es keine Klärung der Erbverhältnisse«, stoppte er sie mitleidlos. »Ich wette, deine Freundin vom Tierschutzverein hat das Veterinäramt bereits verständigt. Es ist in Deutschland verboten, Huftiere allein zu halten oder Hunde an die Kette zu legen«, erklärte er. »Warum ist dir Testaments-Sache also so wichtig?«, wiederholte er. Sein Blick wich keinen Zentimeter von seiner Forderung zurück und machte klar, dass ihre Antwort entscheiden würde, ob sie Jacks Unterstützung – wie immer diese aussehen sollte – bekam oder nicht.

Irgendwie überheblich …

So kam es ihr in diesem Augenblick vor und es ärgerte sie maßlos.

»Du willst wissen, weshalb es mir so wichtig ist? Weil ich nicht will, dass noch so eine Eierfabrik gebaut wird! Sechzig Kilometer entfernt von der Stadt, in der ich lebe. Weißt du, wie groß diese Stallanlagen sind? Die Gebäude, meine ich, aber wie klein die Käfige ... Und das die Hühner, wenn sie in ihrer Legeleistung nachlassen, sofort zum Schlachter kommen und als billiges Suppenhuhn enden ... Ich rede noch nicht mal davon, dass die männlichen Küken lebendig geschreddert werden, weil es einfach zu viel Geld kostet, sie aufzuziehen. Oder dass die weiblichen Küken mit einem Laser, natürlich ohne Betäubung, den Schnabel abgeschnitten bekommen ... und ...«

Mira stoppte sich, atmete durch. Einen tiefen Atemzug und noch einen. Sie schaute über den Rhein, auf dem die Lastkähne unermüdlich hinauf- und hinabfuhren. Ein ewiger Kreislauf. Diese Vorstellung beruhigte sie irgendwie.

Ihr Blick kehrte zurück zu diesem Fremden namens Jack.

»Ich werde alles tun, um das zu verhindern«, sagte sie und war selbst überrascht von der Härte in ihrer Stimme. »Alles! Die Frage ist, ob du mir hilfst oder ob ich es allein in die Hand nehmen muss.«

Jack betrachtete sie einen Moment, ohne sich zu rühren. Er blinzelte nicht einmal, und Mira hatte das Gefühl, wiederum geprüft zu werden. Nun fühlte es sich anders an. Anders, in ihrem Inneren. Als hätte sie plötzlich einen Zugang zu etwas erhalten, dass zwar immer da gewesen war, von dem sie aber nie gewusst hatte, dass es dort war. Eine Stärke oder eine Entschlossenheit, die ihr das Gefühl gab, allen Feinden und Hindernissen in dieser Welt entgegentreten zu können.

Wie das Gefühl einer Kriegerin in ihrem Innern, die sich ihr heute das erste Mal gezeigt hatte.

Jack griff die kleine Tasse, leerte sie in einem Zug und erhob sich.

»Ich melde mich bei dir, Mira.«

Damit drehte er sich um und verließ die Terrasse mit zügigen Schritten. Sie kam nicht dazu, sich zu verabschieden. Ihr blieb überhaupt nichts anderes übrig, als ihm hinterherzustarren. Schon tauchte seine Gestalt innerhalb des Lokals auf und verschwand kurz darauf.

Mira schüttelte den Kopf, warf einen Blick auf ihre Uhr. Das ganze Gespräch hatte nicht einmal eine halbe Stunde gedauert. Sie lehnte sich zurück. Ihre Nase erhaschte eine duftende Welle mit frischgebrühtem Kaffee und gebackenem Kuchen. Kein Heu ... Dafür Lachen und Party-Stimmen, versetzt mit dem dumpfen Brummen eines Dieselmotors. Ein weiterer Aussichtsdampfer manövrierte sich an den Anleger.

Als der Service-Mitarbeiter vollbeladen mit Tellern auf der Terrasse erschien, machte sie ihm ein Zeichen. Die Zeit, die er brauchte, seine Teller zu servieren und zu ihrem Tisch zu kommen, nutzte sie für einen Blick auf ihr Samsung.

Kein Anruf von Florian in Abwesenheit. Überraschend, Florian schien sich tatsächlich an ihre Vereinbarung einer Auszeit zu halten. Garantiert fiel ihm das schwer und dennoch folgte er ihrem Wunsch.

Ihr Berufskollege trat an den Tisch.

»Zahlen bitte, zwei Cappuccino und ein doppelter Espresso Macchiato.«

»Ist schon bezahlt«, sagte er.

»Wirklich? Wann hat er das gemacht?«

»Bevor Sie kamen«, antwortete der ältere Mann. »Er hat drinnen auf Sie gewartet, aber Sie haben ihn wohl übersehen.«

»Verstehe«, hörte sie sich sagen. Anscheinend gehörte Jack zu den Leuten, die unsichtbar blieben, wenn sie es darauf anlegten.

Später, als Mira am Gleis auf den Regio-Express wartete, der sie nach Hause bringen würde, war ihr immer noch total unklar, wie Jack ihr überhaupt helfen sollte. Gleichzeitig war sie davon überzeugt, dass er, falls er sich dazu entscheiden würde, das Ruder in der Testamentsgeschichte tatsächlich herumreißen konnte.

Was für eine merkwürdige Woche.

19

Frank

Du hast dir einen Thermobecher gekauft?« Annika klaute den neuen Becher vom Abtropfkorb auf der Spüle und bewunderte ihn ausgiebig.

»Bambus! Total nachhaltig«, sagte Frank.

»Und so ein wunderschönes Alpaka ...« Seine Freundin hob ihre linke Augenbraue, etwas das sie eben so sexy wie Angelina Jolie beherrschte und mit ihrem dunklen Bauernzopf wie eine Zwillingsschwester Lara Crofts aussehen ließ.

»Sonder-Edition.« Er ertrug ihren Spott gelassen.

Annika und er waren seit fünf Jahren fest zusammen und eines wusste er mit Sicherheit: dass sie Tomb Raider und Krav Maga spannender fand als Alpakas oder rosa Fingernägel.

»Eigentlich wollte ich ihn dir schenken ... aber gerade hab ich's mir anders überlegt!«

Sie lachte und ließ sich auf den Küchenstuhl fallen. »Mann, bin ich im Eimer ... das war die anstrengendste Tagung meines Lebens.«

»Die Tagung oder das Hamburger Nachtleben?«

»Bekomme ich den Kaffee zu deinem Spott gratis?«

Frank grinste, bediente den Kaffeeautomaten und kehrte schließlich mit zwei dampfenden Bechern zum Küchentisch zurück.

»Retourkutsche.«

»Schon klar.« Annika umschlang den Becher, hob ihn hoch und inhalierte den Duft. »Müssen wir wirklich bei Evelyn vorbeischauen? Ich bin mir nicht sicher, ob ich heute einen Haufen lärmende Kinder ertrage.«

Vorhin hatte Frank seine Freundin vom Flughafen abgeholt. Ihr Nachmittags-Zeitplan war eng getaktet; Kaffee, Duschen und wieder los, zu Annikas Freundin.

»Ich muss nicht bei deiner Freundin vorbei. Aber es ist auch nicht mein Patenkind, dass heute seinen achten Geburtstag feiert.«

Annika stöhnte.

»Sieh das Positive.« Frank pustete über die dampfende Oberfläche, bevor er vorsichtig an seinem Kaffee nippte. »Siebzehn Grad und Sonnenschein! Und das im April. Stell dir vor, es würde schneien, und dann stell dir vor, wie die ganze lärmende Band im Haus herumtobt!«

Anderthalb Stunden später trafen sie bei Evelyn ein.

»Schön, dass du es geschafft hast.« Evelyn umarmte Annika. »Wie war deine Tagung? Ich kann mir vorstellen, dass du k. o. bist.«

»Das trifft es! Ist es unhöflich, gleich einen Kaffee zu verlangen?«

»Nein! Ich kenne dich schließlich lang genug«, antwortete Evelyn. »Aber kommt erst einmal rein.«

Der zur Küche offene Wohnbereich war verlassen. Auf der anderen Seite der Fensterfront stand eine Handvoll Leute. Muntere Stimmen, in angeregte Unterhaltungen vertieft, schallten durch die geöffneten Terrassentüren. Die Großen, die Eltern von Sophies Freunden wahrscheinlich, schienen sich jedenfalls prima zu unterhalten. Hinter ihnen spannten sich regenbogenfarbene Girlanden zwischen den Bäumen und dazwischen verteilten sich jede Menge Ballons in knalligen Bonbonfarben.

»Hallo erstmal, Frank.« Evelyn umarmte auch ihn und er überreichte ihr die beiden bunt eingepackten Bücher. »Ab neun Jahren«, sagte er. »Eine Empfehlung meines Buchhändlers. Wollte ich ausnutzen, bevor ihn der Amazon-Algorithmus ausrottet.«

»Frank war so nett, sich um Sophies Geschenk zu kümmern«, erklärte Annika. »Ich hatte es im Vorfeld total vergessen.«

»Ich rufe Sophie gleich rein, dann könnt ihr ihr das Geschenk übergeben.«

»Wo ist die Bande eigentlich?« Frank nickte in Richtung Terrasse. »Ich sehe nur große Leute.«

»Die sind um die Ecke … hinter dem Gartenhäuschen. Da haben wir ein Atelier für die kleinen Künstler aufgemacht – Andreas hat jede Menge Makulaturbögen und eimerweise Fingerfarben gekauft. Pops hat alte Kittel besorgt, die haben wir gekürzt und voilà – fertig war das Kunstatelier.«

»Spitzenidee!«, meinte Annika.

»Lasst uns rausgehen, da bekommt ihr Kaffee und Kuchen und später was vom Grill«, sagte Evelyn.

»Anni! Anni! Tante Anni ist da!«, rief eine Kinderstimme und im nächsten Moment schoss ein buntes, quirliges Etwas auf sie zu und umarmte Annika laut quietschend.

»Dein Kittel ist voller Farbe, Sophie! Pass auf die Sachen von Anni auf.«

Evelyns strenger Tonfall sollte wohl das Schlimmste verhindern. Auch wenn es dafür längst zu spät war.

»Macht doch nichts!« Annika drückte ihr Patenkind. »Herzlichen Glückwunsch zu deinem achten Geburtstag, Sophie.«

Nach Tante Anniii war *Onkel Frank* an der Reihe mit Umarmen, ungeachtet des in allen Farben beklecksten Kittels und der kurz zuvor geäußerten Warnung ihrer Mutter.

»Ist alles auswaschbar bei vierzig Grad«, erklärte Evelyn entschuldigend.

»Tante Anniii … Onkel Frank … Kommt mit! Zu meinem Alpaka …!«

»Wow!« Frank sah von Annika zu Evelyn. »Eigene Ponys sind anscheinend aus der Mode gekommen. Jetzt werden Alpakas verschenkt.«

»Als wenn wir uns ein Alpaka in den Garten stellen würden!« Evelyn pustete sich eine blonde Strähne aus der Stirn. »Sophies Grundschule hatte letzte Woche Besuch von zwei Alpakas. Sie verdienen ihr Futter mit den Auftritten in Schulen und Kindergärten.«

»Und bei Kindergeburtstagen«, versetzte Frank und erhielt dafür einen Ellbogen-Check von Annika.

»Kommt doch … endlich!« Sophie hatte seine und Annikas Hand gepackt und zog sie mit erstaunlich viel Kraft für so einen kleinen Menschen mit sich. »Ihr müsst mein Alpaka sehen!«

»Tante Anni und Onkel Frank müssen zuerst die anderen Gäste begrüßen, Sophie. Das gehört sich so.«

»Nimm schon mal Onkel Frank mit«, sagte Annika grinsend. »Ich komme gleich zu euch, versprochen.«

»Ehrenwort!«, forderte Sophie streng.

»Großes Alpaka-Ehrenwort!«

»Na vielen Dank«, erklärte er lachend und ließ sich von der aufgekratzten Achtjährigen von der Terrasse weg und um die Ecke ziehen, in den durch hohe Tannen verdeckt liegenden Teil des Gartens. In Richtung der fröhlichen hellen Kinderstimmen, deren Lautstärke mit jedem Schritt wuchs, sodass Frank sich wünschte, seine maßangefertigten Konzert-Ohrenstöpsel eingesteckt zu haben. Dann hatten sie die Quelle allen Lärmes – das *Wiesen-Atelier* – erreicht und die kleine Sophie ließ seine Hand los.

»Himmel-Ar...« Er konnte gerade noch verhindern, dass der Rest des derben Spruchs seinem Mund entwich.

Sophies Eltern hatten sich wirklich alle Mühe gegeben.

Spanplatten bildeten ein schwimmendes Floß auf der Wiese. Darauf waren mit Kreppband helle Makulaturbögen wie eine Leinwand fixiert. Eingerahmt wurde die Riesenleinwand von unzähligen farbverklecksten Eimern mit Fingermalfarben.

In der Mitte stand ein … buntes … Alpaka und sah ihm stoisch entgegen, während die kleinen Künstler wirbelnd um es herumhopsten und ihrer Inspiration freien Lauf ließen.

Auf dem Körper des Tiers verteilten sich tausend und ein Abdruck kleiner Patschhändchen in Grün und in Blau, in Gelb und in Rot und in Lila.

Frank wurde sich seines offenstehenden Mundes bewusst und schloss ihn.

Sophie lief zu den Farbeimern und steckte beide Arme bis über die Ellbogen inbrünstig in einen Eimer mit rosa Farbe.

»Rosaalpakkaa!«, schrie sie.

»Rosaalpakkaa! Rosaalpakkaa! Rosaalpakkaa!«, posaunten die anderen Kiddies im Chor, bevor sie sich alle zusammen auf das Alpaka stürzten.

20

Piet

P iet! Piet!«
Ulrich und Sabina kamen ihm entgegen.

»Duchess ist wieder da!«, rief Sabina.

Piet schloss kurz die Augen, schickte ein Dankesgebet zum Heiligen Georg, dem Schutzpatron des fahrenden Volkes.

Als er vor über zwei Stunden den verlassenen Alpaka-Stall vorgefunden hatte, war er zunächst suchend zwischen den Wohnwagen und anderen mobilen Ställen herumgelaufen. Fest davon überzeugt, dass Duchess sich irgendwo auf dem Zirkusgelände befinden würde.

Doch dieses Mal tat ihm Duchess nicht den Gefallen. Nach dem ersten Schock hatte Piet alle aus der kleinen Zirkusfamilie zusammengetrommelt, die gerade Zeit hatten, um mit ihm zu suchen. Bis zur Abendvorstellung war es glücklicherweise noch etwas hin, sodass sich über fünfzehn Leute zusammenfanden, die vom Zirkus aus sternförmig in alle Richtungen ausschwärmen konnten. Geraldine hatte Polizei und Feuerwehr informiert und die Kinder dazu abgeordnet, am äußeren Ring des Zirkusgeländes Wache zu halten, falls Duchess von allein wiederkommen sollte.

Auch Piet war losgezogen. Er hatte den Weg durch den überschaubaren Park bis ins Wohnviertel mit den Eigenheimen und Gärten verfolgt. Seinem Gefühl nach war das der einzige Weg, den Duchess hatte wählen können. In dem Park und in den drumherum liegenden Gärten gab es Bäume, und eines wusste er sicher: Duchess liebte Bäume. Doch dann war Piet am Ende des Wohngebiets angekommen und hatte die Hauptstraße erreicht. Da war ihm kurz schlecht geworden. Fast rechnete er damit, eine abgesperrte Straße und Polizeifahrzeuge mit blinkenden Blaulichtern zu sehen. Sowie eine schwerverletzte oder gar tote Duchess.

Zu seiner Erleichterung rollte der Verkehr auf der Straße in flüssigem Tempo voran. Je weiter sich Piet vom Zirkusgelände entfernte, umso sicherer schien es, dass Duchess niemals bis hierher gekommen sein konnte, ohne von irgendjemandem gesehen worden zu sein. Ein Alpaka lief schließlich nicht jeden Tag durch eine Stadt!

Piet hatte sich auf den Rückweg gemacht und hier – etwa sechzig Meter vor dem Zirkus-Platz – traf er auf Ulrich und Sabina.

»Duchess geht es gut … Es ist nur ...« Ulrich schaute zu Sabina.

»Es ist nichts Wildes«, ergänzte Sabina. »Du musst dir keine Sorgen machen.«

»Keine Sorgen?« Piet wartete die Antwort nicht ab, sondern rannte los.

»Ihr geht es wirklich gut«, rief Sabina ihm noch nach, doch Piet rannte weiter. Vor ihm ragte das Zirkuszelt in den sonnigen Aprilnachmittag auf. Davor bildete seine Zirkusfamilie eine kleine Menschentraube.

Und in ihrer Mitte stand ...

»Hölle verdammt!« Fassungslos starrte er auf Duchess, deren Fell in allen Farben leuchtete: blau und rot, gelb und grün. Der Kopf des Alpakas war überwiegend grün, ihre Ohren lila und … das komplette Hinterteil der Herzogin war rosa.

Rosa!

Und als wäre das nicht genug, leuchteten überall die Abdrücke vieler kleiner Hände – blau auf rot … orange auf grün … lila auf gelb … grün auf rosa!

»Scheint mir Fingerfarbe zu sein«, keuchte Ulrich, der neben ihm angekommen war. »Ich sag doch, ihr geht es gut. Fingerfarben sind ungiftig und total umweltfreundlich!«

»Ihr habt Duchess gefunden?« Gijs, der anscheinend auch gerade erst von seiner Suche zurückgekehrt war, trat zu ihnen. Sofort knabberte Duchess an dem Futterbeutel an seinem Gürtel herum. Das wussten alle Tiere hier im Zirkus, dass Gijs, der Assistent und

Co-Trainer von Josina, immer etwas für sie dabei hatte. Mohrrüben oder Äpfel für die Huftiere und kleine Hundekuchen für die Felltiere.

Er holte eine Möhre heraus und hielt sie Duchess hin. Sie nahm sie manierlich an, verspeiste sie aber in Windeseile.

»Sie hat Hunger«, sagte Gijs und tätschelte ihre bunte Schulter.

Duchess warf Piet einen vorwurfsvollen Blick zu.

Als wäre das alles seine Schuld!

»Polizei ist informiert, die geben auch der Feuerwehr Bescheid«, rief Geraldine hinter ihnen. »Mein Gott, was ist hier passiert?«

»Anscheinend hat Duchess einen Kindergarten besucht …«, erklärte Ulrich.

»Hauptsache, sie ist nicht verletzt.« Ihr Blick wanderte von Duchess zu Piet. »Du solltest vielleicht ab jetzt darauf achten, das Gatter vor Duchess' Hänger zu verriegeln. So wie es aussieht, ist ihre Abenteuerlust zurückgekehrt.«

Piet kratzte sich am Kopf. »Könnte schwören, dass der Riegel vom Gatter eingeschnappt war …«

»Hah!«, machte Gijs. »Sie hat den Trick von Prinzess gelernt. Die war doch damals mit Olekseys Bruder in der Gefängnis-Nummer, erinnert ihr euch?«

»Also, ich hole schon mal den Wasserschlauch«, sagte Ulrich. »Und für unseren Alpakaflüsterer einen Scotch!«

»Mach einen doppelten draus!« Geraldine klopfte Piet aufmunternd auf die Schulter und stiefelte davon.

21

Jack

E ine Berliner Weiße alkoholfrei und zum Essen Jalepeños mit Pommes, bitte«, sagte Jack zu der jungen Bedienung.

»Kommt gleich.«

Der kellnernde Student eilte zu den nächsten neu eingetroffenen Gästen.

Gleich siebzehn Uhr. Sonnenschein und weiterhin milde Temperaturen, da war die Terrasse der Extrablatt-Filiale gut gefüllt.

Jack hatte sich an einem Tisch am äußeren Rand der durch einen Dekozaun abgetrennten Fläche eingerichtet. Vor ihm lagen aufgeschlagen das Handbuch der Canon und die Kamera samt erstklassigem und schweineteurem Teleobjektiv.

Ungefähr sechzig Meter quer über den Rathausplatz konnte er auch mit bloßem Auge die Außenbestuhlung des Hemingway erkennen. Und Mira, die gerade im Eingang erschien, beladen mit drei Tellern – was sehr professionell aussah. Falls das Kellnern nur Maskerade war, dann hatte sie sich echt intensiv eingearbeitet. Oder sie hatte eine Restaurantfach-Ausbildung aus einem früheren Leben. In dem vor dem Behördendienst. Es arbeiteten eine Menge Quereinsteiger im öffentlichen Dienst.

Sein erster Eindruck allerdings sagte ihm, dass sie tatsächlich die Person war, für die sie sich ausgab. Er würde es genau wissen, sobald seine angeforderten Informationen angekommen waren.

Jack warf einen kurzen Blick auf die Seiten des Handbuchs, danach einen längeren auf die Einstellungen von Blende und Verschluss sowie auf den Distanzring des Objektivs. Dann hielt er die Kamera hoch und schoss ein paar Fotos. Von den Regenwasser speienden Gargoylen des

Rathauses – das rechterhand der Extrablatt-Filiale stand – schwenkte er nach weiterer Feinjustierung der Kameraeinstellungen Richtung Hemingway und dort vor allem zu Mira. Das Spiel wiederholte er einige Male, bis sein Essen kam. Er legte Kamera und Handbuch auf den Stuhl neben sich – Canon und Objektiv waren nur ausgeliehen; jede Verunreinigung würde kosten –, bevor er sich dem Fast Food widmete.

Die Sachen waren in Ordnung. Garantiert würde das Essen drüben im Hemingway besser schmecken, dafür sprachen die Homepage und die Menü-Übersicht des Cafés. Doch die Snacks hier gehörten zu seiner Maskerade, da er den Tisch längere Zeit in Beschlag nehmen musste.

Außerdem: frittiert und fettig war ab und zu ganz lecker!

Beim Essen schaute er sich unauffällig unter den übrigen Gästen um. Ständig wurden Tische frei, und neue Leute trafen ein. Für seinen persönlichen Geschmack war die Fluktuation ein bisschen zu ungemütlich. In seiner momentanen Lage erschwerte ihm das eine Einschätzung darüber, ob Beamte *seinetwegen* anwesend waren.

Eine gewisse Ironie hätte diese Situation allerdings.

Er beschattete Mira, während die Behörden vielleicht ihn beschatteten!

Es war nach sechs, als er zu Hause eintraf. Jack spielte die Fotos von der Speicherkarte auf sein Tablet, dann kochte er einen Kaffee und verzog sich mit dem dampfenden Becher und dem Tablet in sein *Büro* – auf den Treppenabsatz vor der Wohnungstür und schaute die vorhin geschossenen Fotos durch.

Mithilfe des Teleobjektivs hatte er die Details innerhalb des Hemingways abbilden können. Die abgerundete, halbe Theke in der Ecke des Raumes vis-a-vis des Eingangs und dahinter die grüne Schwingtür. Vermutlich ging es da zur Küche. Die gut ein Dutzend

Tische im Inneren oder die großformatigen Filmplakate hätte er mit bloßem Auge niemals erkannt.

Ein Plakat zeigte eine der Szenen in denen Anthony Quinn mit *dem Fisch* kämpfte.

Jack nippte an seinem Kaffee und setzte die Bilderschau fort: Mira im Gespräch mit ihren beiden Kollegen. Die Frau war blond und zierlich und der Mann etwa in Miras und seinem Alter, dunkelhaarig und gutaussehend. Alle drei wirkten sehr sympathisch.

Von seiner Recherche auf der Homepage des Hemingways wusste er, dass Mira – zumindest laut der Info unter dem Foto – seit fünf Jahren dort arbeitete. Das Bild war Mitte letzten Jahres aufgenommen und zeigte den Besitzer Hendrik Schuster inmitten der Handvoll Mitarbeiter.

Er rief die Homepage mit dem Team-Foto des Hemingways erneut auf und verglich die Mira von damals mit der von heute. Ihre Frisur hatte sich verändert. Damals trug sie ihre noch langen kastanienbraunen Haare zu einem geflochtenen Zopf. Das erkannte er deshalb so gut, weil ihr Zopf nach vorne über ihre Schulter und Brust hing.

Jack entschied spontan, dass ihm die heutige Mira mit ihren nun schulterlangen, gestuften Haaren besser gefiel. Mit den langen Haaren sah sie wie eine Wirtschaftsstudentin von einer der Elite-Fachschulen aus. Bereit die Karriereleiter in der Bank hochzuklettern so wie Mommy und Daddy vor ihr. Genau die Art Frau, die Jack nicht ausstehen konnte. Und die sich von ihm aber angezogen fühlte. Warum auch immer!

Nein, die Mira, die er im Rheinauen getroffen hatte, war definitiv nicht dieser Typ Frau. Jack verstand nun – ein wenig zumindest – weshalb Piet ihr die Telefonnummer gegeben hatte. Sie wirkte sehr authentisch. Und definitiv leidenschaftlich, als sie über Hühner und die Pläne von Landmeister gesprochen hatte.

Da waren sie einer Meinung, und das war der einzige Grund, wieso er sich überhaupt die Mühe mit der Recherche machte.

Funkstille – Eiszeit hatte sein Künstler angeordnet. Aus Erfahrung wusste Jack, dass er eine Ausnahme machen würde, allerdings nur nach dreihundertprozentiger Prüfung und auch nur für ihn! Der Fälscher kannte ihn schon lange und gut genug, um zu wissen, dass seine Sicherheitsstandards zu den höchsten in der Branche zählten.

Jack ging ebenso davon aus, dass der Künstler den Preis aufgrund der momentanen Lage anhob.

Ob Mira bereit war, das zu bezahlen? Ob ihr die Sache das Geld wert war?

Nun, er würde es sehen.

Eine WhatsApp erreichte sein Samsung. Jack tauschte Tablet gegen Telefon.

Kai fragte an, ob sie irgendwann in den nächsten Wochen mal wieder ins Kino gehen sollten.

Das war ja schnell gegangen! Kino-Anfragen bedeuteten im Code eine Aktualisierung des Status. Mit anderen Worten, seine angeforderten Informationen waren da!

Jack rappelte sich hoch, ließ das Samsung in seine Hosentasche gleiten, griff Tablet und Kaffeebecher und spazierte in seine Wohnung. Im Hausflur wurde es ohnehin allmählich zu dunkel. Er verzog sich in die Küche, schaltete Licht ein und startete sein Notebook. Automatisch überprüfte er, dass das WLAN-Profil mit dem VPN-Clienten lief und loggte sich auf dem sicheren Server ein, der irgendwo in Norwegen stand. Nach Bestehen diverser Sicherheitsabfragen lud er das Dossier mit den bestellten Infos herunter.

Er kappte die Internetverbindung, kochte einen frischen Kaffee und widmete sich schließlich den Informationen über Mira Hermann.

Eltern, Umfeld, Schule und Ausbildung.

Jacks Brauen gingen in die Höhe – das war spannend! Sie hatte ebenfalls Sozialwissenschaften studiert. So wie er, allerdings war er für SoWi und Geschichte immatrikuliert gewesen. Damals, am Anfang seines Studiums, hatte es die Idee gegeben, irgendwann damit mal Geld zu verdienen.

Dazu war es niemals gekommen, denn inzwischen hatten sich die anderen Jobs zu äußerst lukrativen Tätigkeiten entwickelt. So hatte sein Studium letztendlich mehr seiner persönlichen Entwicklung gedient.

Das Gefühl des Unterwegsseins vermisste er dennoch jeden Tag. Kein Wunder, er war beim fahrenden Volk aufgewachsen.

Sein Magen knurrte. Ebenfalls kein Wunder, von Fast Food konnte man nicht satt werden. Sein Kaffeebecher war noch gut halb voll, also verschob er das Abendessen auf später und knabberte einen der leckeren Riesen-Cookies mit Pekannüssen, während er das Dossier weiter studierte. Seine erste Einschätzung von Mira erwies sich als richtig. Sie arbeitete bereits seit fünf Jahren im Hemingway. Hängengeblieben im Studienjob?

Warum auch nicht, wenn ihr die Arbeit dort gefiel!

Und was war das?

Der Mann in ihrem Leben hieß Florian Beringer. Seinen Eltern gehörte ein Blumenladen.

Mira war mit einem Floristen zusammen? Aus irgendeinem Grund enttäuschte ihn das. Aber wer war er, dass er den Floristenberuf geringschätzte? Nur weil ihm persönlich wilde Blumen auf einer Wiese lieber waren als sterbende Schnittblumen in einer Vase. Aus diesem Grund hatte auch keine seiner ehemaligen Freundinnen Blumen von ihm geschenkt bekommen. Nie! Statt eines Blumenstraußes brachte er Bücher mit.

Das erinnerte ihn an den neuen Stewart O'Nan, den er mit zwei seiner kürzlich gelesenen Taschenbücher an Piet schicken wollte.

Spätestens morgen, nahm er sich vor, würde er das Paket fertigmachen. Nachdem er das Dossier noch ein zweites Mal gelesen hatte, in der Regel reichte das, damit er sich die wichtigsten Informationen gut einprägen konnte, griff er wieder zum Tablet und schaute die heute gemachten Fotos erneut durch. Schließlich blieb er an einer Profilaufnahme von Mira hängen und vergrößerte das Bild.

Ihre Augen waren moosgrün. Das verriet ihm, dass der Rotschimmer in ihren Haaren natürlich und nicht künstlich hineingefärbt war. Neben ihrem rechten Ohr entdeckte er ein kleines Muttermal. Es sah aus wie eine Kreuzung zwischen einem Herzen und einem Hufeisen.

Jack machte einen tiefen Atemzug, dann lehnte er sich zurück und traf seine Entscheidung.

22

Mira

Eine Viertelstunde vor der verabredeten Zeit fuhr Mira auf die große Aral-Tankstelle am Ortsausgang von Klein-Bergen. Der Tank des Peugeots war halb voll, es machte keinen Sinn vor ihrer Tour nach Drei-Linden zu tanken. Sie würde es auf dem Rückweg erledigen, zusammen mit einer Öl- und Reifendruckkontrolle.

Das war das Mindeste, was sie tun konnte, um sich bei Yasemin dafür zu bedanken, dass sie ihr den Peugeot auslieh.

Miras Nase kribbelte von dem allgegenwärtigen Benzingeruch und sie rieb sich mit den Handrücken darüber.

Wo war Jack? Die Tankstelle war weitläufig, vielleicht hätten sie eine konkrete Stelle auf dem Gelände auswählen sollen? Zum Beispiel die Parkbuchten mit den Münzstaubsaugern neben der Waschstraße?

Mira orientierte sich kurz, dann ließ sie den Peugeot langsam an den sechs Reihen mit Zapfsäulen und dem Eingang zur Waschstraße vorbeirollen und parkte gegenüber des riesigen Aral-Stores. Für einen besseren Überblick stieg sie aus. An den Zapfsäulen hinter ihr herrschte reger Betrieb. Im Minutentakt fuhren Autos vor, wurden betankt und fuhren wieder ab. Auch im Store war ein nimmermüdes Kommen und Gehen. Die breiten Glastüren blieben weit geöffnet, trotz des frischen Aprilwindes.

Jack entdeckte sie nicht. Womöglich stand er wiederum irgendwo gut verborgen und beobachtete sie längst? Nach ein, zwei Minuten holte sie ihr Samsung heraus und prüfte, ob der Klingelton eingeschaltet war. Dabei entdeckte sie eine neue Nachricht von Florian. Seit gestern landeten WhatsApps, GIFs und kurze romantische Videos im Stundentakt auf ihrem Telefon.

Er kämpft um die Frau, die er liebt, sagte eine kleine Stimme in Miras Verstand.

Wie konnte etwas so Romantisches sie derartig nerven?

Die letzte der vier WhatApps, die Florian ihr heute geschickt hatte, lautete:

»Ich weiß, du willst Abstand und ich soll dir keine Nachrichten schicken …

Aber ich kann nicht anders! Ich denke eben jede Minute an dich.

Ich liebe dich, Mira …«

Dem Text war ein GIF mit drei gleichmäßig pumpenden roten Herzen gefolgt. Jedes Pumpen produzierte einen Schwall glitzernder Mini-Herzen.

Mira ließ das Telefon zurück in ihre Jackentasche gleiten und gab sich Mühe, alle Gedanken an Florian aus ihrem Gehirn zu streichen. Sie musste sich auf Jack und auf das, was vor ihnen lag, konzentrieren. Ihr Magen rebellierte jetzt schon bei dem Gedanken an die bevorstehende Konfrontation mit Paul Schultheiß. Wie professionell Daniela sich bei der Begegnung verhalten hatte, so souverän. Mira bewunderte ihre Freundin dafür. Sie selbst hatte in diesem Moment ja nicht einmal genug Stimme besessen um zu sprechen. Das apathische weiße Pony auf der Koppel und der verängstigte Hund, der sich über das bisschen Aufmerksamkeit von ihr ein Bein abgefreut hatte, waren kaum zu ertragen gewesen.

Mira kannte Bilder aus dem Auslandstierschutz. Solche Verhältnisse – ja natürlich gab es so etwas. In Polen oder Ungarn, wo die Menschen, gerade die älteren Generationen, anders großgezogen worden waren. In einem armen Land und in einem entbehrungsreichen Leben. Das machte es nicht gut, doch es ließ einen daran glauben, dass die Menschen dort nicht einfach gefühlsarm waren. Sondern nur Menschen, die zu lang ein zu hartes Leben hatten führen müssen. Aber Drei-Linden lag in Deutschland! Was war mit diesem Mann passiert, dass er sich so entwickelt hatte? Und was hatte der Bruder,

Erich Schultheiß, dazu beigetragen? Oder die Eltern der beiden Brüder?

»Wartest du schon lange?«

Mira zuckte zusammen, drehte sich herum. Jack stand neben dem Kofferraum des Peugeots.

»Gerade erst angekommen. Und du?«

»Auch gerade erst gekommen.« Er sah sich um. »Wir müssen sprechen. Im Auto.«

Schon hatte er die Hand am Türgriff der Beifahrerseite und setzte sich hinein.

Das war es, garantiert wollte er ihr sagen, dass er keine Möglichkeit sah, ihr bei der Sache zu helfen. Wie auch, er war schließlich kein Zauberer, der ein verlorengegangenes Testament wieder auftauchen lassen konnte.

Mira kämpfte gegen das schreckliche Gefühl der Resignation und stieg ein.

Schnupperte.

Der Duft von frischgemähtem Gras hatte den allgegenwärtigen Benzingeruch verdrängt …

»Gib mir dein Telefon!«

»Was?«

Jack streckte die Hand aus. »Routine.« Sein Blick machte klar, dass er nichts machen würde, solang sie seine Forderung nicht erfüllte.

Mira holte das Samsung hervor und gab es ihm. Jack öffnete die Autotür und sie erstarrte. Eine Sekunde befürchtete sie, dass er ihr Telefon rauswerfen würde! Doch er lehnte sich zur Seite und legte es neben den Peugeot auf den Boden, dann schloss er die Tür wieder.

»Keine Sorge«, sagte er zu ihr. »Du bekommst es gleich zurück.«

Mira konnte nicht anders, als ihn anzustarren.

»Ich kann dir bei der Testamentsgeschichte helfen. Dir sollte allerdings klar sein, dass du mit deinem Auftrag gegen Gesetze verstößt. Die Wahrscheinlichkeit besteht, dass die Behörden bei dir auftauchen und dich befragen. Zum Beispiel falls dieser Bauer

Nachforschungen anstellt. Wenn er das Testament seines Bruders selbst vernichtet hat, dann wird er wissen, dass dieses Dokument gefälscht ist.«

Das Testament fälschen … Aber natürlich! Wie naiv war sie eigentlich, dass sie nicht schon eher darauf gekommen war? Dokumentenfälschung, dass war es, worüber sie hier redeten.

Mira zwang sich in Ruhe über die Sache nachzudenken. Inzwischen ging es nicht mehr einfach darum, die Tiere zu retten und – als Sahnehäubchen sozusagen – das Grundstück als zukünftigen Gnadenhof zu retten. Jetzt ging es auch darum Landmeister zuvorzukommen.

Was war ihr das ganze Unterfangen wert?

Sie wusste es längst. Wenn das der Weg war, dann würde sie ihn gehen.

»Sollte Schultheiß an dem Testament zweifeln, müsste er doch gleichzeitig zugeben, dass er das Original vernichtet hat«, erwiderte sie schließlich.

»Wieso? Er könnte behaupten, dass er sich mit seinem Bruder vor dessen Tod geeinigt hat. Dass sie sich ausgesprochen haben und dass dieser sein ursprüngliches Testament zerrissen hat, weil er den Gedanken daran, den Hof, der seit Generationen in seiner Familie ist, einer Tierschutzorganisation zu überlassen, verworfen hat.«

»Und … wie leicht kann so etwas entdeckt werden? Von den Behörden, meine ich.«

»Das hängt davon ab, wie Schultheiß reagiert. Zum Beispiel wenn der Alte die Polizei von seinem Verdacht überzeugt, dass die Echtheit des Dokuments zweifelhaft ist. In diesem Fall würden sie der Sache nachgehen und bei dem Notar landen, der dieses Testament beglaubigt hat.«

»Und der Notar …?«

»Ist hundertprozentig zuverlässig«, antwortete Jack. »Außerdem sind die Behörden völlig überlastet, ebenso wie die Gerichte. Es warten viele Ermittlungen mit höherer Priorität auf eine Auflösung. Dagegen wird eine Testamentsgeschichte um einen alten Bauernhof niedrig priorisiert sein. Mit anderen Worten: Eine Untersuchung sollte im

Sande verlaufen. Der Tierschutz bekommt das Grundstück und kann den Gnadenhof aufziehen.«

Jack machte eine Pause, so als würde er bewusst darauf achten, ihr nicht zu viele Infos auf einmal zum Verdauen zu geben. Definitiv lag ihm was daran, dass sie begriff, worum es bei *dem Auftrag* ging.

»Die Wahrscheinlichkeit, dass dein Anliegen unentdeckt bleibt, ist also hoch«, sagte er. »Jedenfalls – solang keine Leichen auftauchen.«

»Leichen?«

»Leichen sind doch nicht geplant, oder?«

»Auf keinen Fall! Keine Leichen!«

»Dachte ich mir.« Obwohl seine Miene regungslos blieb, war da etwas in seinem Blick. Etwas wie ...

»Das war ein Scherz, oder?«

»Natürlich.« Und zum ersten Mal, seit sie ihn kannte, lächelte er sie an. Nur für den Bruchteil einer Sekunde. Augenblicklich verschwand das Lächeln und er wurde wieder geschäftsmäßig. »Ich brauche Informationen über die beiden Brüder. Name, Geburtstag, alles, was du bekommen kannst. Wann ist der eine Bruder gestorben? Hatte er Handikaps? Saß er im Rollstuhl? Konnte der den Hof vielleicht nur mithilfe des Bruders verlassen? Außerdem jede Info, die das ursprüngliche Testament betrifft. Details zu dem Grundstück, falls möglich ... Schreib alles auf. Aber nicht digital! Keine E-Mail, kein WhatsApp, keine SMS. Hast du verstanden, Mira?«

Sie nickte. »Nur Papier und Kuli! Bei den Infos kann Daniela bestimmt helfen, ich spreche sie gleich darauf an.« Sie guckte auf die Uhr im Armaturenbrett. »Wir treffen sie nachher am Hof ...«

»Deine Freundin wird dorthin kommen?«

»Ja, ich dachte, wenn wir beide mit dir reden ...«

Mira verstummte, Jack starrte sie an. Er blinzelte nicht mal.

»Ich habe nicht gedacht, dass es ...«, sie wusste nicht, wie sie es formulieren sollte, »ich meine, ich konnte doch nicht wissen, dass es darum geht, das Testament zu fälschen ...«

Aber eigentlich lag das so nahe, dass sie sich gerade ziemlich blöd vorkam.

»Ich rufe sie an und sag ihr, dass sie umkehren soll«, sagte sie schnell. »Allerdings … Daniela weiß von dir und dass ich deine Nummer von Piet aus dem Zirkus bekommen habe und dass wir uns schon einmal getroffen haben … Es tut mir leid.«

Jacks Blick blieb weiterhin auf sie gerichtet. Unmöglich, in seiner Miene zu lesen. Mira spürte, dass das ganze Unternehmen auf der Kippe stand. Wie konnte sie nur so blöd sein. Das war ihre Chance gewesen, etwas zu verändern. Etwas zu bewegen! Sich gegen Ungerechtigkeiten zu wehren, wo das Gesetz versagte. Einen Eier-Mogul aufzuhalten, der keinerlei Gedanken an ethisches Handeln verschwendete und sich eine goldene Nase mit dem Leid anderer verdiente.

»Immer cool bleiben«, antwortete Jack eine gefühlte Ewigkeit später. »Triff deine Freundin dort. Mach ihr aber klar, dass, falls die Behörden ihre Ermittlungen aufnehmen, dies ein schlechtes Licht auf euren Verein und auf den Tierschutz insgesamt werfen wird. Und dass dann unter Umständen alles umsonst war.«

Mira nickte schnell.

»Und unterhaltet euch nur persönlich über diese Angelegenheit. Es gilt dasselbe wie zwischen uns – keine Bemerkungen am Telefon, keine E-Mail, kein WhatsApp, keine SMS! Falls du mich aus irgendeinem Grund kontaktieren musst, sei kreativ und denk dir was aus.«

»Kapiert! Du hast mein Wort.«

»Gut.« Sein Blick sagte deutlich, dass er sie tatsächlich beim Wort nahm. »Kommen wir zu den Kosten. Das Testament kostet neuntausend Euro. Das ist der Preis für die Herstellung und das Honorar für den Notar. Außerdem gehen noch einmal eintausend Euro für mich darauf. Ich vermittle zwischen dir und der anderen Seite.«

»In Ordnung«, erwiderte sie, und überraschte sich selbst mit ihrem nüchternen Tonfall.

Mein Gott! Sie, Mira Hermann, machte Geschäfte mit der Unterwelt! Natürlich kostete die ganze Sache was. Zehntausend Euro, das war einen Menge Geld! Mehr als Dreiviertel der Summe, die auf ihrem Sparbuch lag. Aber es war zu einem guten Zweck und niemand kam zu Schaden. Der alte Schultheiß besaß genug Geld. Er konnte seinen Ruhestand auf Mallorca oder sonstwo verbringen.

Und was Landmeister, den Eier-Mogul anging, – da akzeptierte Mira freiweg alle Karma-Points – der konnte ihretwegen an der Pest sterben!

23

Jack

Kannst du dort halten? Wo das Waldstück beginnt?« Jack deutete auf eine Stelle, die ungefähr hundertzwanzig Meter vor der Zufahrt zum Hof Drei-Linden lag.

»Klar.« Mira verlangsamte die Geschwindigkeit und fuhr auf den Seitenstreifen.

»Gib mir anderthalb Stunden, dann treffen wir uns wieder hier.« Er öffnete die Autotür, hielt inne und wandte sich zu Mira. »Es wäre hilfreich, wenn ihr versucht, den Bauern möglichst lange abzulenken.«

Mira, die aussah, als würde sie gleich bei ihrem Zahnarzt auflaufen, nickte. »Okay.«

Was machte er hier eigentlich? Sechzig Kilometer von Klein-Bergen entfernt und kurz davor, etwas zu tun, was er schon lange nicht mehr getan hatte. Ohne Einladung in ein Haus einzusteigen und nach Wertvollem zu suchen. Im konkreten Fall waren das eine Unterschriftenprobe sowie Datumsangaben, damit im Testament hinterher auch alles stimmte. Normalerweise lieferten seine Klienten die Unterschriften und die Daten, doch als er Mira vorhin danach gefragt hatte, war ihrem Blick anzusehen gewesen, dass sie die Unterschriftenprobe nie würde beschaffen können.

In diesem Moment hatte er drei Möglichkeiten gehabt. Die Sache abblasen, einen weiteren Profi hinzuziehen – was den Preis mindestens um ein Drittel, vermutlich eher mehr, angehoben und die ganze Angelegenheit hinausgezögert hätte. Einbruchsspezialisten ließen sich nicht ad hoc akquirieren. Jedenfalls nicht die Guten. Und wenn Landmeister erstmal einen Fuß in der Tür hatte, würde er jeden Anwalt, der er kriegen konnte, auf das Testament ansetzen. Bei einer Sache dieser Größe ging es um Millionen!

Jack mochte keine Eier-Mogule, damit blieb ihm nur Option Nummer Drei. Selbst aktiv werden.

Eventuell, zumindest ein klein wenig, reizte ihn auch das Abenteuer. Doch jetzt war keine Zeit für Reflexionen und Psychohygiene, jetzt war es an der Zeit zu handeln. Er hatte sich für den Job entschieden und Mira würde gleich an der Hof-Einfahrt anlangen. Er musste sich also beeilen. Mit einem großen Satz sprang er über den schmalen Wassergraben und marschierte querfeldein. Zunächst geradeaus bis zu dem Waldstück und von da nach links Richtung Bauernhof; so näherte er sich den Gebäuden von der Rückseite.

Noch bevor ihm der Wind eine kräftige Prise Schaf in die Nase blähte, hörte er das Blöken. Jack schaute mit zusammengekniffenen Augen durch das Unterholz zu der Hecke, die das Grundstück abgrenzte, und versuchte auszumachen, ob sich dort jemand aufhielt.

Rechts war die Schafskoppel mit einer jämmerlichen Handvoll Schafe darauf.

Keine Menschen zu sehen. Niemand jedenfalls den er mit bloßem Auge hätte erkennen können!

Der Feldstecher lag in seiner Wohnung, schließlich war nicht geplant gewesen, dass er das Haus erst observieren musste. Sein Plan hatte vorgesehen, dass Mira den Landwirt ablenkte, damit er ins Haus schlüpfen und nach dem suchen konnte, was er brauchte. Definitiv nicht vorgesehen war, dass ihn Miras Freundin kennenlernte. Auf eine weitere Person, die von der Testamentsgeschichte wusste und in der Lage war, ihn zu beschreiben, verzichtete er wirklich gern.

Jack eilte gebückt auf die Rückseite des Haupthauses zu und passierte die Schafskoppel. Die war komplett abgeweidet! So wie die Tiere die gesamte Zeit über blökten hatten sie vermutlich Hunger. Jack kannte sich zwar nicht speziell mit Schafen aus, dafür aber mit einem Haufen anderer Huftiere, und auch wenn Zirkusunternehmen nicht gerade einen guten Ruf bei Tierschützern besaßen, so behandelten die meisten Zirkusfamilien ihre Tiere mit Respekt. So wie man einen Partner behandelt, mit dem man zusammen auftritt und seine Brötchen verdient. Partner behandelte man anständig. Es war derselbe Respekt, den sich Zirkusleute untereinander entgegenbrachten.

Mit diesem Leitsatz war er aufgewachsen. Natürlich wusste er, dass es in der großen Zirkuswelt Ausnahmen gab. Schwarze Schafe – Zirkusunternehmen, die weithin bekannt waren in der Branche.

Jack näherte sich dem Haus, zwischen ihm und der Schafskoppel lag ein Obstgarten mit knorrigen Apfel- und Birnbäumen. Ein ehemaliger Bauerngarten grenzte daran. Getrennt durch eine niedrige, halbverfallene Natursteinmauer. Eigentlich ein schönes Fleckchen Land, das alles hier. Nur komplett verwahrlost. Man sah dem Hof die Lieblosigkeit seines jetzigen Besitzers an. Dem Haus, dem Garten, der Weidekoppel und den Schafen.

An einen der knorrigen Stämme gepresst prüfte er die Fenster. Zuerst die im oberen Stockwerk, dann die untere Reihe.

Und was war das?

Die sperrangelweit geöffnete Hintertür des Bauernhauses winkte ihm einladend zu. Eine zweite Aufforderung brauchte er nicht! Jack sprintete der dunklen Öffnung entgegen. Noch ehe er das Haus erreichte, konnte er einen Wagen vorfahren hören. Jemand drückte zweimal kräftig auf die Hupe.

Mira?

Kurz darauf folgten Geräusche eines weiteren Autos.

Jack schlich durch den dunklen Flur, vorbei an einer kahlen Waschküche und gelangte an eine Tür, die sehr wahrscheinlich zum vorderen Teil des Hauses führte. Schritte! Knarzen … Holzdielen? Eine Treppe vermutlich. Er blieb stehen, lauschte. Das Knarren der Holzdielen stoppte. Die Geräusche veränderten sich. Schuhe schlurften auf einem Steinboden.

Bevor Jack die Tür zum vorderen Bereich öffnete, holte er aus der Innentasche seiner Jacke ein Paar Handschuhe und streifte sie über. Behutsam drückte er die Türklinke herunter und spähte durch die spaltbreite Öffnung.

Er sah auf die Rückseite eines Wollpullovers. Genauer gesagt auf den Rücken eines kräftig fluchenden Mannes in einem beigen Wollpulli. Der Mann schimpfte vor sich hin und schlurfte von ihm weg. Jack wartete kurz, dann eilte er zu der Holztreppe, passierte auf dem Weg dorthin vier geschlossene Türen. Flink öffnete er jede einzelne, warf einen Blick in den dazugehörigen Raum und zog sie anschließend wieder zu.

Toilette, Badezimmer, Speisekammer, Rumpelkammer … für hässliche, alte Möbel? Keine Ahnung, was der Zweck des letzten Raumes darstellte, aber es war nicht das, was er suchte. Was er suchte, war ein Büro oder etwas in der Art.

Vor ihm lag die fünfte Tür des Erdgeschosses. Diese war weit geöffnet und zeigte eine große Küche, so wie das früher üblich war, damit sich die ganze Familie samt Mägden und Knechten zu den Mahlzeiten versammeln konnte. In diesem Raum war das schon lange nicht mehr geschehen. Er wirkte ebenso vernachlässigt wie alles auf diesem Hof. Neben der Küchentür knickte der Flur ab. Dahinter, von hier aus nicht sichtbar, musste die Eingangstür liegen. So leise wie möglich stieg Jack die Holztreppe hoch. Das Knarzen der Holzstufen ließ sich nicht vermeiden. Allerdings sorgte er sich nicht darüber, dass der Alte das hörte. Der war nämlich gerade dabei, seinen Hass auf die Welt loszulassen und das in einer Lautstärke, dass Jack sogar hier drinnen beinahe jedes Wort verstand.

In der Decke auf dem Treppenabsatz war eine Luke. Jack hoffte, dass der Alte nie auf den Gedanken gekommen war, die Unterlagen seines Bruders auf den Speicher zu bringen. In diesem Fall würde er noch einmal herkommen müssen.

Um den Treppenabsatz herum scharten sich sieben Türen. Drei führten zu den Räumen auf der Vorderseite des Bauernhauses, die übrigen vier zur Gartenseite. Er startete seine Suche mit den vorderen Räumen. Ein Badezimmer im Uralt-Style. Im Raum daneben befand sich ein Schlafzimmer mit einem altmodischen Bauernschrank und einem dazu passenden Bauernbett. Das Zimmer wirkte verlassen, vermutlich das Zimmer des verstorbenen Bruders. Jack wollte die

Tür gerade wieder schließen, als sein Blick auf das weiche Hundebett unter dem Fenster fiel.

Eine dicke Staubschicht lag darauf.

Im angrenzenden Zimmer Nummer drei fand er endlich, was er suchte. Ein Heimbüro. Im Gegensatz zu den Möbeln, die er bislang auf seinem Erkundungsgang entdeckt hatte, stammten Aktenschrank und Schreibtisch aus diesem Jahrtausend. Dass sich niemand hier aufhielt, erkannte er an dem Staub, der die leere Kunststoffablage und den länglichen Stiftehalter bedeckte.

Keine Bilder an den Wänden – also auch kein Safe. Das war ausgesprochen gut, denn sonst hätte er definitiv noch einmal wiederkommen müssen. Mit einem Profi.

Jack startete mit dem Büroschrank. Flink prüfte er die oberen Fächer. Zwei Reihen Ordner, zu seinem Glück vorbildlich mit Jahreszahlen und Inhaltsübersicht beschriftet.

Drei-Linden

Bingo!

Jack brachte den Ordner zum Schreibtisch. Seine Finger sausten durch die Blätter. Das war perfekt, hier standen alle Informationen zum Grundstück. Jahresverbräuche und Abrechnungen der Gemeinde für Strom, Wasser und so weiter. Jedes Jahr fein säuberlich durch einen Papptrenner separiert. Er nahm ein paar Unterlagen aus dem Jahr 2009 heraus. Zehn Jahre alte Dokumente würde niemand vermissen, waren aber für ihn mit ihren Details über das Grundstück Gold wert.

Er holte den dünnen, zusammengefalteten Rucksackbeutel aus seiner Hosentasche, schüttelte ihn auf und schob den ersten Teil seiner Beute hinein. Jack klappte den Ordner zu und wollte ihn zurück zum Schrank bringen. Draußen, nur mäßig gedämpft durch die Fensterscheiben, brüllte der Alte plötzlich los. Jack trat zum Fenster und schaute hinunter.

Der voller Hass auf die Welt tobende Schultheiß beschimpfte die beiden Frauen. Jack war einigermaßen froh, nicht in deren Haut stecken zu müssen. Wobei die großgewachsene, rothaarige Amazone weniger eingeschüchtert sondern schwer beherrscht ausschaute. Mira allerdings sah echt wütend aus. Überraschend, sie wirkte nicht wie jemand, der wütend werden konnte.

»Verlassen Sie mein Grundstück, sonst hole ich die Polizei!«, brüllte der Alte laut genug, dass er jedes seiner Worte klar und deutlich verstand. Dann sagte Mira etwas, dass nicht zu verstehen war, und marschierte an dem Bauern vorbei ins Haus!

»Atta-Girl«, murmelte Jack.

Schon war er wieder beim Aktenschrank, tauschte den Ordner *Drei-Linden* mit den Ordner *Steuererklärungen* und *Verbrauch*. Und voilà – hier fand er Unterschriften.

Die Steuererklärungen bezeugten, dass sich Erich, als Ältester und Erbsohn, um die Steuern für Drei-Linden gekümmert hatte.

Draußen schien sich Paul Schultheiß von seiner Erstarrung durch Miras tapferes Ablenkungsmanöver erholt zu haben. Jack hörte ihn nun im Erdgeschoss herumbrüllen. Eine wütende Stimme, die musste zur Amazone gehören, machte den Counterpart.

Die Uhr tickte!

Jack packte die Steuererklärung des vorletzten Jahres in seinen Beutel und brachte den Ordner wieder zum Schrank. Dann widmete er sich flink dem Rechnungsordner.

Saatgut, Futtermittel, Dünger und einen neuen Traktor der Firma Claas hatte der Hof im letzten Sommer angeschafft. Keine der Rechnungen in diesem Ordner stammte aus diesem Jahr. Entweder gab es keine oder der noch lebende Schultheiß hatte sich nicht die Mühe gemacht, sie hier abzuheften. Nach dem Zustand des Hofs lag die Schlussfolgerung nah, dass er kein Interesse daran hatte, den Besitz ordentlich zu bewirtschaften. Alternativ war er einfach überfordert? Möglicherweise hatte Erich ihn auch niemals in Entscheidungen und in die Organisation des Hofes einbezogen?

Vielleicht erklärte das den Hass des Alten auf die Welt.

Jack stellte den Ordner zurück und durchsuchte die übrigen Fächer im Aktenschrank. Im untersten stieß er auf einen großen Karton mit Fotografien. Schwarz-Weiß-Fotos waren darunter, ebenso Farbfotos aus den Siebzigern mit dickem Gelbstich. Er drückte den Deckel auf den Karton, schob diesen wieder an seinen Platz und angelte einen Jutebeutel hervor, der sich ganz hinten im Fach versteckte.

In dem Beutel befanden sich zwei Keramiknäpfe, witzig mit bunten Knochen bedruckt, eine grüne Hundeleine samt gepolstertem Brustgeschirr, außerdem eine angebrochene Packung mittelgroßer Büffelhautknochen.

Anscheinend lag Mira mit ihrer Vermutung, dass Paul Schultheiß den Hund nach dem Tod seines Bruders in die Hundehütte verbannt hatte, richtig.

Egal was Erich seinem Bruder möglicherweise angetan hatte, sich dafür an einem unterlegenen Lebewesen zu rächen – das war unverzeihlich. Jack packte den Jutebeutel mit dem Hundezubehör ins Fach zurück, richtete sich auf und schloss die Schranktüren.

Die Wuttiraden unter ihm hatten gestoppt. Es war still im Haus.

Er schlich zum Fenster, gerade noch rechtzeitig, um zu beobachten, wie die rothaarige Amazone eine widerstrebende Mira aus dem Haus zog. Vielleicht hatte der Alte seine Drohung wahrgemacht und die Polizei gerufen?

So oder so, es war an der Zeit, von hier zu verschwinden!

Er hatte, was er brauchte.

Prüfend warf er einen letzten Blick in den Raum. Sah genau wie vorher aus. Möglicherweise war ein bisschen weniger Staub auf dem Schreibtisch. Doch das würde garantiert niemandem auffallen. Jack streifte die schmalen Kordeln des Rucksackbeutels über seine Schultern und trat zum Eingang. Leise schloss er die Tür und glitt behutsam auf den knarzenden Dielen zur Treppe. Er war beinahe auf dem Absatz unter der Dachluke angelangt, als ihn das Geräusch von schweren Schritten wieder zurücktrieb.

Hölle verdammt!

Jack wich zurück, bis er die Türklinke von Erichs Schlafzimmertür im Rücken spürte.

Die Holztreppe knarzte unter dem Gewicht von Paul Schultheiß.

Langsam drückte Jack die Klinke herunter, schlüpfte in den Raum und schloss die Tür. Er neigte den Kopf und lauschte. Die Schritte wurden lauter, erreichten den Treppenabsatz. Dielenbretter knarrten. Eine Tür wurde geöffnet, jedoch nicht geschlossen. Dem Geräusch nach ging Schultheiß im Raum herum. Dann stoppten die Schritte und Jack hörte ein Ächzen.

Metallfedern?

Demnach machte der Alte ein Nickerchen. Trotz der Aufregung? Unwahrscheinlich, aber viel schlimmer war, dass die Schlafzimmertür vermutlich offen stand und ihn selbst dazu verbannte, in seinem Versteck auszuharren, bis der Alte wieder hinunterging. Wer wusste schon, wann das der Fall sein würde? Jack wartete ein paar Minuten, durchdachte seine Optionen. Schließlich und weil drüben nichts geschah, abgesehen von einem gelegentlichen Hustengeräusch, zog er sein Samsung hervor. Er brauchte ein Ablenkungsmanöver! Mira zum Beispiel, die in die Hofeinfahrt fuhr und kräftig auf die Hupe drückte. Das sollte doch ausreichen, um den Alten aus dem Zimmer und nach unten vor das Haus zu locken.

Jack überlegte gerade, wie er den Text formulieren sollte, um seine Botschaft Mira zwischen den Zeilen verständlich zu machen, als er einen Wagen in der Zufahrt hörte. Zwei leise Schritte brachten ihn zum Fenster.

Hölle verdammt!

Ein Polizeifahrzeug stoppte vor dem Haus. Die Beamten, eine Frau und ein Mann, stiegen aus und er trat schnell vom Fenster weg.

Die Türklingel schellte.

Erneut ächzten die Bettfedern, es folgten schwerfällige Schritte. Ein Weilchen dauerte es, bis sich die Schritte entfernten und die Holzdielen knarrten. Jack verließ den Raum, schloss die Tür hinter sich und schlich langsam die Stufen hinunter. Auf halber Höhe blieb er stehen und beugte sich vor.

Wenn der Bruder die Beamten hereinbat und die ihn hier fanden, dann war Miras Plan Geschichte!

Darauf gefasst, in Sekundenschnelle die Treppe wieder hochzuhuschen, lauschte er.

Eine Frauenstimme, hier nur gedämpft vernehmbar, fragte nach dem Grund des Anrufs und Schultheiß startete eine Schimpftirade über den Tierschutzverein.

So wie die Stimmen klangen, standen die drei vor der geöffneten Haustür. Jack nutzte den Moment und schlich die restlichen Stufen hinunter und zu der Tür, die die Vorderseite des Bauernhauses von der Rückseite trennte. Erst dort sprintete er los, an der Waschküche vorbei und durch die Hintertür hinaus und weiter bis zur Schafskoppel. Von da zum Obstgarten und bis in den Wald.

In der Sicherheit der Bäume angekommen, verlangsamte er sein Tempo auf Dauerlauf-Geschwindigkeit und joggte querfeldein zurück zu der Stelle, wo Mira ihn vorhin rausgelassen hatte.

24

Mira

Ein halbschattiger Platz, vorläufig nicht umtopfen oder düngen … Und ganz wichtig, bitte nicht zuviel wässern, dann wird Ihre Tante noch lange Zeit etwas davon haben.«

Florian lächelte die junge Frau charmant an.

»Unsere Kunden neigen durch die Bahn dazu, ihren Pflanzen etwas Gutes tun zu wollen und spendieren zu viel Wasser!«

»Nicht zu viel wässern, okay, das werde ich meiner Tante ausrichten«, antwortete die Frau lachend. Entweder war sie immer so ausgelassen oder sie flirtete tatsächlich mit Florian.

Letzteres, vermutete Mira. Ihr Freund sah wirklich gut aus mit dem pastell-karierten Halstuch, der Jeanslatzhose und dem enganliegenden Shirt, welches seine breiten Schultern nicht versteckte. Seine blonden, nackenlangen Haare hatte er mit etwas Gel aus der Stirn gestrichen.

Florian war ein Hingucker, keine Frage. In Miras Bauch kribbelte es. Sie schalt sich albern, dort stand Florian, der Mann, mit dem sie seit sechs Jahren zusammen war. Aber sie hatten sich ja schließlich auch vierzehn Tage lang nicht gesehen.

Ihre Idee, ein paar Tage Pause in der Beziehung, schien eine gute Idee gewesen zu sein. Sie beobachtete die Szene lächelnd, blieb jedoch still auf ihrem Platz zwischen Regal und Palmeninsel stehen, um ihn nicht in seinem Kundengespräch zu unterbrechen. Erst gestern Abend hatten sie miteinander telefoniert und sich richtig ausgesprochen. Und heute betrachtete sie ihn beinahe mit einem neuen Blick.

Das war der Mann, der ihr im Beisein seiner Eltern einen Verlobungsring angesteckt hatte. Mit ihr musste tatsächlich etwas nicht stimmen. Jede andere Frau wäre vor Glückseligkeit explodiert!

Garantiert diese attraktive Kundin mit der blühenden Topfpflanze im Arm. Honigblonder Pferdeschwanz, stylischer Kurz-Pony und ein elegant-sportlicher Hosenanzug. Eine moderne Businessfrau, die Wert darauf legte, der Welt ihre hippe Lebenseinstellung zu zeigen. Letzteres tat sie mit der Umhängetasche aus Segeltuchplane, worauf jemand in dicken, dunkelblauen Lettern in einer häufig verwendeten Schönschreib-Schrift *Paris – London – Bonn!* gepinselt hatte.

»Sie haben einen so wunderschönen Blumenladen hier. Der Shabby-Chic-Style gefällt mir außergewöhnlich gut. Besonders mit den Antiquariats-Schätzchen dazwischen.«

Sie stellte die Topfpflanze auf die Theke und machte zwei Schritte auf eines der creme-weißen Regale zu, die die Wand gegenüber der Fensterfront bedeckten und die allesamt so mitgenommen aussahen, als hätten sie Jahrzehnte auf dem Möbel-Buckel. Sie bildeten den Rahmen für üppig-wuchernde Grünpflanzen und die älteren Bücher – nichts monetär Wertvolles, jedoch zerlesen und den Flair der Romantik versprühend. Das kam bei den Kunden und Kundinnen von Bunt&Blatt hervorragend an.

Die hipp gestylte Frau griff eine ältere Ausgabe der *Schatzinsel* von Stevenson, schlug die angerissenen Buchdeckel behutsam auf und warf einen kurzen Blick hinein.

»Toll! Die sind aber nur Deko oder stehen die auch zum Verkauf?«

»Wenn Sie das Buch wirklich haben möchten, schenke ich es Ihnen! Wir freuen uns allerdings über eine kleine Spende an den Tierschutzverein hier in Klein-Bergen. Das Geld wird größtenteils zur Unterstützung der Partner-Tierheime in Rumänien, Spanien und Portugal verwendet.«

Florian zückte einen von Miras gestalteten Flyern des Tierschutzvereins aus dem Ständer.

»Interessant … Ja, natürlich gebe ich eine Spende …« Sie brach ab, drehte den Kopf, um Florians Blick zu folgen, der Mira in genau diesem Augenblick entdeckt hatte.

Und etwas, was nur in sechs Jahren Partnerschaft entstehen kann, überzog sein Gesicht. Warm lächelte er sie an.

Im nächsten Moment meldete sich die Türglocke und Claudia betrat das Geschäft. In ihren Jeanslatzhosen und den mithilfe eines flippigen Tuchs – dem Zwilling von Florians Halstuch – verrückt hochgesteckten dunklen Haaren passte sie perfekt hierher.

»Mira!« Sie lächelte sie ebenso herzlich an wie Florian. »Brüderchen, du hast nichts dagegen, wenn ich Mira kurz entführe ...?«

»Bring sie mir nur wieder!«

»Versprochen!« Claudia hakte sich bei ihr unter. Mira warf Florian ein entschuldigendes Lächeln zu, und ließ sich von seiner Schwester in das helle, grünpflanzenfreie Büro ziehen.

»Mira! Das tut gut, dich so sehen.«

Mira erwiderte Claudias Umarmung.

»Du hättest Florian in den letzten Tagen erleben müssen! Das war nicht zum Aushalten. Der hatte eine Laune!« Sie holte eine Geldkassette aus ihrem Stoffbeutel und verstaute beides zusammen in dem Safe hinter dem Schreibtisch.

Sie richtete sich auf und rollte die Augen. »Mein kleiner Bruder hat mich in den Tagen ohne dich mehr genervt als in unserer gesamten Jugendzeit. Und da war er schon echt schlimm.« Sie seufzte und ließ sich auf den Schreibtischstuhl fallen. »Und seit heute Morgen ist er wie ausgewechselt!«

»Wir haben gestern Abend lange telefoniert«, erklärte Mira lächelnd. »Und ich freue mich auch, euch wiederzusehen.«

»Also – du weißt gar nicht, wie oft wir«, Claudia senkte ihre Stimme, »über den Abend von Mariannas Geburtstag gesprochen haben und ...«

»Es tut mir so leid, ich wollte eurer Mutter den Abend nicht verderben ...«

»Vergiss das, sie ist selbst schuld! Übrigens ihre eigene Aussage.« Claudia pustete sich eine dunkle Ponyfranse aus der Stirn. »Du magst keine Überraschungen, das wissen wir alle, und wenn Mutsch und mein kleiner Bruder planen, dich so zu überrumpeln? Ihr Pech! Ich glaube, ich an deiner Stelle wäre ausgeflippt. Und zwar laut.«

»Da bin ich leider nicht der Typ zu. Dein Temperament bewundere ich an dir.«

»Temperament ist nicht immer ein Segen.« Claudia erwiderte ihr Lächeln. »Aber weil du keine Überraschungen magst, habe ich jetzt auch keine für dich, sondern stattdessen eine Idee, die ich mit dir besprechen möchte.«

»Eine Idee?«

»Relax!« Claudia winkte ab. »Du hast doch ab Mitte Mai stets zwei Wochen Urlaub. Jedenfalls haben Paps und ich uns überlegt, dass ihr, sprich du und mein Bruder, dringend eine Auszeit von allem hier braucht. Wie gesagt, nur eine Idee!« Sie hob die Hände, als erwarte sie augenblicklichen Protest.

»Ja?«, fragte Mira vorsichtig. »Und ...?«

Florians Schwester renkte ihren Hals, um auf den Wandkalender über dem Schreibtisch schauen zu können.

»Genau heute in einer Woche, also nächsten Samstag, startet Interieur & Fleur in Paris.«

»Paris?«

Claudia lächelte, als würde sie ihr gerade ein großes Blech mit frischgebackenen Brownies überreichen.

»Ich war letztes Jahr da, vielleicht erinnerst du dich. Und ich sag dir, ich bin immer noch begeistert, weil es eine wirklich tolle Messe ist, obgleich keine Fachmesse. Aber falls man einen Platz sucht, wo sich die trendigsten und kreativsten Ideen tummeln, dann ist es Interieur & Fleur! Ich wette, Mira, dass du dort voll in deinem Element sein wirst. Du hast so viel hier im Bunt&Blatt bewegt, wenn ich daran denke, wie es vorher aussah ...«

Sie schnaubte, sie war der einzige Mensch, den Mira kannte, bei dem das melodisch klang, was zweifelsohne an den fünf Jahren Zugehörigkeit zum Klein-Bergener Jazz-Chor lag.

»Konservativ, dunkel und steif. Ich glaube nicht, dass ich jeden Morgen gutgelaunt herkommen würde, wenn der Laden noch so aussähe. Du hast also auch meinen Job gerettet, Mira!« Sie zwinkerte ihr zu.

»Ich war froh, dass Marianna und Kurt dem Image-Wechsel gegenüber so aufgeschlossen waren und besonders, dass sie bei der

Neueröffnung nicht aus allen Wolken gefallen sind«, antwortete Mira. »Doch der neue Look vom Bunt&Blatt ist nicht allein mein Verdienst. Du und Florian hattet viele schöne Ideen. Das mit dem Shabby-Chic-Style zum Beispiel.«

»Aber du hast das Plakat im Art-Niveau-Stil und das originelle Logo mit dem Schriftzug entworfen.«

»Das war keine große Sache, als gelernte Mediengestalterin ...« Mira winkte ab. »Jetzt komm aber bitte auf das Thema Messe zurück. Verstehe ich das richtig, du schlägst mir vor, dass ich mit Florian zusammen nach Paris fahren soll?«

»Überleg es dir in Ruhe. Wenn dir der Vorschlag zusagt, bringe ich euch Samstagmorgen nach Köln, da steigt ihr in den Thalys und seid drei Stunden später in der Welthauptstadt der Mode und des Stils!«

Am Montagvormittag im Hemingway nutzte Mira einen ruhigen Moment zwischen zwei Gäste-Wellen, um auf ihre WhatsApp zu schauen. Etwas was sie normalerweise selten tat, während sie arbeitete.

Nach dem gemeinsam verbrachten Wochenende mit Florian spürte sie, dass er enttäuscht wäre, wenn sie seine Nachrichten, die er garantiert heute schickte, bis zum Nachmittag ignorieren würde. Tatsächlich hatte er ihr nur eine einzige WhatsApp geschickt. Es war eines dieser Glitzerherzchen-pumpender Riesenherz-GIFs, darunter seine Botschaft:

»Ich träume von Paris ...«

Paris!

Eine Woche mit Florian in der romantischsten Stadt der Welt. Den ganzen Sonntag hatten sie nur darüber geredet, was sie alles unternehmen wollten. Den Eiffelturm besteigen natürlich, eine Bootsfahrt auf der Seine in der Abenddämmerung machen und den

Louvre besuchen. Ausgelassen wie Kinder, die sich auf den Besuch eines Abenteuerspielplatzes freuen, hatten sie zusammen herumgesponnen.

Heute Morgen, als sie im Hemingway angekommen war und ihren Dienst angetreten hatte, war ihre Euphorie allmählich verblasst und hatte einer Art Resignation Platz gemacht, die sie sich nicht erklären konnte. Das Wochenende war wirklich schön gewesen und dennoch fühlte sie sich erleichtert, jedoch gleichzeitig schuldig, dass sie erst Mittwochnachmittag wieder Zeit für ein Treffen mit Florian hatte.

»Morgen Abend bin ich mit Yasemin für die Sneakpreview im Kino verabredet, und Dienstag habe ich meinem Vater versprochen, mit ihm zusammen die Hochbeete zu bauen. Er plant es so lang und eigentlich wollten wir es in meiner ersten Urlaubswoche machen, doch da wir beide dann in Paris sind ...«

»Ich verstehe, selbstverständlich musst du deinem Vater helfen«, hatte Florian gesagt und sich sichtlich bemüht, seine Enttäuschung zu verbergen. »Dafür sehe ich dich am Mittwoch, Hon'!« Er hatte seine Arme um sie gelegt, sie an sich gezogen und sich heruntergebeugt, um sie zu küssen. »Und Donnerstag und Freitag und ...«, flüsterte er, seine Lippen dicht vor ihren.

»Florian ...? Das geht leider nicht.« Sie löste sich sanft. »Donnerstagabend ist Stammtreffen im Tierschutzverein, da habe ich schon zugesagt und es ist ohnehin nur alle paar Wochen ... Und Freitag muss ich dringend ein oder zwei Sachen für die Reise kaufen und vor allem packen.«

Florian, der seine Enttäuschung nun nicht mehr verstecken konnte, erwiderte ihren Blick stumm, und einen Moment lang hatte sie befürchtet, dass er sie jetzt fragen würde, wie es danach zwischen ihnen weitergehen solle.

Nach Paris und ihrem gemeinsamen Urlaub.

Zu ihrer Erleichterung hatte er schließlich genickt. »Ist okay, Honey. Ich freue mich auf den Mittwoch mit dir! Und von Samstag an gehört die Woche nur uns beiden.« Dann hatte er sich abgewandt, das Messer gegriffen und angefangen, die Zucchini für ihre Lasagne klein zu schneiden.

Mira ließ das Smartphone sinken und blickte in das momentan leere Café. Die Handvoll an Gästen saßen draußen und genossen die Sonnenstrahlen.

Wie würde ihr Leben in einem Jahr aussehen? Würde das Hemingway sie auch die nächsten Jahre begleiten? Oder würde ihre Zukunft im Bunt&Blatt liegen, so wie Florians Familie es für sie geplant hatte? Ebenso wie die Heirat, die zweifelsohne irgendwann folgen würde, so wie das dazugehörige Kind?

»Tisch vier hat nach dir gefragt.« Lilly, beladen mit einem Tablett voll benutzter Tassen und Kuchenteller, marschierte auf sie zu.

»Tisch vier? Das ist einer von deinen.«

»Der Gast will aber zu dir!« Lilly drehte sich kurz vor der Schwingtür nochmal zu ihr um. »Ein interessanter Typ, übrigens!« Zwinkernd verschwand sie in der Küche.

Mira ging hinaus zur Außenbestuhlung des Hemingways. Dort, an Tisch vier, saß zu ihrer Überraschung Jack. Er hatte sie schon gesehen, stand auf und umarmte sie, als seien sie alte Freunde.

»Ich habe was für dich«, flüsterte er in ihr Ohr.

»Hier?«, erwiderte sie und sah sich gleich darauf erschrocken um, doch das ältere Ehepaar, Stammgäste, war vollauf mit den Bildern ihres Lanzarote-Urlaubs beschäftigt. Und die Oberstufentruppe vom Nachbartisch war zwischenzeitlich verschwunden. Sonst war niemand hier.

Natürlich konnte Jack nur das Testament meinen. Mira hatte mit einer kryptischen Botschaft per WhatsApp gerechnet, um die Übergabe klarzumachen. Aber er hatte es wohl anders geplant und anscheinend wusste er auch, wo sie arbeitete.

»Kann ich dir was bringen?«, fragte sie, noch dabei, ihre letzte Erkenntnis zu verarbeiten. »Geht aufs Haus.«

»Ein Café Creme bitte.« Jack setzte sich wieder und klopfte beiläufig mit den Fingern auf den Greenpeace-Report auf dem Tisch.

Mira zwang sich, den Blick von der Zeitschrift loszueisen.

»Der Kaffee kommt gleich«, sagte sie.

Sie ging hinein und bereitete seinen Café Creme zu.

»Machst du mir einen mit?« Lilly, einen Teller in der Hand, tauchte neben ihr auf. Sie nahm den Käsekuchen aus der Kühlung und säbelte ein ordentliches Stück davon ab.

»So, so ... Endlich lernt unsere Mira mal spannende Männer kennen«, murmelte sie laut genug, dass Mira jedes ihrer Worte verstand.

»Ein Bekannter vom Tierschutz«, erklärte sie, erntete dafür aber nur einen lasziven Kussmund.

Dann schwappte die nächste Gästewelle über das Hemingway herein und sie rödelten beide durch das Café. Jack verschwand relativ schnell mit einem: »Lass hören, wie die Sache weitergeht«.

Das Magazin samt DIN-A4-Umschlag, den Mira sich nicht zu öffnen traute, steckte in ihrer Kuriertasche.

Der Mittag schritt vorüber und endlich kreuzte Tom, ihre Ablösung, auf. Bevor Mira das Hemingway verließ, rief sie Daniela an und fragte, ob sie Zeit für einen spontanen Kurzbesuch hätte und konnte gerade noch verhindern, dass ihr ein *Überraschung* zwischen den Lippen hervorschlüpfte.

»Komm ruhig vorbei«, antwortete Daniela. »Wir sind im Vereinsbüro.«

Mira schob das Telefon zu dem Greenpeace-Magazin – der Umschlag verbarg sich nach wie vor unangetastet zwischen den Seiten und eilte durch die Fußgängerzone. Das Büro des Tierschutzvereins lag am anderen Ende der Innenstadt. Und die war so klein, wie Klein-Bergen eben klein war. Knappe zehn Minuten später drückte sie auf die obere der beiden Klingeln und wurde kurz darauf reingelassen. Mira stieg die Holztreppe hinauf. Die Tür des Büros, eine ehemalige Wohnung, stand wie gewohnt weit auf.

Im Inneren hörte sie Stimmen. Daniela und ... Ludovine?

Es war tatsächlich Ludovine. Die Gründerin des Tierschutzvereins Klein-Bergen tauchte nur selten bei den Treffen auf. Doch war sie weiterhin im Tierschutz aktiv. Mit dem grauen Dutt, der bei ihr immer elegant und niemals altbacken aussah, was gewiss auch an ihrem seegrünen Twinset, den hellen Marlenehosen und ihrem kampflustigen Blick lag, war sie eine harte Verhandlungspartnerin.

162

Die ältere Frau umarmte sie. »Das hast du gut hinbekommen, Mira!«

Mira tauschte einen Blick mit Daniela.

»Ich habe Ludovine eingeweiht«, verriet diese. »Nur im Bezug auf das Wiederfinden des Testaments ...«

»Und mehr brauche ich absolut nicht zu erfahren«, antwortete Ludovine.

»Dann freue ich mich jetzt umso mehr, dass du heute da bist.« Mira genoss die fragenden Blicke der beiden Frauen, während sie ihre Tasche öffnete, den Umschlag herausnahm und ihnen entgegenstreckte.

»Ich habe mich noch nicht getraut, es anzuschauen!«

»Du zuerst, Ludovine«, sagte Daniela.

Die elegant-schmalen Augenbrauen gehoben zog die Vereinsgründerin ein zweiseitiges Dokument aus dem Umschlag und begann darin zu lesen.

»Hast du was vom Veterinäramt gehört?«, fragte Mira derweil an Daniela gewandt.

Auf der Rückfahrt von Drei-Linden in der vorletzten Woche hatte Jack sie eindringlich gebeten, dem Veterinäramt Druck zu machen und nachdem Mira zu Hause angekommen war, hatte sie Daniela informiert, die sofort versprach, erneut beim Veterinäramt nachzuhaken.

»Am Freitag endet die gesetzliche Frist, die der alte Schultheiß bekommen hat, um die Auflagen umzusetzen«, beantwortete Daniela ihre Frage. »Dann werden die Zustände auf Drei-Linden erneut geprüft. Bis dahin heißt es abwarten.«

»Erich, dein Wille wird endlich durchgesetzt!« Ludovine nickte grimmig und reichte die Papiere an Daniela weiter. Sie las und danach Mira, die die Unterlagen anschließend wieder in den Umschlag zurückschob.

»Was denkt ihr? Ist das Testament in Ordnung und rechtskräftig?«, fragte sie die beiden Frauen.

»Es steht alles drin, was drinstehen sollte, und es ist notariell beglaubigt«, antwortete Daniela. »Sicherheitshalber bringe ich es jetzt bei unserer Anwältin vorbei. Damit ist sie auch gleich informiert, dass demnächst vielleicht etwas auf uns zukommt.

»Das kann nicht schaden«, stimmte Ludovine zu. »Wenn sie uns signalisiert, dass alles passt, dann fahren wir drei gemeinsam zum alten Schultheiß und präsentieren ihm Erichs letzten Willen!«

25

Frank

Annikas Nachricht erreichte ihn auf dem Heimweg. Statt an diesem Morgen wie gewohnt nach Bonn zu fahren, war er gleich Richtung Düsseldorf gestartet, um seinen Arbeitstag dort zu verbringen, so wie es mit seinem Vorgesetzten Michael abgesprochen war.

Nachdem er sein Notebook angeschlossen und mithilfe einer IT-Administratorin die Hindernisse überwunden hatte, ins Netzwerk zu gelangen, waren zwanzig Minuten bis zur ersten Besprechung mit den Düsseldorfer Kollegen geblieben. Gerade noch Zeit den neusten Ermittlungserfolg in Kurzform zusammenzufassen, um sie seinen Gastgebern zu präsentieren.

Er entschied sich spontan gegen das Ausdrucken und übertrug die Stichpunkte handschriftlich in sein Leuchtturm-Notizbuch. Dann musste er allerdings drucken, nämlich ein buntes Tortendiagramm, von dem er die Zahlen einfach würde ablesen können. Die zuerst in sein Notizbuch abzuschreiben, hätte ihn den Vormittag gekostet!

Auf dem Weg zum Druckerraum versorgte er sich mit frischem Kaffee. Perfekterweise hatten seine neugewonnenen Teamkollegen vor ein paar Monaten zusammengeschmissen und sich einen Super-Automaten gekauft. Frank beteiligte sich sofort mit einem Zehner an der Kaffeekasse und durfte dafür seinen neuen Bambus-Thermobecher auffüllen. Schon der Kaffeeduft versprach Qualität.

»Hast du den deiner Freundin geklaut?«, fragte Rahji grinsend.

»Neidisch?«

Der Becher mit dem geschminkten Alpaka-Kopf brachte ihm an diesem Tag weitere spöttische Bemerkungen ein, aber er trug es mit

Fassung. Er war gerade im Training. Annikas Spott über *seine Alpaka-Sichtung* auf dem Kindergeburtstag hatte zwei Tage lang angehalten. In dieser Beziehung konnte seine Freundin gnadenlos sein. Sie war fest davon überzeugt, dass er sie, Evelyn und deren Lebensgefährten Andreas auf die Schippe genommen hatte.

Als Frank mit Annika und ihren Gastgebern zum Wiesen-Atelier zurückgekehrt war, war das Alpaka verschwunden.

»Rosaalpaka hatte Hunger und musste nach Hause«, hatte Sophie traurig erklärt.

»Ich brauche noch einen Kaffee«, hatte Annika gemeint.

Evelyn hakte sich bei ihr ein und die beiden Freundinnen spazierten zurück zur Terrasse. Sophies Vater klopfte ihm lachend auf die Schulter. »Super-Story, Frank! Hätte ich dir überhaupt nicht zugetraut! Also, bei Sophie hast du jetzt einen Stein im Brett!«

Auf der Rückfahrt am Abend hatte Frank erneut versucht, Annika davon zu überzeugen, dass er tatsächlich ein Alpaka im Garten von Sophies Eltern gesehen hatte. Er und die Kinder!

»Wie soll ein Alpaka dorthin gekommen sein?«

»Keine Ahnung«, antwortete er. »Aus dem Zoo ausgebüxt?!«

»Und wohin ist es plötzlich verschwunden?«

»Keine Ahnung!«

»Wahrscheinlich hatte es wirklich Hunger«, sagte Annika augenzwinkernd.

»Du glaubst mir nicht!«

Inzwischen waren sie zu Hause angekommen. Seine Freundin quetschte den Wagen in eine enge Parklücke und zog den Schlüssel ab.

»Dein neuer Thermobecher im Alpaka-Design und heute ein echtes in einem der ruhigsten Wohnviertel von Gummersbach? Du musst zugeben, dass dieser Zufall ein bisschen zu *zufällig* ist.«

»Sophie hat zuerst davon geredet!«

»Und bist darauf eingestiegen.« Für Annika war das Thema damit erledigt.

Am nächsten Tag im Büro hatte Frank zwischen Besprechungen und dem Auswerten von Berichten die Zeit gefunden, eine Anfrage an die Kollegen in Gummersbach zu stellen.

Und – voilà – der Zirkus Gregoriana, der gerade in Gummersbach gastierte, hatte am Vortag ein Alpaka vermisst. Dieses war am Nachmittag selbstständig zum Zirkus zurückgekehrt, daher hatte man die Suche abgebrochen. Glücklicherweise war der Ausbruch des Tieres glimpflich und ohne Verkehrsunfälle ausgegangen.

Frank hatte das Ergebnis seiner Anfrage ausgedruckt und Annika am selben Tag beim Feierabend-Kaffee serviert! Ihre Entschuldigung war großzügig ausgefallen – sie schnappte sich den Autoschlüssel und war für zwanzig Minuten verschwunden. Bei ihrer Rückkehr brachte sie zwei Stücke frisch-fruchtige Limonen-Baiser-Torte mit. Das Annika ihren dampfenden Kaffeebecher verließ, um seinen Lieblingskuchen zu besorgen, zeugte von einem großem Opfer, welches er allerdings als durchaus angemessen empfunden hatte.

Die Qualität des Kaffees im Düsseldorfer Team entschädigte ihn für allen Spott, den er auf seinen Becher erntete. Er überlegte bereits, aus dem einen Arbeitstag zwei zu machen. Trotz der längeren Fahrerei. Mit der Hörbuchfassung des neuen Eschbachs, dank Annika, die ihm Zugang zu ihrer umfassenden Hörbuchsammlung gewährte, war die Strecke auch gefühlt recht schnell zurückgelegt gewesen.

Am Ende der Besprechung war es schon Zeit für die Mittagspause. Frank traf sich zum Essen mit den früheren Kollegen aus seinen Düsseldorfer Tagen. Anschließend steckte er in einer ellenlangen Telefonkonferenz mit seinem Vorgesetzten Michael und dessen Vorgesetzte. Fast wie erhofft – gegen vier – konnte er sich in den Feierabend verabschieden. Die halbe Strecke nach Engelskirchen war geschafft, als Annikas WhatsApp eintrudelte und ihm von der Computerstimme vorgelesen wurde.

Ob er Lust hätte, sie am Abend in ihre Heimatstadt Klein-Bergen zu begleiten? Sie würden dort Daniela und die anderen aus ihrem alten Tierschutzverein treffen und bei einer Pizza bestimmt Spaß haben. Es gäbe nämlich etwas zu feiern!

Am frühen Abend saßen sie zu fünft an einem gemütlichen Ecktisch in der Pizzeria Da Giovanni in Annikas Heimatstädtchen.

Daniela hatte er bei dem großen Regions-Treffen der Tierschutzvereine vor ein paar Wochen flüchtig kennengelernt und dann hatten sie natürlich kürzlich wegen des Hundes aus Smeura telefoniert. Die anderen beiden Tierschutzkollegen am Tisch – Mira und Sven – hatte er bei dem Sonder-Stammtisch zwar gesehen, jedoch nicht kennengelernt. Mira war die jüngste in der Runde und Sven erinnerte ihn wegen der Nerdbrille und des Star-Wars-Shirts stark an einen IT-Administrator aus Bonn.

»Eine Pizza Vegetale für mich und noch ein alkoholfreies Radler bitte«, gab Mira als letzte in der Runde ihre Essensbestellung auf.

Nachdem der smarte Kellner verschwunden war, hob Daniela ihr Glas.» Auf die Lösung eines langwierigen Problems und auf den zukünftigen Gnadenhof in unserer Region!«

»Und auf Mira und ihren Freund!«, sagte Sven.

Frank erwiderte mit seinem Hefeweizen, einem echten, da Annika heute mit Fahren dran war, und die kleine Gruppe prostete einander zu.

»Erfährt man auch, welche langwieriges Problem gelöst wurde?«, fragte er.

Sven schob seine Nerdbrille ein Stück nach oben. »Kennst den Bauernhof Drei-Linden?«

Er schüttelte den Kopf. »Sollte ich?«

»Wahrscheinlich nicht. Er liegt ungefähr sechzig Kilometer in westlicher Richtung von Klein-Bergen entfernt.« In knappen Worten berichtete Sven ihm von dem Bauernhof und dem Erbkonflikt der beiden Brüder.

168

»In dem Testament von Erich Schultheiß ist eindeutig verfügt, dass der Hof bei seinem Tod an unseren Tierschutzverein fällt.«

»Vorausgesetzt der Verein gründet einen Gnadenhof auf dem Grundstück«, ergänzte Daniela.

»Habt ihr eigentlich jemanden in Aussicht, der diesen Gnadenhof betreiben wird?«, fragte Annika.

»Die Heffernans haben sich dafür beworben. Caithlyn und Patric Heffernan – sagen dir die Namen was?«, antwortete Sven. »Getroffen hast du sie, glaube ich, allerdings nie. Sie sind erst nach deiner Zeit hier in Klein-Bergen beigetreten.«

»Morgen fahren Mira, Ludovine und ich erstmal zum Hof und präsentieren Paul Schultheiß das Testament«, sagte Daniela.

»Ihr solltet euch Unterstützung mitnehmen! Der ist doch schon bei eurem letzten Besuch ausgerastet. Wer weiß, wie er reagiert, wenn ihr ihm das Testament unter die Nase haltet«, riet Sven.

»Wir sind mit zwei Ansprechpartnern vom Veterinäramt verabredet«, meldete sich Mira zu Wort. »Morgen läuft die Frist für Schultheiß ab. Hoffentlich holen sie die Tiere dann endlich da raus!«

»Das können sie nur tun, falls die Zustände dort unverändert sind. Aber vielleicht hat er die Auflagen inzwischen umgesetzt? So wie ich ihn kennengelernt habe, solltet ihr auf alles gefasst sein.«

»Nie und nimmer«, erwiderte Mira.

»Kann ich mir auch nicht vorstellen«, ergänzte Daniela. »Der ist doch eher froh, wenn er den Klotz am Bein los ist!«

»Eigentlich hat noch niemand erzählt, wie dieses sagenumwobene Testament aufgetaucht ist.« Annika schaute Mira, Daniela und Sven erwartungsvoll an. »Es muss doch mindestens ein paar Monate verschollen gewesen sein.«

»Miras Bekannter hat sich ein bisschen auf dem Hof umgeschaut und dort das Testament gefunden. Es befand sich also die ganze Zeit in Erichs Besitz«, erklärte Daniela. »Ich vermute stark, dass Erich es, nachdem er es Ludovine gezeigt hat, einfach verlegt hat. Er ist kurz darauf erkrankt und ein paar Monate später verstorben. Sonst wäre die Angelegenheit anders gelaufen.«

»Trotz widriger Umstände gewinnt das Gute. Wahrscheinlich hat sich der Heilige Franziskus für uns eingesetzt«, scherzte Sven. »Die Sache, wie du den talentierten Finder getroffen hast, war ein wenig kurios, wenn ich mich recht erinnere. Erzähl mal, Mira, hing es nicht irgendwie mit deinem Besuch im Zirkus Gregoriana zusammen? Daniela erwähnte etwas von einem zufälligen Treffen oder so.«

«Zirkus Gregoriana?« Frank glaubte einen minimalen Augenblick lang, sich verhört zu haben, wäre da nicht ein winziger Blick zwischen Mira und Daniela hin- und hergehuscht.

»Nein, da habe ich mich missverständlich ausgedrückt!« Daniela schüttelte ihre rote Mähne kräftig durch. »Miras Bekannter hat nichts mit dem Zirkus zu tun. Er ist Tierschützer, allerdings nicht organisiert so wie wir, richtig, Mira?«

»Nein, er ist nicht im Tierschutzverein«, bestätigte diese.

»Na, wie auch immer«, antwortete Sven. »Jedenfalls wird der alte Schultheiß gewiss behaupten, dass das Testament gefälscht ist oder zumindest, dass wir unerlaubt in sein Haus eingebrochen sind oder so etwas. Habt ihr unsere Anwältin eigentlich eingeweiht, dass das Testament durch eine … heimliche Suche, ihr wisst, was ich meine, gefunden wurde?«

»Muss das jemand erfahren?« Daniela griff nach ihrem Alt, trank einen Schluck.

»Das solltet ihr vielleicht besser besprechen, wenn Frank und ich gegangen sind.« Annika warf ihm einen schrägen Blick unter hochgezogenen Augenbrauen zu. »Er macht zwar einen harmlosen Eindruck, aber lasst euch nicht täuschen: Wir haben einen Beamten des LKA am Tisch sitzen!«

»Also, der hat um vier Feierabend gemacht«, antwortete Frank. »Im Moment sitzt ein netter Typ und zufällig Sympathisant des Tierschutzvereins mit euch am Tisch.«

Aus den Augenwinkeln registrierte er Miras erstaunten Blick, der, als er ihn erwiderte, zu schnell woandershin flüchtete.

Verdammt!

Da war etwas faul!

26

Mira

G ott sei Dank, sie sind schon da.« Mira beugte sich zwischen Fahrer- und Beifahrersitz nach vorn, um besser sehen zu können.

Vor dem Bauernhaus parkte ein weißer Klein-Transporter mit dem Aufdruck: *Veterinäramt Kreis Hennef.* Daniela stellte ihren Passat gleich dahinter ab.

»Dann wollen wir mal ... Auf in den Kampf!«

Schon beim Aussteigen konnten sie den wütenden Paul Schultheiß hören. Er stand unweit des Hauses vor der Remise und stritt mit einer Frau und einem Mann, die beide in ihren Fünfzigern zu sein schienen, was Mira irgendwie beruhigte. So souverän wie sie wirkten, stießen sie anscheinend regelmäßig mit aggressiven Tierhalten zusammen.

»Die Frau ist Doktor Warmbrunn«, sagte Ludovine. »Den Kollegen kenne ich nicht.«

Sie gingen näher und hörten nun, dass sich die Diskussion, falls man das Brüllen als Diskussion bezeichnen mochte, um das Pony drehte. Mira schaute über ihre Schulter zu der Koppel, auf der das weiße Pony genauso apathisch und beinahe an derselben Stelle wie bei den letzten beiden Besuchen verharrte.

Sie hätten schon viel eher etwas unternehmen müssen!

»Das ist ein Pony, denen gehts am besten in Freilandhaltung!«, schnauzte der Alte.

»Freilandhaltung ...«, erwiderte die Amtstierärztin, »meint die Haltung auf geeigneten Weiden und mit mindestens einem weiteren Pferd.«

Mira blieb stehen, und während Daniela und Ludovine zum alten Schultheiß und den Mitarbeitern des Veterinäramtes aufschlossen, ging sie langsam zur rechten Hausseite wo die Hundehütte …

Im ersten Schreck glaubte sie, die Hundehütte wäre verschwunden! Wäre ersetzt worden. Aber dann erkannte sie das Gebilde an der Hauswand als das, was es war:

Paul Schultheiß hatte einen Zwinger bauen lassen!

Das Tor fehlte allerdings – bislang gab es nur eine rechteckige mannshohe Auslassung – doch der Rest wirkte wie ein schnellzusammengeschusterter Fertigbausatz in den gerade mal vorgeschriebenen Mindestmaßen. Ein enger Käfig aus Metall mit pappdünnem Dach.

Ein Zwinger, das bedeutete, dass Schultheiß sich an diesen Teil der Auflagen vom Veterinäramt gehalten hatte. Noch betäubt von dieser Erkenntnis, trat Mira durch den Eingang. Im nächsten Moment schoss das verfilzte, wedelnde Etwas aus der Hütte heraus zu ihr.

»Hallo Tessa … Ja, ich kenne deinen Namen … Ludovine kennt dich nämlich …« Mira liefen die Tränen über die Wangen. »Ludovine hat Erich gekannt … Dein Herrchen …«, brabbelte sie weiter.

Was sollte sie denn nun tun? Sie war so fest davon überzeugt gewesen, dass sie die Hündin heute endlich mitnehmen konnten.

Mira holte zitternd Luft, erinnerte sich an das, was sie ohnehin vorgehabt hatte, und während sich Tessa fiepend wie ein Welpe an sie drückte, öffnete sie ihren Rucksack und holte die Wasserflasche und eine Vorratsdose mit Hundefutter hervor. Sie schüttete etwas Futter auf den Boden. Dann fiel ihr auf, dass sie an die Wasserflasche gedacht hatte, nicht aber an einen Napf. Also formte sie ihre Hand zu einer kleinen Kuhle und kippte ein wenig Wasser hinein, das Tessa sofort gierig aufschlabberte. Das wiederholte sie zweimal, ehe sich die Hündin über das Trockenfutter hermachte.

»Verlassen Sie den Zwinger! Auf der Stelle!«

Schultheiß hatte sie entdeckt! Er pflügte durch Daniela und Ludovine auf sie zu.

Mira strich sich mit dem Ärmel über das Gesicht. Sie erhob sich und verließ den Käfig. Tessa verzog sich winselnd in ihre Hütte.

»Gegen Sie läuft eine Anzeige!«, brüllte der alte Schultheiß. »Verschwinden Sie von meinem Grundstück!« Er drehte sich zu Daniela, die ihm mit Ludovine und den beiden Mitarbeitern des Veterinäramts gefolgt war.

»Und das gilt auch für Sie. Verlassen Sie meinen Hof. Ihr Testament interessiert mich nicht!«

»In dem Fall werden Sie von unserer Anwaltssozietät hören.«

»Herr Schultheiß«, sagte Ludovine. »Unser Tierschutzverein möchte Sie nicht vom Hof Ihrer Familie vertreiben. Erich wollte, dass Sie ein Lebensrecht auf diesem Hof haben. Wenn Sie es so wünschen, dann werden wir die Gnadenhof-Pläne später umsetzen.«

»Hier weiterleben«, spuckte ihnen der Alte entgegen. »Der Hof ist längst verkauft. Hier wird alles abgerissen, demnächst stehen hier Hühnerställe! Landmeister ist der neue Besitzer.«

»Sie können nichts verkaufen, was Ihnen nicht gehört«, erwiderte Daniela. »Was Frau Beauvais Ihnen gerade vorgeschlagen hat, ist ein sehr entgegenkommendes Angebot unseres Vereins.«

»Das wird sich zeigen! Ihre Anwälte werden von meinen Anwälten hören. Und die Mähre und die Schafe gehen noch heute zum Schlachter!« Sein Blick sprang zu Mira. »Und das ist alles Ihre Schuld. Und nun verschwinden Sie von meinem Hof. Sofort!«

»Dreihundert Euro für den Hund«, sagte Mira. Ihre Tränen waren schlagartig getrocknet. Sie presste ihre Kiefer so hart aufeinander, dass sie wahrscheinlich die nächsten Tage lang Schmerzen beim Kauen haben würde. Es spielte keine Rolle. Mit bebenden Fingern öffnete sie ihr Portemonnaie und holte drei knisternd frische Hundert-Euro-Scheine heraus.

Paul Schultheiß zog die Augenbrauen zusammen, darunter zeigte sich Triumph. In diesem Moment wusste Mira, dass sie einen Fehler gemacht hatte.

Der Alte schaute zu dem Zwinger. »Der Hund ist nicht zu verkaufen! Aber ich werde mich um ihn kümmern! Das verspreche ich Ihnen höchstpersönlich!« Aus jedem seiner Worte kroch ihr so viel Hass entgegen, dass Mira keine Luft mehr bekam.

Vielleicht würde er Tessa totschlagen … sobald sie weg waren. Und es war ihre Schuld! Die schlimmsten Bilder traten vor ihre Augen. Doch alles, was sie tun konnte, war Paul Schultheiß anzustarren.

»Der Hund gehörte Erich«, begann Ludovine. »Laut Testament haben Sie lediglich einen Teil des Barvermögens geerbt. Das bedeutet, Tessa gehört nicht Ihnen.«

»Das können ja unsere Anwälte klären«, antwortete Schultheiß mit einem Blick zu ihr.

»So, wo stehen die Schafe?« Der Kollege der Amtstierärztin klang ruhig, aber bestimmt. »Die schauen wir uns als Nächstes an. Falls sich ihr Zustand nicht verbessert hat, werden wir sie gleich ebenfalls sicherstellen.«

Mira wartete im Passat – Schultheiß hatte sich geweigert, zur Schafsweide zu gehen, solang sie sich auf *seinem* Hof befand. Schließlich hatte Dr. Warmbrunn vorgeschlagen, dass sie in Danielas Auto warten solle, während die anderen die Schafe anschauen. Mira hatte Danielas Blick aufgefangen und war dem Vorschlag sofort gefolgt. Streng genommen stand der Wagen auf dem Hofgelände, doch Schultheiß schien sich damit zufriedenzugeben.

Nun sah sie ihm nach, wie er zusammen mit Daniela, Ludovine und den beiden Mitarbeitern des Veterinäramts um die Ecke des Bauernhauses verschwand.

Dieselbe Entschlossenheit, die sie bei ihrem letzten Besuch überkommen hatte, als sie an Schultheiß vorbei ins Haus marschiert war, spürte sie auch jetzt. Sie würde Tessa keinen Tag länger hierlassen. Sollte dieses Ekel sie doch wegen Diebstahls anzeigen!

Leise öffnete sie die Autotür, nahm den Rucksack heraus und drückte die Tür ebenso leise wieder ins Schloss. Sie schwang den

Rucksack auf ihren Rücken und lief zum Zwinger. Erneut kam die Hündin schwanzwedelnd und winselnd aus ihrer Hütte.

»Psst, schscht, leise, Tessa.« Im ersten Moment wollte sie den Verschluss von Tessas Halsband öffnen, hielt dann aber inne. Würde die Hündin ohne Leine mit ihr kommen? Vielleicht war sie viel zu eingeschüchtert? Hunde, die Angst hatten, liefen häufig in ihrer Panik weg.

Nein, sie brauchte die verhasste Kette.

Wo zur Hölle war die befestigt? Hastig glitten Miras Finger die metallenen Kettenglieder hinauf. Tessa machte es ihr nicht leicht, weil sie über ihre Hände leckte, so, als wolle sie ihre Dankbarkeit zeigen, dass sie sie endlich befreite!

»Warte Tessa … schscht …«

Die Zeit drängte! Wenn der Alte zurückkehrte, war Tessa verloren. Mira kroch in die Hütte, die im Inneren nur mit zwei uralten Decken gepolstert war und entdeckte zu ihrer Erleichterung, dass die Kette mit einem großen Karabiner an einem Ring in der Innenwand der Hütte eingehakt war.

Sie öffnete den Verschluss und rollte die schrecklich laut klirrenden Metallglieder eilig auf. Dann sprang sie auf die Füße und warf einen Blick zur Hausecke, doch niemand war zurückgekehrt.

»Komm, Tessa …«, flüsterte sie und verließ den Zwinger. Die Hündin tanzte wedelnd um sie herum.

Ein letzter Blick zum Haus – die Besichtigung der Schafe musste noch in vollem Gange sein – und Mira lief los.

Tessa sauste wie ein schwarz-grauer Blitz mit ihr zusammen auf den rettenden Waldrand zu.

27

Frank

Frank ließ seinen Blick aus dem Fenster schweifen, trank den restlichen Kaffee in seinem Thermobecher.

Zirkus Gregoriana?

Das Zuhause des Alpakas, das sich einen Nachmittag freigenommen hatte, um einen Kindergeburtstag zu besuchen. Die gesamte Geschichte wollte nicht aus seinem Kopf verschwinden. Vor allem nicht mehr, nachdem Daniela die Verbindung zwischen Miras Bekannten und dem Zirkus etwas zu vehement abgestritten hatte. Und dann gab es da noch ein verlorengegangenes Testament, das – Halleluja – wieder aufgetaucht war!

Frank griff nach dem Kugelschreiber, klopfte mit der Spitze auf die Schreibtischkante.

Das mit Fingerfarbe bunt bemalte Alpaka im Garten von Evelyn und Andreas ... Zirkus Gregoriana ... Und eine rechtlich nicht ganz einwandfreie Suche auf einem Bauernhof ... An deren Ende der unbekannte Retter in Sachen Tierschutz das Testament wiedergefunden und die Welt – zumindest in Tierschutzbelangen – ein Stückchen bessergemacht hatte ...

Frank kritzelte ein X auf die Schreibtischunterlage, malte ein Fragezeichen dahinter.

Daneben kamen ein Zirkuszelt und ein Kreis mit einem M für Mira. Es folgte ein Alpaka ... Das sah eher aus wie ein U-Boot mit vier Strichbeinen, einem Strichhals und einem Straußenei als Kopf.

Sein Blick fiel auf den Bambus-Thermobecher, er kniff die Augenbrauen zusammen und verpasste seinem Alpaka im Strichmännchen-Design ein paar kugelrunde Augen samt Wimpern.

Ausgezeichnet!

Als Nächstes folgte ein Rechteck, dem er eine perspektivisch angehauchte Dreidimensionalität verlieh. Frank schrieb ein T für Testament dazu und verband anschließend alle Symbole mit kleinen Pfeilen. In die Mitte platzierte er ein Fragezeichen.

Wie war die Verbindung von all dem?

Gab es die überhaupt?

Er trank den letzten Schluck Kaffee und ließ seine Augen über sein Kritzel-Mindmap wandern.

Zirkuszelt – Alpaka mit Filmstar-Wimpern – X ... X war die offene Variable.

»Moin!«

Frank schaute hoch.

Dirk lehnte im Türrahmen. Er deutete auf den leeren Schreibtisch, der Franks gegenüberstand.

»Hast du was von Martin gehört?«

»OP lief gut, er kommt vermutlich nächste Woche aus dem Krankenhaus. Dann geht's ab in die Reha. Vor dem Sommer wird der hier nicht auflaufen.«

Mit Martin teilte er sich das kleine Zweier-Büro schon seit mehr als drei Jahren. Eine perfekte Büro-Gemeinschaft. Frank war ganz froh, dass er trotz seines Wechsels in das neue Fälscherring-Ermittlungsteam hier sitzen bleiben konnte. Er mochte das Büro mit der Aussicht über die grünen Hügel und ebenso Martins Gesellschaft.

»Will nicht mit ihm tauschen!« Dirk verzog das Gesicht und stieß sich vom Türrahmen ab. »Die Niederländer haben sich übrigens gemeldet und ich soll dir von Michael ausrichten, dass sie ein paar interessante Infos für uns haben. Wir machen in anderthalb Stunden eine Telko mit denen.«

»Geht klar.«

Nachdem Dirk wieder weg war, sinnierte er noch einen Augenblick über dem Mindmap. Der Vormittag war bereits vorangeschritten und er wollte bis zu der angesetzten Telefonkonferenz einen Teil der Punkte von seiner heutigen To-do-Liste abhaken. Also schob er den Gedanken an den gestrigen Abend und alle Infos zur Seite und rief den Netzwerk-Ordner mit den bislang zusammengetragenen Informationen zu dem Fälscherring – Operationsname Musikmann – auf. Der Unterordner mit der Bezeichnung *Musikmann-alle-Personen* sprang ihm ins Auge. Die involvierten Personen gehörten nicht zu seinem Aufgabengebiet. Michael hatte ihn gebeten, sich auf die Verbindungen der entdeckten Delikte zu konzentrieren, um herauszufinden, in welcher Region die Fälscher am aktivsten waren. Dabei sollte er eine frischentwickelte Software testen, die diese Eruierung unterstützte. Falls sie irgendwann einmal ihre Kinderkrankheiten abgelegt haben würde.

Frank schaute auf die Uhr in der Taskleiste. Er kämpfte kurz mit der Neugier in seinem Bauch und gestattete sich schließlich zehn Minuten für die Privat-Recherche. Nicht mehr! Dann warf er einen Blick in die Personen-Datenbank. Seinem Gefühl folgend tippte er das Suchwort Zirkus ein. Der Algorithmus brauchte nur den Bruchteil einer Sekunde, bis er das Ergebnis ausspuckte.

Ein Treffer!

Jack Cuipers.

Er überflog die Biografie. Jack war in die Zirkuswelt hineingeboren. Später war die Familie, da war das Zirkuskind neun Jahre alt, zum Zirkus Gregoriana gewechselt.

Frank stand auf, ging zum Fenster und öffnete es.

Was für eine Kette merkwürdiger Zufälle, die ihn hier und jetzt auf Jack Cuipers stoßen ließ? Eine Ereigniskette, angeführt von einem Alpaka?

Oder sah er Muster, wo keine waren?

Frank lehnte sich an die Fensterbank, ließ sich den erfrischend kühlen Wind um den Kopf wehen und sortierte die Fakten.

Erstens: Ein Bekannter von Mira Hermann, mit Verbindung zum Zirkus – was zu schnell und zu nachdrücklich abgestritten wurde – fand ein *verschollen gegangenes* Testament.

Zweitens: In der Verdächtigen-Liste eines Fälscherrings tauchte eine Person auf, die eine Verbindung zum Zirkus besaß. Obgleich sich mindestens siebzig Prozent der Verdächtigen darin letztendlich als unschuldig herausstellen würden, war die Tatsache, dass Jack Cuipers dort aufgeführt wurde, dennoch signifikant. Grundlos gelangte man nicht in diese Liste.

Drittens: Okay, das war echt merkwürdig – wie groß konnte der Zufall sein, dass Jack eine Verbindung zum Zirkus Gregoriana besaß, genau dem Zirkusunternehmen, aus dem das ausgebüxte Alpaka stammte, dem er, Frank, höchstpersönlich begegnet war? Andererseits – die Zirkusunternehmen, die durch Deutschland tourten, ließen sich an einer Hand abzählen. Frank verbuchte es also unter: kurios, aber im Bereich des statistisch Wahrscheinlichen.

Er setzte sich wieder vor seinen Monitor und las weiter.

Fünf Jahre nachdem Jacks Familie zum Zirkus Gregoriana gewechselt war, starben seine Eltern bei einem Autounfall. Um den inzwischen vierzehnjährigen Teenager kümmerte sich von da ab der Bruder des Vaters, Piet Cuipers. Mit neunzehn Jahren kehrte Jack – weshalb eigentlich? – der Zirkuswelt den Rücken und reiste durch die Welt. Ein paar Jahre verbrachte er in Amsterdam, in Barcelona und in der Bretagne. Dann entschied er sich für Deutschland, lebte in Hamburg, Berlin und Saarbrücken.

Ein Kosmopolit, wie es schien, der beinahe überall, wo er gelebt hatte, an der dortigen Hochschule als Student immatrikuliert gewesen war. Womit er seinen Lebensunterhalt verdiente, ging aus dem Bericht nicht hervor, was bedeutete, dass es niemand wusste. Wissen taten sie definitiv nur, dass er freiwillig krankenversichert war und einen Abschluss in Geschichte und Sozialwissenschaften besaß.

Frank gelangte ans Ende.

Aktueller Aufenthaltsort von Jack Cuipers: Klein-Bergen.

Viertens: Jack wohnte im selben Ort, in dem auch Mira Hermann wohnte!

28

Jack

D as Samsung zwitscherte.
Leise. Es lag irgendwo im Wohnzimmer.

Eine Nachricht. Vielleicht von Mira? Sie hatte ihm versprochen, ihn auf dem Laufenden zu halten. Jack ließ das Buch sinken, haderte mit sich. Aufstehen und nachschauen oder die spannende Szene seines Buchs – *Blackout* von Marc Elsberg – zu Ende zu lesen? Er hatte es sich gerade erst mit einem Kaffee in der Küche gemütlich gemacht. Die Beine hochgelegt auf dem einzigen anderen Stuhl, kaffeetrinkend und lesend.

Seine Neugier gewann. Er klappte das Buch zu, rappelte sich auf und ging ins Wohnzimmer.

Wie vermutet stammte die Nachricht von Mira.

> *Großer Tag*
> *Klärung Angelegenheiten*
> *Treff VetAmt vorhin*
> *erfolgreich*

Jack antwortete mit einem *PERFEKT* und legte das Telefon zurück.

Mira war nicht nur mutig, sie hatte sich als ebenso clever und kreativ erwiesen. Am frühen Abend des Tages, an dem er im Hemingway vorbeigeschaut hatte, schickte sie ihm eine Nachricht. Dass sie vom letzten Kinobesuch noch bei ihm Schulden habe, und sie sie begleichen wolle.

Es eile nicht, hatte er zurückgeschrieben.

Das tat es tatsächlich nicht, denn er war in Vorauskasse getreten. Ansonsten hätte der Künstler den Auftrag auch nicht durchgeführt.

Die Umstände! Damit hatte Jack allerdings gerechnet. Nicht gerechnet hatte er mit seinem Bauch! Der entschied nämlich, auf seinen Anteil zu verzichten.

Dummer Bauch!

Quasi in dem Moment, in dem Jack die Schafe gesehen hatte, war der Auftrag ein privates Anliegen geworden. Zu dem erbärmlichen Zustand der mageren Wollbesitzer kamen Miras Infos über das Pony und den Hund. Jack hatte auf der Rückfahrt von Drei-Linden nach Klein-Bergen gezögert, ob er Mira von dem Hundebett und den übrigen Hundesachen berichten sollte, es dann aber vorgezogen, es nicht zu tun. Es würde Mira nur unnötig runterziehen. Das Hunde-Zubehör zeugte von so viel Liebe, die der verstorbene Bruder Erich für seinen Hund empfunden hatte.

Jack war sich klar darüber, dass er den Job aus Überzeugung gemacht hatte. Sinnlos, sich etwas vorzumachen.

Klüger wäre es definitiv gewesen, die tausend Euro Vermittlungsgebühr zu berechnen. Besonders in der momentanen Situation. Vorläufig würde es keine weiteren Vermittlungsjobs geben, weder an *seinen* Künstler noch an die beiden anderen, die zu seinen Kontakten zählten.

Nun war Tauchstation angesagt. Dieses Mal konsequent!

Die Frage war, wie lange ihn sein Polster, die Sportwetten und die Info-Jobs tragen würden. Vorerst konnte er eine Krise gut überstehen. Ein Jahr, gegebenenfalls mehr, aber – ein Jahr ging schnell vorüber. Was kam danach? Er hatte Verpflichtungen: die Miete, seine grünnachhaltigen ETFs für die Altersvorsorge, gute Lebensmittel und vor allem Bücher.

Immerhin gab es Positives: Wenn die Behörden ihn hätten festnageln können, wäre das längst geschehen. Was seine Kollegen im Ring anging – nun, dort suchte man nach der oder den schwachen Kettengliedern. Alles lief so, wie die Prozesse es vorsahen. Die Frage lautete jetzt: Würden die Schwachstellen innerhalb eines Jahres entfernt sein? Vielleicht würde sich der Schwerpunkt geographisch auch woandershin verlagern. Ins Ausland möglicherweise?

Sein letzter Gedanke weckte einen neuen. Selbstverständlich existierten noch weitere Lösungen! Er konnte umziehen, Deutschland den Rücken kehren und in die Niederlande gehen.

Es gab verschiedene Optionen.

Jack ging zurück in die Küche, kochte einen zweiten Kaffee und schnitt sich ein Stück von seinem gestern gebackenen Kuchen ab. Zitronenkuchen, nichts Extraordinäres, nur ein Rezept aus seinem Backrepertoire. Das beherrschte er zuverlässig. Lornas Urteil, nicht seins! Natürlich bekam sie, wie immer wenn er buk, ein großes Stück ab. Ebenso wie Helmut, *sein* anderer Rentner.

Das Kuchenstück war zur Hälfte verzehrt, sein Becher leer und Jack blätterte gespannt zum nächsten Kapitel.

Es klingelte an der Tür.

Zweimal.

Jack schloss kurz die Augen – alles was er wollte war, in Ruhe das nächste Kapitel lesen!

»Hölle verdammt ...« Er klappte das Buch zu. Vielleicht Guido? Der kam schon mal spontan vorbei. Doch normalerweise schickte er von unterwegs eine WhatsApp.

Der Mann, der ein paar Minuten später vor ihm stand war nicht Guido. Dieser hier war etwas größer und breitschultriger als er selbst, in den Vierzigern und mit blonden Haaren und hatte – Überraschung – die vier Treppen Altbau recht gut geschafft. Außerdem besaß er einen ziemlich wachen Blick.

Polizei, Kripo, Zoll ... tippte Jack in Sekundenschnelle.

»Wir müssen uns unterhalten«, sagte sein Besucher.

»Und worüber?«

»Über den Hof Drei-Linden und über eine Handvoll Schafe, die morgen früh vom Schlachter abgeholt werden.«

29

Mira

Mira, mit einem Kuli bewaffnet, prüfte ihre Liste.
Die Extra-Jeans und vier Shirts hatte sie schon eingepackt, außerdem Boxershorts und Tops für nachts.

Die Chucks! Sollte sie die einpacken oder auf der Fahrt tragen? Oder lieber die Stiefeletten? Sie schaute aus dem Fenster – der Himmel war weiß bewölkt. Ab heute Nacht war wieder Regen angesagt.

Sie kringelte Chucks ein und setzte ein Fragezeichen dahinter.

Was als Nächstes? Etwas, was zu jeder Gelegenheit passte?

Da kam eigentlich nur der grüne Rock aus Jerseystoff infrage. Er war knöchellang, superbequem und für eine Reise perfekt, weil er sich gleichermaßen sportlich wie elegant kombinieren ließ. Zusammen mit ihren Lieblings-Chucks, einem Herrenhemd im Vintagelook und einer Cordweste bildete er ein geniales Outfit.

Sie senkte den Kuli, überlegte ob der geckige Stilbruch in Paris überhaupt tragbar war. Vielleicht war das ewig nicht mehr up-to-date?

Dann war es eben so!

Socken, Wäsche, einen Pullover … Und sonst? Ach, das musste reichen. So viel Zeug brauchte sie wirklich nicht. Außerdem, wenn sie schon mal in Paris war, sollte sie das nutzen, um in berühmten Second-Hand-Läden am Gare du Nord Klamotten zu kaufen, die man weder in Köln noch in Bonn und ganz gewiss nicht in Klein-Bergen bekam!

Mira legte den Kuli zur Seite, sammelte Wäsche ein und verstaute sie in ihrer Reisetasche. Kulturbeutel packen, lautete der nächste Punkt auf ihrer Liste. Sie hielt inne, warf einen Blick auf den Wecker.

Gleich fünf … Ludovine war bestimmt schon mit Tessa auf dem Weg in den Elsass. Dort wohnte ihre Schwester samt Familie.

Das neue Zuhause der Hündin.

Nach ihrer geglückten Flucht mit Tessa in den sicheren Wald hatte Mira Daniela angerufen und informiert. Eine halbe Stunde später hatte diese sie und Tessa an derselben Stelle, wo sie beim letzten Mal Jack eingesammelt hatte, aufgelesen.

»Du hast hervorragend gehandelt, Mira!«, lobte Ludovine sie.

Mira kletterte mit Tessa zusammen auf die Rückbank. Tessa, glücklich und voller Vertrauen, als wüsste sie, dass jetzt alles gut werden würde, hatte sich auf ihrem Schoss zusammengerollt und ihre Finger abgeleckt.

»Dieses Ekel hätte garantiert seine Wut an ihr ausgelassen! Vielleicht hat er sie die ganze Zeit über misshandelt!«

»Ludovine und ich haben gehofft, dass du die Möglichkeit nutzt, um Tessa zu stehlen. Und ich vermute«, Daniela warf einen Blick zu Ludovine auf dem Beifahrersitz, »den Mitarbeitern des Veterinäramtes ging es ebenso.«

»Haben wir noch Hunde-Zubehör im Büro? Sonst muss ich gleich Hundefutter und vor allem ein vernünftiges Geschirr kaufen. Dann müsste Tessa so lange bei euch bleiben. Ich will sie so früh nicht allein in meiner Wohnung lassen.«

Mira kraulte die Hündin hinter den Ohren und wünschte sich, sie hätte sie bereits während ihres ersten Besuchs auf Drei-Linden gestohlen.

»Aber Mira, sie kann nicht bei dir bleiben. Du fährst morgen nach Paris!«, erinnerte Daniela.

Paris!

Richtig … Das hatte sie total vergessen.

Die Euphorie ihrer Rettungs-Aktion löste sich in nichts auf. Was sollte sie in Paris? Sie musste hierbleiben und Dinge erledigen! Sie würde Florian anrufen und ihm die Sache erklären. Doch schon die Vorstellung seines Gesichtsausdrucks machte ihr klar, dass das unmöglich war. Den Paris-Trip abzusagen würde er ihr nie verzeihen!

Er freute sich wahnsinnig auf die Tage mit ihr – und er knackte immer noch an *ihrer* vierzehntägigen Auszeit und dem gescheiterten Verlobungsversuch.

»Ich werde mich um Tessa kümmern, mach dir keine Sorgen, Mira. Von jetzt ab wird es ihr gutgehen«, hatte Ludovine versprochen.

Als sie in Klein-Bergen vor ihrem Haus angekommen waren, hatte Mira sich von Tessa verabschiedet und mit dem unbefriedigten Gefühl – die Sache war längst nicht erledigt – Danielas Passat nachgeschaut. Dann war sie lustlos die Treppe hochgegangen und über eine Stunde wie Falschgeld herumgelaufen, bevor sie es endlich geschafft hatte, ihre Reisetasche aus dem Abstellraum zu holen und mit dem Packen zu beginnen.

Paris wartete!

Mira hätte heulen können.

Nein, sie konnte Florian nicht absagen. Was war nur mit ihr los in letzter Zeit? Die alte Mira war stets zuverlässig gewesen, die hätte nicht mal im Traum an sowas gedacht.

Eine Mira, die nie zuvor in ihrem Leben das Gesetz übertreten hatte und die von heute auf morgen einen Fremden aus dem Gaunermilieu für eine krumme Sache engagiert hatte. Eine Mira, die Geld dafür von dem Sparbuch nahm, das ihre Eltern seit ihrer Geburt für sie angelegt hatten und das für Notfälle geplant war. Aber nun ja, es hatte sich um einen Notfall gehandelt. Um einen Testaments-Notfall, sozusagen. Die Region brauchte dringend einen Gnadenhof und definitiv keine Eier-Fabriken!

Die ihr unbekannte Mira war eine Frau, die ihre Angst überwand und an einem Widerling vorbei ins Haus marschierte, um dem Gauner – über den sie nichts wusste – Zeit zu verschaffen, seinen Job zu machen!

Einem Gauner, der nur wenig älter war als sie und nach frischgemähtem Gras roch. Und der jedem zu misstrauen schien, dem er begegnete.

Okay, letzteres war vermutlich die Leitdirektive in seiner Branche …

185

Mira schnappte sich den Kulturbeutel und ging ins Bad, um Shampoo und derlei Kram zu packen.

Tessa war auf dem Weg in ein neues Leben, ebenso das weiße Pony. Ein Tierheim in der Nähe von Bonn mit Platz für Großtiere würde es aufpäppeln. Nur was die Schafe betraf, war der Fall nicht ganz sicher. Miras letzte Info in dieser Angelegenheit war, dass der Tierschutzverein bei dem Schlachter intervenieren wollte.

Sie ließ den Kulturbeutel halbgepackt im Bad, holte ihr Mobiltelefon und rief Daniela an, erreichte sie jedoch nicht sofort.

Erst eine Viertelstunde später rief ihre Freundin zurück.

»Hi! Hast du schon was wegen der Schafe gehört?«, fragte Mira.

»Längst geklärt!«

Mira meinte, ein leichtes Zögern in Danielas Stimme wahrzunehmen.

»Ist wirklich alles in Ordnung? Ist etwas mit Tessa? Ludovines Familie muss sie unbedingt umbenennen. Das ist sicherer und ...«

»Natürlich werden sie das tun. Sie wird einen hübschen französischen Namen bekommen, und nun hör auf, dir Sorgen zu machen. Du hast genug getan. Jetzt bist du an der Reihe. Du und deine Beziehung zu Florian. Hast du eigentlich schon gepackt?«

Sie sprachen noch einen Moment, dann wünschte Daniela ihr ein paar tolle Tage in Paris und verabschiedete sich.

Mira legte das Smartphone weg und trottete lustlos in ihr Schlafzimmer. Sie ließ sich neben die vorwurfsvoll geöffnete Reisetasche aufs Bett fallen und starrte vor sich hin.

30

Jack

Jack trat zur Seite und ließ den anderen eintreten. Und weil es
albern war, mit dem Beamten – natürlich war es ein Beamter – in
dem kleinen Flur zu sprechen, führte er ihn ins Wohnzimmer.

»Was ist also der Grund für Ihren Besuch bei mir?«

»Tatsächlich ein Zufall ...«, sagte der blonde Mann und betrachtete
interessiert Jacks Bücherwand.

Jack kam es vor, als würden seine Augen besonders intensiv auf
die Stelle mit dem Geheimfach starren ... Worin das Ericsson lag
und ein paar weitere interessante Dinge wie Bargeld und noch ein
Ausweis ...«

»Eigentlich waren es zwei Zufälle.« Sein Besucher wandte sich
glücklicherweise von den Regalen ab und ihm zu. »Am besten ich
starte mit dem, was mir bekannt ist, dann müssen wir nicht solang
drumherum reden ... Mein Name ist Frank Wissing.«

»Jack Cuipers.«

Sie schüttelten sich höflich die Hände.

»Also, ich weiß von der Aktion auf Drei-Linden und dem
Testament von Erich Schultheiß und ich glaube, Sie sind der richtige
Mann, um die Schafe zu retten.«

Jack lächelte freundlich. »Was ist das für eine Testamentsgeschichte?«

Frank Wissing hüstelte. »Ich spreche natürlich *nur* von Ihrer
Unterstützung beim *Suchen* und *Wiederfinden* des verlorengegangenen
Testaments. Aber das muss Sie wirklich nicht beunruhigen. Wichtiger
im Augenblick sind die Schafe! Morgen kommt der Schlachter und
holt sie ab. Ich schlage vor, Sie bringen sie vorher weg, und zwar in
die Niederlande. Am Rand des Nationalparks Hoge Veluwe gibt es

einen kleinen Gnadenhof. Zufällig weiß ich, dass dort Platz für exakt acht Schafe ist.«

Jack schwieg, blickte seinem Gast höflich-interessiert entgegen. So als würde er im Wartezimmer seiner Zahnärztin sitzen und Small Talk mit einem anderen Patienten halten.

Frank Wissing seufzte. »Die Sache drängt!«

»Das ist bei mir angekommen«, antwortete Jack. »Doch bevor wir über die Schafe und Drei-Linden sprechen, erzählen Sie mir etwas von sich. Am besten wer Sie sind und welche *Zufälle* Sie zu mir geführt haben.«

»Sie wollen die Wahrheit, Herr Cuipers?« Wissing seufzte erneut. »Nun, gut. Ich arbeite beim LKA und Ihren Namen habe ich aus einer Liste, in der verdächtige Personen stehen, die möglicherweise eine Verbindung zu einem Fälscherring besitzen. Was die Umstände angeht, die mich zu Ihnen gebracht haben … Das klingt wahrscheinlich ziemlich merkwürdig, aber es hängt mit einem ausgebüxten Alpaka zusammen.«

»Einem Alpaka?«

»Ganz genau! Einem Alpaka aus dem Zirkus Gregoriana.«

»Ah«, machte Jack.

»Meine Bitte in Bezug auf die Schafe ist eine Bitte von einem Tierschützer zum anderen. Und das sind Sie doch? Ein Tierschützer?«

»Weshalb interessiert sich das LKA für einen Bauernhof wie Drei-Linden?«

Der uneingeladene Gast starrte ihn einen Moment an, dann gab er ein ersticktes Geräusch von sich.

Sollte das ein Kichern sein?

»Nicht das LKA, der Tierschutzverein! Aus Klein-Bergen!« Wissing legte den Kopf schief. »Ich wiederhole es noch einmal – im Augenblick bin ich nicht Beamter sondern Privatmann und Tierschützer.«

Jack überlegte kurz. »Aus zuverlässiger Quelle weiß ich, dass das Veterinäramt heute auf Drei-Linden war. Warum haben sie die Schafe nicht sichergestellt?«

»Weil ihr Zustand in Ordnung war. Deren Aufenthalt auf der abgeweideten Koppel hat Herr Schultheiß als temporär erklärt bis zur Übergabe an den Schlachter.«

»Vorletzte Woche waren sie am Verhungern«, erwiderte Jack. »Das weiß ich aus ...«

»Aus zuverlässiger Quelle?«, fragte Wissing.

»Ganz genau.«

»Schultheiß hat sie nach der Warnung des Veterinäramtes wohl ordentlich gestopft. Unsere Vermutung.«

»Was ist mit dem Pony und dem Hund?«

»Sind in Sicherheit.«

»Also nur die Schafe, die morgen zum Schlachthof gehen ...«

»Nicht, wenn Sie es verhindern! Und das ist der Plan.«

»Ein Plan, der vorsieht, dass ich die Schafe stehle, verstehe ich das richtig, Herr Wissing? Sie wollen von mir, dass ich einen Diebstahl begehe?«

»Diebstahl erscheint mir ein so ... unpassendes Wort in diesem Zusammenhang. Nennen wir es lieber: Die Schafe vor dem Schlachthof retten.«

»So oder so bleibt es ein kriminelles Delikt.«

»Sie glauben doch nicht, dass ich verkabelt bin und gerade versuche, Sie in eine Falle zu locken?«

»Beweisen Sie mir doch das Gegenteil!«

Sein Gast zog die hellen Brauen stirnrunzelnd zusammen. »Ich könnte mich ausziehen, damit Sie sich überzeugen können?«

»Nur zu!«

»Wenn es das ist, was Sie dazu bringen wird, die Tiere zu retten ...«

»Ein geringes Opfer ....« Jack verschränkte seine Arme vor der Brust und schaute seinen Gast abwartend an.

Wissing seufzte erneut. Dann nickte er und streifte seinen Parka ab, hielt aber im nächsten Moment inne.

»Oder aber, wir bitten Mira Hermann zu bestätigen, dass es mir mit dieser Sache ernst ist.«

»Mira ... Wer?«

»Aus dem Tierschutzverein von Klein-Bergen. Zufällig traf ich sie, Daniela und Sven erst gestern bei Da Giovanni, um den glücklichen Ausgang der Testamentsgeschichte von Drei-Linden zu feiern.«

»Zufällig?«

»Eigentlich nicht, meine Lebensgefährtin stammt aus Klein-Bergen, war ebenfalls Mitglied im Verein und ist immer noch mit Daniela befreundet, und die rufe ich nun an, damit sie mir Miras Telefonnummer gibt.«

Er griff in die Jackentasche, zog sein Mobiltelefon hervor und startete einen Anruf.

»Hallo Daniela, hier ist Frank. Ich habe eine Idee, um die Schafe zu retten, und … Ja?« Wissing schwieg einen Moment, schien zuzuhören. »Umso weniger du weißt, desto besser … Genau, ich bin bei einem Freund, der uns vielleicht helfen kann, aber wir bräuchten eine Information von Mira – könntest du mir ihre Nummer geben? Klar, wir halten dich auf dem Laufenden, danke dir!«

Er nahm das Telefon vom Ohr und sah ihn an. »Sie schickt mir die Kontaktdaten.«

Die Nachricht trudelte kurz darauf ein.

Jack beobachtete, wie sein Gast erneut wählte.

»Hier ist Frank … Daniela hat mir deine Nummer gegeben, es geht um die Schafe von Drei-Linden. Ich stehe gerade bei …« Er warf ihm einen Blick zu. »Bei Jack Cuipers im Wohnzimmer.«

31

Mira

Ich sag dir Bescheid«, versprach Mira und beendete das Telefonat mit Daniela. Sie stellte das Samsung auf lautlos, schob es zurück in ihren Rucksack und ließ diesen in den Fußraum gleiten.

»Daniela hat mit Sven und ein paar anderen vom Tierschutz telefoniert. Annika war auch dabei und Frank, ihr Lebensgefährte, hat wahrscheinlich alles mitbekommen. Jedenfalls sagte er ihnen, dass er jemanden kennt, der bei der Sache mit den Schafen helfen könnte«, berichtete sie Jack.

Als sie erfahren hatte, dass Frank in seiner Wohnung stand, war ihr zuallererst der panische Gedanke, dass Jack ihretwegen aufgeflogen war, durch den Kopf geschossen. Frank hatte jedoch ganz ruhig erklärt, dass es lediglich darum ging, die Schafe auf Drei-Linden zu retten und sein Telefon an Jack weitergereicht.

Der war äußerst einsilbig gewesen und hatte nur eines von ihr wissen wollen: Ob Frank tatsächlich mit ihr und Daniela in der Pizzeria zusammengetroffen war. Das hatte sie bestätigt.

»In Ordnung«, antwortete er. »Bye.«

»Jack? Warte, ich will mitmachen!« Die Worte waren aus ihrem Mund gerutscht, bevor sie ernsthaft darüber nachdenken konnte. Aber es fühlte sich richtig an. Die Schafe gehörten zu dem Paket Drei-Linden dazu und die Sache würde erst dann erledigt sein, wenn sie in Sicherheit waren.

Eine halbe Stunde später war er in dem teuer ausschauenden Cherokee samt Sitzheizung, ultra-modernem Navi und Klimaanlage aufgetaucht, um sie abzuholen.

Jack in einem luxuriösen Geländewagen?

Das schien ihr ebenso unerklärlich und seltsam wie der Duft nach frischgemähtem Gras im Wageninneren. So sehr Mira nach einem Duftbäumchen suchte, sie fand keins.

Schließlich akzeptierte sie es als das, was es war – ein Phänomen, ebenso wie der Anblick von Jack, der den großen Wagen ziemlich lässig durch die Straßen von Klein-Bergen lenkte, als würde er nie anderes tun.

Sie hatte nicht einmal damit gerechnet, dass er einen Führerschein besaß!

Draußen zog die Aral-Tankstelle vorbei, und Jack beschleunigte den Geländewagen auf die hier erlaubten Siebzig.

»Es tut mir leid. Ich hätte Daniela nicht so viel erzählen sollen«, erklärte Mira. »Sie hat ganz zu Anfang mit Sven darüber geredet und er machte eine Bemerkung, als wir mit Frank und Annika die Testaments-Klärung gefeiert haben. Ich habe auch erst da erfahren, dass er für das LKA arbeitet.«

»Wenn er mir hätte Ärger machen wollen, dann würden wir jetzt nicht zusammen nach Drei-Linden fahren. Der Tierschützer in ihm ist anscheinend stärker als der LKA-Beamte. Alles andere bleibt abzuwarten«, erwiderte er. »Wissing hat mir übrigens erzählt, dass das Veterinäramt keine Handhabe zum Sicherstellen der Schafe besaß und dass Daniela und Sven daraufhin ordentlich interveniert haben müssen. Mitten in ihrer Diskussion mit dem alten Schultheiß tauchten zwei Angestellte des Schlachthofs auf, um die Schafe zu verladen. Deine Freundin hat ihnen offenbar die Hölle heißgemacht! Dass Schultheiß nicht der Besitzer der Schafe wäre, weil sein verstorbener Bruder es anders im Testament verfügt hätte, und das sie dafür sorgen würde, dass die Angelegenheit vor Gericht ginge und dass sich die Geschäftsleitung des Schlachthofs höchstpersönlich verantworten müsse!«

Daniela war am Nachmittag also noch mal nach Drei-Linden gefahren, ohne ihr davon zu erzählen. Mira war klar, dass ihre Freundin sie nicht hatte beunruhigen wollen und dennoch – jetzt war sie erneut in Sachen Drei-Linden unterwegs. Zusammen mit Jack, den sie so gut wie nicht kannte, und mit dem sie wiederum dabei war, das Gesetz zu übertreten. Und dieses Mal mit dem Wissen eines Beamten.

»Lass mich raten, dem Vorgesetzten wurde es zu heiß, woraufhin er die Angestellten abgezogen hat?«, vermutete sie.

»Genau, es war inzwischen zu spät, jemanden zu finden, der weisungsbefugt genug war, um solche Entscheidungen zu treffen. Zu dem Zeitpunkt waren die Schafe bereits verladen, was für uns bedeutet …« Jack wandte den Blick kurz von der Straße ab und schaute sie an. »Dass wir nun lediglich den Hänger ankoppeln und uns zügig aus dem Staub machen müssen!«

Die Dämmerung setzte ein und der Cherokee fraß Kilometer um Kilometer.

»Hast du überhaupt einen Führerschein für Hänger mit zwei Achsen?«

»Ich habe alle Führerscheine«, erklärte Jack. So wie er es sagte, klang es ziemlich beiläufig.

»Wir sollten mit der Aktion warten, bis es richtig dunkel ist. Sicher ist sicher.«

»Und hoffen, dass der alte Schultheiß nicht zur Eulenfraktion gehört«, ergänzte Mira. »Dein Navi ist übrigens ausgeschaltet. Falls das nicht upgedatet ist, kann ich dich mit Google Maps zu diesem Gnadenhof in den Niederlanden lotsen.«

Jack warf ihr einen belustigten Blick zu. »Ich bin ein Zirkuskind, ich kenne mich in ganz Europa aus.«

»Du warst beim Zirkus? Warum hast du aufgehört?«

»Das ist eine unheimlich lange, komplizierte Geschichte über die unglückliche Verkettung diverser verhängnisvoller Umstände und tragischer Widrigkeiten, die du wirklich nicht hören möchtest.«

»Wow!«, sagte Mira. »Und wie lange hast du gebraucht, um *den* Satz auswendig zu lernen?«

Jack fing an zu lachen. Er verlangsamte die Geschwindigkeit des Geländewagens, bis er schließlich, immer noch lachend, am Seitenrand anhielt. Es war so ansteckend, dass Mira keine Chance hatte und mitlachen musste.

»Merde!« Er wischte mit dem Ärmel der Cordjacke über seine Augen und sah sie an.

Mira spürte, dass dies der echte Jack war.

Nicht der vage, mysteriöse Jack, der auftauchte oder wieder verschwand, ohne dass es wer mitbekam. Der geheimnisvolle Jack, mit Kontakten zum Gauner-Milieu.

»Das hat mich noch niemand gefragt.«

»Merkwürdig, dabei scheint es deine Standard-Antwort auf die Zirkusfrage zu sein.« Mira holte Luft, schaute aus dem Fenster. Neben ihnen auf dem Feld türmten sich Maispflanzen hoch und graugrün in der Dämmerung auf. Von dem ganzen Lachen fühlte sich ihr Mund ausgetrocknet an. Sie beugte sich vor, wühlte im Rucksack nach der Wasserflasche.

Abenteuer mit Jack machten anscheinend durstig!

Sie warf ihm einen Seitenblick zu. Er wirkte entspannt, so hinter dem Lenkrad sitzend und in die beginnende Nacht schauend.

»Hat das weitgereiste Zirkuskind an etwas zu trinken gedacht?«, fragte sie.

»Männer müssen nicht so viel trinken wie Frauen, deshalb müssen wir auch nicht so oft auf die Toilette!«

»Schon klar!« Sie reichte ihm die Flasche und er trank einen großen Schluck, bevor er sie zurückgab.

»Danke.«

Zu ihrer Verwunderung löste er seinen Gurt.

»Fahr du weiter. Du musst den Wagen ohnehin nachher zurücksetzen, es sei denn, du weißt, wie du Hängerkupplungen fixierst?«

»Bis jetzt noch nie gemacht!«

»Ich zeig's dir, wenn die Schafe in Sicherheit auf dem Gnadenhof sind. Ist nicht schwer.«

Sie tauschten die Plätze, Mira passte den Fahrersitz an ihre Beinlänge an und schon waren sie wieder unterwegs. Den kraftvollen Geländewagen zu fahren, das Gefühl der Power, die sie mit einer winzigen Bewegung des Lenkrads beherrschte, fühlte sich komplett anders an als bei dem kleinen Peugeot von Yasemin oder dem Kombi ihrer Eltern. Ein bisschen zwickte sie allerdings das schlechte Gewissen. Umweltfreundlich waren diese Wagen nicht gerade und in der Stadt machten weder ein Geländewagen noch ein SUV wirklich Sinn.

Und trotzdem, den Cherokee zu fahren, machte einfach Spaß!

Kurz nach neun erreichten sie den Wald, der die westliche Grundstücksgrenze von Drei-Linden markierte. Mira reduzierte die Geschwindigkeit, hielt auf dem Randstreifen unter den ersten Bäumen und schaltete den Motor ab. Ein einzelner Wagen kam ihnen entgegen. Einer von höchstens fünf Wagen, die sie gesehen hatte, seit sie hinter dem Freilichtmuseum auf die Landstraße Richtung Hennef abgebogen waren.

Es war so friedlich hier. So ein schöner, ruhiger Flecken, inmitten der Natur! Drei-Linden musste früher einmal ein freundlicher und einladender Platz gewesen sein. Damals, als sich die Familie Schultheiß noch um ihn gekümmert hatte.

Mira löste den Gurt.

»Was denkst du, wann werden wir auf dem Gnadenhof ankommen? Ich sollte uns auf jeden Fall vorher ankündigen.«

»Der Gnadenhof liegt in der Nähe des Nationalparks Hoge Veluwe. Bis dahin sind es ungefähr drei Stunden. Aber wir können da nicht mitten in der Nacht auftauchen. Freunde von mir wohnen in der Nähe, bei Deventer, das ist am nördlichen Rand des Hoge Veluwe. Von dort bis zu unserem Ziel ist es ungefähr eine Dreiviertelstunde Fahrzeit. Andres und Tom haben selbst einen kleinen Hof, eine Art inoffizieller Mini-Gnadenhof. Wir machen einen Zwischenstopp bei ihnen. Da können wir die Schafe mit Wasser und uns mit Kaffee versorgen.«

»Was sind das für Freunde von dir?«

»Andres und Tom? Auch ehemalige Zirkuskinder. Du wirst sie mögen, sie haben ein großes Herz für Tiere.« Er zwinkerte und schaute dann auf seine Armbanduhr. »Ich gehe mal nach den Schafen gucken. Drück die Daumen, dass sie noch im Hänger stehen!«

»Mach ich!« Sie nickte und Jack verschwand in der Dunkelheit.

Am liebsten wäre sie mit ihm gegangen, um nachzuschauen, anstatt hier im Auto sitzenzubleiben. Aber das machte keinen Sinn, also wartete sie ungeduldig auf seine Rückkehr.

Zwanzig Minuten später war es soweit.

»Bingo!«, sagte Jack. »Sie stehen im Hänger vor einer Weide, links neben dem Haus. Der Nachteil an der Sache ist, dass wir daran vorbei müssen, um dorthin zu kommen. Das Schlafzimmer von Schultheiß ist auf der Rückseite. Ich schlage vor, wir warten bis Mitternacht, dann gucke ich nach, ob alle Fenster dunkel sind und falls ja, starten wir unsere Rettungsmission.«

»In Ordnung.«

Die zwei Stunden vergingen schnell. Mira stellte fest, dass Jack ebenso wie sie Sozialwissenschaften studiert hatte.

»SoWi und Geschichte haben mich interessiert. Beruflich ist jedoch nichts daraus geworden. Und warum bist du nicht in irgendeiner Institution gelandet und führst Erhebungen durch?«

»Vermutlich genau deswegen. Ich war gut in Statistik, aber die Methoden zur empirischen Sozialforschung fand ich nicht wirklich spannend. Im Gegenteil zur Philosophie, deshalb habe ich SoWi nur als Nebenfach gewählt.« Mira warf einen Blick auf ihre Uhr. »Gleich zwölf, was meinst du? Schläft er schon?«

»Lass es uns herausfinden«, antwortete Jack.

Mira startete den Cherokee und fuhr das letzte Stück zum Hof. Die Zufahrt zum Bauernhaus war finster. Schattengrau in allen Variationen, und – noch ein Ton dunkler, nachtstill und drohend – schien das Bauernhaus am anderen Ende der Zufahrt sie zu beobachten. Die Fenster konnte sie so gerade eben als tief-dunkle Rechtecke ausmachen. Ein kleiner Fleck links vor dem Bauernhaus, das war die Remise und daneben befand sich die Scheune.

Sie stoppte am Grundstückrand, stellte den Motor ab, während Jack erneut verschwand.

Dieses Mal kehrte er wenige Minuten später und etwas außer Atem zurück.

»Die Fenster auf der Rückseite sind auch dunkel. Ich denke, dass Schultheiß schläft. Die Frage ist nur, wie tief sein Schlaf ist und ob ihn die Motorengeräusche gleich wecken werden.«

»Okay.« Mira startete den Motor.

Vielleicht vermochte Jack trotz der spärlichen Innenraumbeleuchtung die Nervosität in ihrem Gesicht zu sehen.

»Deine Feuerprobe, Mira. Aber falls du gerade das Gefühl hast, dass du es nicht schaffst, sag es besser jetzt. Dann ziehe ich das hier allein durch.«

Mira holte Luft.

»Nein, ich schaffe das«, erwiderte sie. »Ich schaffe das!«

»Atta-Girl! Okay, geb nicht so viel Gas, fahr gleichmäßig langsam. Da wo die Zufahrt links am Haus vorbeiführt, steht eine Eiche und genau darunter kommt ein Knick. Der Weg ist breit genug für den Cherokee, der passt auch für einen Trecker mit Anhänger. Ich sag's nur, damit du nicht überrascht bist. Vor der Weide kannst du den Wagen wenden.«

Mira nickte und fuhr los, die Zufahrt entlang bis zu dem Haus und jede Sekunde erwartend, dass die schattendunklen Fenster gleißend hell erstrahlten.

»Überlass mir das Haus«, sagte Jack. »Konzentrier dich nur auf deinen Job.«

Ihre Schultern fühlten sich angespannt an wie eine Bogensehne, die gleich ihren Pfeil loslassen würde. Da, die Scheinwerfer erfassten die Eiche. Ihr knorriger Stamm schien mitten vor ihnen aus dem Boden zu wachsen und ihnen den Weg zu versperren. Doch Mira, gewarnt von Jack, zögerte nicht und hielt das Tempo bei. Im nächsten Moment erkannte sie die Biegung des Wegs und folgte ihm bis zu dem einsam wartenden Transporthänger. Sie holte aus, wendete den Wagen und stoppte, um Jack aussteigen zu lassen.

Er holte eine Stabtaschenlampe im Maxiformat aus seinem Rucksack. »Fahr so langsam wie möglich rückwärts. Wenn ich die Taschenlampe nach oben richte, steigst du sofort auf die Bremse. Okay?«

»Okay.«

Schon war er verschwunden. Mira setzte zurück. Das nachtstille Bauernhaus thronte jetzt links neben ihr auf. Von Jack war nichts zu sehen. Mit seiner dunklen Kleidung war er perfekt in die Nacht eingetaucht. Ihre einzige Orientierung war der gleißend-helle Kreis im Seitenspiegel.

Sie, Mira Hermann, war gerade dabei, ein paar Schafe zu stehlen! Um nicht vor Aufregung albern zu lachen, biss sie sich fest auf ihre Unterlippe.

Konzentrier dich auf deinen Job!

Da!

Der Lichtkreis verschwand. Mira trat auf die Bremse, es gab einen Ruck und noch während der Gurt hart in ihre Schulter schnitt konnte sie die Schafe protestieren hören. Ihr Blöken schallte so laut durch die stille Nacht, dass Miras Herz einen Takt aussetzte, bevor es zur Stampede überging.

Im Haus ging Licht an.

Als Nächstes hörte sie Metall einrasten und kletterte flink auf den Beifahrersitz. Schon sprang Jack hinter das Steuer und setzte den Wagen in Bewegung.

Mira presste ihre Hände gegeneinander und hielt den Atem an.

Der Weg schien aus Millionen einzelner Zentimeter zu bestehen, die der Cherokee quälendlangsam entlangkroch. Endlich gelangten sie zur Eiche, bogen darunter ab. Jack beschleunigte leicht. Dann erreichten sie das letzte, endlos lang scheinende Wegstück der Zufahrt, das sie zur Straße bringen würde.

Miras Blick schoss in den Seitenspiegel. Hinter mehreren Fenstern brannte inzwischen Licht. Garantiert stand der alte Schultheiß längst auf der verlassenen Schafsweide und brüllte seinen Hass auf die Welt hinaus!

Aber in diesem Moment lenkte Jack den Wagen samt der kostbaren Fracht auf die Landstraße.

»Dann mal los!«

32

Jack

Jack fummelte mit einer Hand sein Telefon aus der Innentasche seiner Jacke – die Linke blieb am Steuer – und wählte Andres' Kontakteintrag.

Dreieinhalb Stunden Fahrzeit lagen zwischen ihnen und Drei-Linden, und nur noch wenige Kilometer nächtlicher Asphalt trennten sie von ihrem Zwischenziel, dem Hof seiner Freunde.

Andres nahm den Anruf sofort an.

»Immer noch Frühaufsteher?«, begrüßte Jack ihn.

»Frühaufsteher?« Ein volltönendes Basslachen dröhnte so laut durch die Leitung, dass er das Samsung von seinem Ohr weghielt und dafür einen belustigt-fragenden Blick von Mira erntete.

»Es ist schon nach vier! Sogar Tom kriecht gerade aus den Federn! Wo seid ihr?«

»Ungefähr zehn Minuten entfernt.«

»Klingt prima! Bis gleich!«

Er legte das Telefon auf die Mittelkonsole.

»Sind sie unseretwegen so früh aufgestanden?«, fragte Mira.

Er schüttelte den Kopf. »Ich glaube nicht. Allerdings wären wir um zwei Uhr angekommen, hätten sie das gemacht. Es sind alte Freunde von mir.«

So wie sie schaute, wäre Mira nie auf den Gedanken gekommen, mitten in der Nacht bei Freunden aufzutauchen.

»Und es ist quasi ein Notfall«, setzte er hinzu.

»Wirklich nett von ihnen, uns aufzunehmen. Sonst hätten wir die restliche Zeit auf einen Rasthof fahren müssen.«

»Auf keinen Fall! Da ist guter Kaffee Glückssache. Aber bei Andres und Tom bekommen wir einen anständigen *Coffie*. Andres ist Niederländer!«

»Als wenn den nur Niederländer kochen könnten!«, nahm sie ihn auf die Schippe. »Sind die beiden zusammen?«

»Und verheiratet. Sie gehörten zu den ersten fünfzig Gay-Pärchen im Land, die gesetzlich getraut wurden.«

Er ließ die Scheibe ein Stück runter, um frische Luft hereinzulassen. »Ist es dir zu kalt?«

Sie schüttelte den Kopf.

Jack atmete die kalte Luft tief ein. Er hatte ganz vergessen, wie viel Spaß es machte, durch die Nacht zu fahren. Einem Ziel entgegen, wo andere aus der Zirkusfamilie bereits warteten. Sie waren das Wichtigste, egal in welchem Land und in welcher Stadt. Noch schöner war es, im Konvoi irgendwohin unterwegs zu sein. Ihm war klar, dass das mit dem Gefühl der Zusammengehörigkeit zu tun hatte.

Das war es, was er vermisste.

Manchmal.

Abseits der Landstraße, eingebettet in landwirtschaftlich bewirtschaftete Felder, entdeckte er das hellerleuchtete Häuschen. Sogar das Grundstück war taghell! Was hatten die beiden gemacht? Einen Flutlichtstrahler vom Flughafen geklaut?

Wenige Minuten später bog er langsam in die Zufahrt und hielt zwischen dem kleinen Häuschen und der orangegestrichenen Scheune. Vor ihm, groß und kräftig und unübersehbar, stand Andres und winkte.

Andres, immer noch der alte Wikinger! Mit leuchtend-kupferroter Haarmähne und dem wilden, ebenso kupferrotem Bart.

Obwohl Jack ihn in den letzten Jahren oft getroffen hatte, schien sich sein Verstand jedes Mal nur an das alte Bild zu erinnern. So wie er als Jugendlicher Andres erlebt hatte. Mit Wikingerhelm auf dem Schleuderbrett in dieser verrückten Nummer!

Er schaltete den Motor aus. »Komm«, forderte er Mira auf und sprang aus dem Wagen.

Unter dem ausgelassenen Bellen der drei wedelnden Promenadenmischungen begrüßte er Andres und nach ihm Tom, der mit seinem langen, blonden Pferdeschwanz vertraut und attraktiv aussah wie eh und je, mit Umarmungen, bevor er die Vorstellung übernahm.

»Das ist Mira. Und das sind Andres, der Wikinger, und Tom, das Star-Model.«

Er grinste, als Mira seine Freunde mit Handschlag begrüßen wollte, beide Männer sie stattdessen jedoch herzlich umarmten.

»Wie sieht's aus bei euch? Müde von der Rettungsaktion? Braucht ihr Schlaf?«, fragte Tom.

»Willst du dich etwas hinlegen, Mira?«

Sie schüttelte den Kopf. »Ich bin hellwach! Ein bisschen Beine vertreten und ein Kaffee wären toll.«

»Coffie?«, dröhnte Andres Bass entgeistert. »Hier gibt's nicht nur einen Coffie. Ohne anständiges Frühstück kommt ihr hier nicht mehr weg!« Er lachte, legte den Arm um Mira und drückte sie fest.

»Gute Freunde sind immer herzlich willkommen.«

Jack wandte sich an Tom. »Wir sollten die Schafe mal aus dem Hänger lassen. Sie sind da jetzt seit gestern Nachmittag drin. Wo habt ihr Platz?«

»Wir haben den Esel-Paddock schon vorbereitet. Frisches Wasser ist im Trog und zwei Heuballen liegen auch bereit. Gut dass ihr nur acht Schafe retten musstet. Mehr hätten wir nicht untergebracht. Abgesehen von unserem Hunderudel gibt es die drei Esel und unseren Krieger-Kater – den du kennst – und inzwischen einen ganzen Stall ungewollter Kaninchen und Nymphensittiche, die du noch nicht kennengelernt hast.«

»Klingt nach einem vollen Haus!«, antwortete er.

»Ich koche neuen Kaffee«, sagte Tom. »Und das muss euch klar sein, euer Abenteuer von der Schafsrettung wollen wir genau hören!«

»Und das von Mira, wie sie die Hündin des alten Ekels gerettet hat!« Jack schaute zu Mira, die auf dem Boden kniete und versuchte, alle drei Hunde gleichzeitig zu streicheln.

»Selbstverständlich, wir wollen alles hören! Nimm die Bande mit rein, Tom«, meinte Andres. »Nicht, dass sie uns die Schafe verrückt machen.«

»Boys! C'mon!«Tom pfiff laut und das kleine Rudel begleitete ihn bellend in das hellerleuchtete Häuschen.

Mira sah ihnen lächelnd nach. Sie wirkte glücklich, unbeschwert.

»Jack, fahr den Hänger rückwärts an den Paddock.« Andres zeigte auf das Gattertor.

Rangieren mit Anhänger hatte er nicht verlernt. Nur ein Mal musste er seinen Anfahrtswinkel korrigieren. Kurz drauf stand er im Paddock und ließ gemeinsam mit Andres die Rampe herunter.

»Die haben ja ordentlich Mist fabriziert«, rief sein Freund beim Blick auf die Mini-Herde, die empört über die Störung ihrer Nachtruhe blökte.

»Ich hole schnell 'nen Besen. In den Dreck könnt ihr die Stinkebande nachher nicht wieder einladen!«

Andres, immer noch fit wie zu Zirkustagen, setzte per Hockwende über den Zaun und joggte auf die Scheune zu. Mira war bereits auf den Hänger geklettert und trieb die Tiere ohne jede Scheu auseinander.

»Los, los!« Sie klatschte in die Hände.

»Das hast du aber schon mal gemacht.« Er folgte ihr auf den Hänger.

»Mehr als einmal sogar! Als Teenager habe ich meine Sommerferien regelmäßig auf einer Ferienranch verbracht!« Sie stupste eines der Tiere sanft, aber hartnäckig zur Rampe.

Gemeinsam trieben sie sie eines nach dem anderen die Rampe runter ins Paddock. Dort standen die Schafe erst unsicher aneinander geknubbelt, bis eines der vorwitzigeren Exemplare zum Wassertrog spazierte und seelenruhig anfing zu trinken. Augenblicklich stürzten sich seine Kollegen ebenfalls auf die Tränke.

»Riecht toll!« Mira lachte.

»Schafsmist?« Grinsend sprang Jack vom Hänger auf den Boden außerhalb des Paddocks.

»Ich gehe zu Andres, wir brauchen eine Schaufel für das alte Stroh.«

»Was meinst du, sollte einer von uns Tom beim Frühstück helfen?«, fragte Mira.

»Guter Gedanke! Willst du das übernehmen?«

»Na klar!«

Jack reichte ihr seine Hand, um ihr herunterzuhelfen.

Und irgendetwas veränderte sich zwischen ihnen.

Mira musste es ebenfalls spüren, denn sie schaute ihn an. Mit demselben Erstaunen, so kam es ihm vor, das auch ihn gerade in Besitz genommen hatte. Er streckte die Arme aus, zog sie zu sich und küsste sie.

Das Natürlichste der Welt! Mira drückte sich an ihn, erwiderte seinen Kuss. Er spürte ihre Hände auf seinem Rücken und im nächsten Moment zuckte sie von ihm weg.

»Tut mir leid, das ist ... so unpassend … Ich weiß gar nicht ... Ich bin ...«

»Nein, meine Schuld.« Er hob die Hände. Entschuldigend, um Mira zu beruhigen, weil sie hektisch nach Erklärungen suchte.

»Mach dir keinen Kopf, Mira.« Er trat einen Schritt zurück, vergrößerte den Abstand zwischen ihnen, obwohl sein Bauch ihm sagte, dass er das Gegenteil tun solle.

Da tauchte schon Andres Wikingergestalt am Paddock auf und die Gelegenheit war vorüber.

Sie hatten Filzlatschen bekommen und saßen zusammen in der gemütlichen Küche mit den Bauernmöbeln um den Tisch herum.

Miras und seine Chucks standen freundschaftlich aneinandergelehnt im Flur. Ebenso freundschaftlich wie ihre Schuhe saßen sie nebeneinander auf der Bank.

Wenn es einen Moment des Unbehagens gegeben hatte, war dieser verschwunden, bevor er es hätte bemerken können.

Der Kuss war passiert. Es war vorbei.

Zwischen ihnen knautschte sich der einäugige Krieger-Kater, den Jack von früheren Besuchen kannte. Drei kuschelige Hundebetten verteilten sich neben Anrichte und Arbeitsplatte, doch die *Boys* hatten sich zu dritt in eines gequetscht und schnarchten laut.

Die zufriedenen Hunde, der schnurrende Kater und das freundliche Licht in der Küche – während draußen die Nachtschwärze allmählich der Dämmerung wich – machten diesen Ort, machten diesen speziellen Augenblick ihres Frühstücks, zu einem idyllischen Moment.

Idylle gehörte nicht unbedingt zu den Wörtern, die er häufig benutzte, aber es passte genau hierher und jetzt.

Bis Miras Magen unüberhörbar knurrte.

»Dich hat wohl auch lang keiner gefüttert?« Andres strich durch seinen kupferroten Walle-Bart.

»Meine letzte Mahlzeit ist ein ganzes Abenteuer her.«

»Wir haben eine Dichterin am Tisch sitzen!« Jack langte in den Brotkorb und legte eine Scheibe auf ihren Teller.

»Iss Euterpe, bevor du die Hunde weckst!«

Sie grinste und griff nach der Butter.

Während sie malziges Brot mit Bauerngouda und danach süßen Stuten mit selbstgemachter Aprikosenmarmelade aßen, berichtete Mira von Drei-Linden und den Ereignissen. Und Jack ergänzte die Geschichte mit den offiziellen Infos über das verschollen gegangene Testament und seine *Suche*.

Er hatte Andres und Tom niemals offen gesagt, womit er unter anderem sein Geld verdiente, aber beide kannten ihn lange genug. Außerdem hatte er einmal einer alten Freundin von Tom auf ebendiesem Weg geholfen.

»Und wie habt ihr euch kennengelernt?« Tom füllte Miras Keramikbecher zum zweiten Mal mit dampfendem Kaffee und heißer Milch auf.

»Per Zufall«, antwortete Mira.

»Piet hat ihr meine Telefonnummer gegeben.«

Ihre Gastgeber tauschten einen belustigten Blick.

»Nachdem ich tatsächlich zufällig beim Zirkus gelandet bin …
Obwohl, eigentlich hängt alles mit Duchess zusammen«, erklärte
Mira nach einem Moment. »Das ist das traurige Alpaka von Piet.«

»Sag nicht, dein Onkel ist wieder aktiv und macht eine Nummer
mit Alpakas?«

Bevor Jack, der ahnte, was kommen würde, reagieren konnte,
brüllte Andres ein dröhnendes Wikingerlachen in die Küche.

Tom verdrehte die Augen.

»Wie geht's deinem Onkel? Tritt er tatsächlich wieder auf?«, fragte
er mit einem Seitenblick auf seinen vom Lachen geschüttelten Mann.

»Nein! Er kümmert sich um alles und jedes und jeden und eben
darum auch um die Alpakas.«

»Es gibt nur noch eins. Duchess' Schwester ist letzten November
gestorben«, sagte Mira.

»Du bist über den Zirkus besser informiert als ich«, stellte er fest.

»Tut mir leid.« Sie zuckte mit den Schultern.

Der Wikinger schien sich beruhigt zu haben, wischte sich mit
einem Stofftaschentuch die Lachtränen aus den Augen.

»Entschuldigt … doch dieses Bild …« Er fing an zu kichern.
Sein mächtiger Brustkorb samt rotem Walle-Bart bebte, sodass sie
schließlich alle lachen mussten.

»Wie kommt Piet klar, ohne die Shows? Vermisst er sie nicht?«
Tom griff seinen Kaffeebecher. »Ich kenn' einen aus der Zirkuswelt,
der da eine geraume Weile dran geknackt hat.«

»Das ist wahr«, gab Andres zu.

»Ich glaube nicht«, antwortete Jack. »Er hat definitiv mehr Zeit
zum Lesen. Gleichzeitig die Familie um sich herum und Tiere, um
die er sich kümmern kann.«

Mira streichelte den einäugigen Kampfgenossen zwischen ihnen.
»So wollte ich auch immer leben … Also, nicht im Zirkus, aber wie
ihr hier. Mit Tieren zusammen auf dem Land. Stattdessen lebe ich
seit fast dreißig Jahren in der Stadt.«

»Dann hast du noch siebzig Jahre, die du auf dem Land verbringen
kannst«, erwiderte Tom.

»Ja ... vielleicht ...« Sie klang nicht überzeugt. Jack folgte ihrem Blick zu der gegenüberliegenden Wand mit der dreieckigen Uhr, die sich aller Modernität zum Trotz perfekt in das rustikal-gemütliche Ambiente mit den honigfarbenen Bauernmöbeln und dem ebenso modernen, dunkelblauen Kühlschrank im Retrolook einfügte.

»Es ist gleich Viertel nach sechs. Ich werde mal auf dem Gnadenhof anrufen und Bescheid geben, dass wir nachher dort eintrudeln.«

Mira beugte sich vor, um ihren Rucksack unter der Sitzbank hervorzuziehen. »Ich gehe raus zum Telefonieren.« Sie stand auf, schaute auf ihr Telefon, während sie zur Tür ging. Im nächsten Moment blieb sie abrupt stehen und schlug sich mit der Hand vor den Mund.

Ihr Gesicht, soeben noch warm und lebendig, verlor seine Farbe.

So hatte Jack das nur einmal bei einem Mann gesehen, der Streit mit einem Container gehabt hatte. Erst war sein Gesicht so weiß geworden wie Miras gerade, dann war er umgekippt.

Jack sprang auf und stand im nächsten Augenblick an ihrer Seite. »Mira?«

Mira blickte von ihrem Telefon hoch.

»Oh Scheiße ...«

»Florian und seine Schwester wollten mich um sechs abholen, damit wir den Thalys in Köln nehmen können ...«

Sie standen vor dem Haus.

Morgendämmerung. Jack atmete die kühle Luft ein. Um sie herum zog ein neuer Tag herauf. Von allen bemerkt, denn aus der Scheune schallten Partygeräusche ausgelassener Federträger. Das mussten die ungewollten Nymphensittiche sein.

»Unsere Parisreise ... Ich verstehe nicht, wie ich das einfach vergessen konnte.« Mira brach ab, holte Luft. »Irgendwas stimmt nicht mit mir ...«

Jack zog sein Smartphone hervor, öffnete die Bahnverbindungen und fand schnell, was er suchte.

»Der Thalys hält in Brüssel, und zwar zwei Stunden nach seiner Abfahrt in Köln. Von hier brauchen wir ungefähr zweieinhalb Stunden, mit ein bisschen Glück sollten wir rechtzeitig am Bahnhof ankommen.«

Er erwiderte ihren Blick, erkannte die aufkeimende Hoffnung in ihren Augen und ihre Zweifel.

»Ich habe keine Sachen ... und meine Wohnung ...«

»Reisen mit leichtem Gepäck, das sind die besten Reisen«, zitierte er, ohne sich zu erinnern, von wem der Ausspruch stammte. »Und das, was du wirklich brauchst, kaufst du vor Ort.«

Er drückte ihr sein Telefon mit dem Thalys-Abfahrtsplan in die Hand und wartete.

Mira schaute auf sein Smartphone, dann schüttelte sie den Kopf und gab ihm das Telefon zurück.

»Das ist ... sehr nett ... von dir ...« Sie schüttelte noch einmal den Kopf. Schloss die Augen, holte Luft.

»Hey! Du hast eine Menge bewegt, Mira. Du hast die Zukunft von Drei-Linden geändert. Und die da drüben zum Beispiel würden den heutigen Abend nicht erleben ...« Er nickte zu dem Paddock, wo die Schafe ihre abenteuerliche Rettung in die Freiheit ganz gut wegzustecken schienen. Selbstzufrieden kümmerten sie sich um die letzten Heureste, damit sie später viel neuen Mist erzeugen konnten.

»Und denk an das Pony und denk an Tessa! Was ist eine Reise dagegen?«

Mira schaute ihn an, und er ahnte, dass mehr hinter der Sache steckte als nur eine Reise mit ihrem Freund.

»Willst du nach Paris?«, fragte er geradeheraus und schalt sich gleichzeitig dafür. Wer war er, sie danach zu fragen? Sie hatte ihn nicht um Rat gebeten.

Dann hätte er ihr vielleicht, wirklich nur vielleicht gesagt, dass die Sache für ihn auf der Hand lag.

207

Man vergaß nur Dinge, die unwichtig waren. Oder unangenehm. So funktionierte das Gehirn. Mira hatte die Reise vergessen, also …

Klarer Fall.

Doch es stand ihm nicht zu, solches Feedback zu geben. Überhaupt war er so was von nicht objektiv! Von allen Leuten hier taugte er am wenigsten zum Ratgeber.

Mira blickte zu den Schafen, als könnten die ihr sagen, was sie tun solle.

Und zuckte zusammen.

Das Samsung in ihrer Hand vibrierte.

Sie schluckte.

Jack hätte ihr gern geholfen. Hätte ihr gern beigestanden.

Aber die ganze Sache ging ihn einfach gar nichts an.

»Lass dir Zeit«, sagte er, wandte sich ab und marschierte zurück ins Haus.

33

Mira

W ieso ist Florian mit Claudia in Paris? Er wollte doch mit dir
hinfahren?«, fragte ihre Mutter.

Mira wechselte das Telefon ans linke Ohr.

»Daraus ist nichts geworden. Ich musste kurzfristig in die
Niederlande ... Mit einem Kollegen vom Tierschutz. Unser Verein
hat ein paar Schafe vor dem Schlachthof retten können und wir
haben sie zu einem Gnadenhof gebracht.«

»Das ehrt dich sehr, Mira. Aber konnte das kein anderer
übernehmen?«

Mira zwang sich, nicht gereizt zu reagieren. Von der Warte, von
der sie die Angelegenheit aus schilderte, war die Frage ihre Mutter
berechtigt. Natürlich hatte sie ihren Eltern nicht alles erzählt. Dass ihre
Tochter in Dinge verstrickt war – wie das Fälschen eines Testament
und den Diebstahl von Schafen? Nein, das brauchten sie wirklich
nicht zu erfahren! Wobei sowohl ihre Mutter als auch ihr Vater die
Sache mit den Schafen wahrscheinlich verstanden hätten. Nahmen
sie doch selbst regelmäßig Tiere aus dem Tierschutz auf. Zuletzt die
beiden Katzen aus Spanien.

»Es ging nicht anders«, erwiderte sie.

Ihre Mutter schien das auf sich beruhen zu lassen.

»Hilfst du nun Marianna und Kurt wieder im Bunt&Blatt?«,
fragte sie.

»Um ehrlich zu sein, war ich überhaupt noch nicht dort«,
antwortete Mira wahrheitsgemäß. Tatsächlich war sie gar nicht auf
die Idee gekommen. Jetzt wo Florian nicht hier war. Ein weiterer
Punkt, der diesen Urlaub von ihren üblichen Urlauben unterschied.

Die sahen so aus wie die Kurz-Tage in ihrem gewohnten Hemingway-Arbeitswochen-Trott.

Morgens mit Florian aufstehen – meistens übernachtete sie bei ihm – gemeinsam frühstücken, dann fuhr Mira zu sich und verbrachte den Vormittag mit Lesen. Am frühen Nachmittag fuhr sie zum Bunt&Blatt, wo sie zusammen mit Florian bis zur Geschäftsschließung mitarbeitete. Zwei oder drei Tage in jedem Urlaub waren für ihre Freunde reserviert. Seit Kurzem die Stammtische-Abende vom Verein oder Kinoabende oder Ausflüge mit ihrer Nachbarin Yasemin.

»Weißt du, Mira, ich wollte mich nie allzu stark in deine Angelegenheiten einmischen.«

»Ihr habt mich immer mein Ding machen lassen, dafür bin ich euch echt dankbar.«

»Schon, nur … Weißt du, in den letzten Jahren deiner Beziehung mit Florian, da habe ich mir öfters Gedanken gemacht, weil du so wenig Zeit für dich selbst eingefordert hast. Natürlich, sobald man verliebt ist, will man mit dem anderen zusammen sein. Aber diese Arbeits- und Alltags-Routine, die sich da bei euch aufgebaut hat? Du arbeitest im Hemingway, danach hilfst du im Bunt&Blatt. Sogar an deinen freien Tagen und im Großteil deines Urlaubs. Der Mensch benötigt Auszeit … Freizeit, um seine Kräfte aufzutanken.«

»Wir fahren doch im Herbst jedes Jahr zu Florians Tante nach Tirol«, erwiderte Mira. Sie klemmte sich das Telefon unters Kinn und füllte ihr Glas mit Mineralwasser, trank einen Schluck.

»Eine Woche ist zu wenig, und da hockt ihr ebenfalls aufeinander. Um ehrlich zu sein habe ich viel eher damit gerechnet, dass du … aus dieser Situation ausbrichst.«

Mira schwieg einen Moment.

»Ich weiß auch nicht … Es hat sich eben so eingespielt«, antwortete sie schließlich.

»Vielleicht ist das der richtige Moment für euch, um ein paar neue Regeln in eurer Beziehung aufzustellen«, riet ihre Mutter noch, bevor sie das Telefonat beendete.

Mira brachte das Telefon ins Wohnzimmer und legte es zum Aufladen auf die Basisstation.

Neue Regeln aufstellen? Theoretisch klang das gut, die Frage war, ob Florian überhaupt jemals wieder mit ihr reden würde! Einen Augenblick stand sie unschlüssig vor ihrer Bücherwand, schließlich ging sie zum Fenster und schaute hinunter auf die Straße. Unter ihr rollte ein Taxi vorbei.

Dort hatte Jack vor drei Tagen gehalten, nach ihrer Rückkehr aus den Niederlanden.

»Was wirst du jetzt machen?«, hatte er gefragt.

»Erst mal eine Runde Schlaf nachholen und danach überlegen, wie es weitergeht. Und du?«

»Den Cherokee zurückbringen, ab nach Hause und ebenfalls eine Mütze Schlaf nehmen.«

Jack sah zu dem Haus hoch, in dem sie wohnte, dann kehrte sein Blick zu ihr zurück.

»Wenn du jemanden zum Reden brauchst, Mira … Nur als Freund …«, hatte er sich beeilt zu versichern. »Also … Ruf mich einfach an.«

Es war nett von ihm gewesen, das zu sagen.

Doch Mira wusste, dass sie ihn nicht anrufen würde.

Ihr Leben war gerade kompliziert genug.

Ihr Samsung zwitscherte. Mira ging in den Flur hinüber, wo das Smartphone lag.

Florian?

Nein … Daniela hatte ihr eine WhatsApp geschickt. Ob sie Lust hätte, sie gleich zur Sunflower-Ranch zu begleiten?

»Hast du etwas von Florian gehört?« Daniela warf ihr einen kurzen Blick zu, bevor sie wieder auf die Straße schaute.

»Nichts«, antwortete Mira wahrheitsgemäß. »Unser letztes Telefonat war an dem Morgen unserer geplanten Abreise. Er war ziemlich sauer ...«

Er hatte jedes Recht dazu.

»Wir klingeln seit einer halben Stunde bei dir Sturm!«, hatte Florian ins Telefon geschrien.

Tatsächlich geschrien! Das war noch nie vorgekommen.

»Deine Eltern sind auf dem Weg hierher mit dem Ersatzschlüssel! Wo bist du, Mira?«

»Ich ... bin in den Niederlanden ...«

»In den Niederlanden? Das kann nicht dein Ernst sein, Mira! Ich dachte, du würdest verletzt in deiner Wohnung liegen. Ich wollte die Feuerwehr rufen! Zum Glück hat Claudia sich erinnert, dass deine Eltern einen Ersatzschlüssel haben.«

»Es tut mir so leid, Florian ... Der Tag war total hektisch und die Schafe sollten zum Schlachter gehen, wir mussten schnell reagieren und ...«

»Ausgerechnet heute? An dem Tag, wo wir nach Paris fahren, musst du dich um Tierschutzangelegenheiten kümmern?«

»Aber die Schafe ... wir mussten ...«

»Ich kann mir das nicht weiter anhören«, hatte Florian gesagt und aufgelegt.

Sie hatte auf das Telefon gestarrt.

Das hatte er noch nie gemacht. Einfach aufgelegt. Allerdings hatten sie sich noch nie derart gestritten. Nicht so!

»Ich habe ihm abends eine lange Nachricht geschrieben«, berichtete sie Daniela. »Und versucht die Sache in Ruhe zu erklären und natürlich habe ich mich entschuldigt.«

»Er braucht bestimmt ein bisschen Abstand. Dass du nicht dort warst, wird ihn ziemlich aus der Bahn geworfen haben. Du bist die zuverlässigste Person, die ich kenne.«

Mira schaute auf die Felder, die draußen vorbeizogen. Wieder landete sie bei der Frage, wie das alles nur hatte geschehen können.

Ihre Tasche war fast fertig gepackt gewesen, als Franks Anruf gekommen war.

Der Schreck darüber, dass Jack – vermeintlich – ihretwegen aufgeflogen war und dann das Wissen um die Schafe, die zum Schlachthof sollten, hatten sie Paris augenblicklich vergessen lassen.

Und mit ihm Florian!

Er war doch ein Teil ihres Lebens? Seit sechs Jahren. An den Kuss wollte sie gar erst nicht denken. Seit sie mit Florian zusammen war, hatte sie nicht mal daran gedacht, wie es sich anfühlen würde, einen anderen Mann zu küssen. Anscheinend stimmte tatsächlich irgendetwas nicht mit ihr. Je mehr sie grübelte, desto sicherer wurde sie, dass der Kuss mit der Euphorie der Rettung zusammenhing. Ein paar Stunden zuvor hatte sie Tessa gestohlen, dann die Schafe! Der ganze Tag war angefüllt gewesen mit Nicht-Alltäglichem. Mit Abenteuern!

»Da sind wir ja.« Daniela verlangsamte die Geschwindigkeit des Passats.

Sie fuhren unter dem Schild im Western-Look die Zufahrt zur Sunflower-Ranch entlang. Lena, mit hochgesteckten Dreadlocks, fegte den Hof zwischen sonnengelbem Bauernhaus und Scheune. Sie blickte auf, als sie auf den Hof rollten, und winkte ihnen zu.

Von irgendwoher kam Sunny bellend und wedelnd angeschossen und forderte ordnungsgemäß seine Streicheleinheiten bei Mira ein.

»Ihr kommt gerade richtig«, rief Lena. »Wir haben gestern unsere neuen Hühner-Villen aufgestellt. Lust auf eine Besichtigung?«

»Villen fürs Federvieh?« Daniela lachte. »Klingt ja spannend.«

Gemeinsam folgten sie der angehenden Bio-Bäuerin um die Scheune herum zu einer Wiese. Eine geschäftige Hühnerschar verteilte sich dort pickend, scharrend, gackernd.

»Alles zwischen Scheune und Garten ist für unsere gefiederten Eier-Produzenten reserviert. Wir besitzen genug Ausweichfläche, um die Hühnerställe turnusgemäß umzuziehen.«

»Man merkt euch eure Lust auf bunt an!« Daniela zeigte auf die mobilen Häuschen, von denen jedes in einer anderen Farbe leuchtete.

Mira trat an eines heran und beugte sich vor, um einen Blick durch die geräumige Luke ins Innere zu werfen. Hell und gemütlich mit Stroh ausgepolsterte Nischen. Es erinnerte sie an übergroße Puppenstuben. Nur eben für Hühner. So sollte jedes Huhn leben!

»Was unser Federvieh und deren Legewillen angeht, könnten wir die Bio-Zertifizierung schnellstmöglich gebrauchen.« Lena stemmte die Hände in die Hüften. »Wir versorgen mittlerweile zwei Kindergärten in der Umgebung und einen Supermarkt in der Kreisstadt und produzieren immer noch zu viele Eier.«

»Was für einen Preis nehmt ihr?«, fragte Mira.

»Den Durchschnittspreis für Eier aus Freilandhaltung. Die Kosten kriegen wir damit nicht gedeckt, zumal wir natürlich gleich zu Beginn auf gentechnikfreie Futtermittel umgestellt haben.«

»Und ihr habt noch Eier übrig?«

»Übrig? Wir verschenken sogar welche an unsere Nachbarn. Abgesehen davon backen wir dreimal die Woche. Minimum! Und deshalb würde ich vorschlagen, dass wir uns jetzt in die Küche begeben und uns dem frischen Apfelkuchen widmen, den Yannis vorhin gebacken hat.«

Mira, deren Gehirn gerade eine Spitzenidee kreierte, folgte den beiden Frauen zusammen mit Sunny ins sonnengelbe Bauernhaus.

»Das ist die Lösung!« Mira schob ihren Kaffeebecher zu Yannis, der die Thermoskanne auffordernd hochhielt. »Darauf wird sich Hendrik bestimmt einlassen. Und wenn ihm der Preis immer noch zu teuer ist, schieße ich die Differenz von meinem Gehalt dazu.«

Sie saßen in der gemütlichen Küche mit der sonnengelben Jalousie und den vielen gelben Accessoires. Auf dem runden Holztisch warteten ein Apfel- und ein Marmorkuchen.

»Und der Transport?«, fragte Daniela. »Knapp vierzig Kilometer sind's von hier nach Klein-Bergen. Ob sich dein Chef dafür die Zeit nimmt?«

»Dann werde ich mich darum kümmern! Yasemin macht garantiert auch mit.« Mira schaute zu ihren Gastgebern. »Das ist eine befreundete Nachbarin, die mir öfters ihren Wagen ausleiht.«

»Falls das überhaupt notwendig ist«, sagte Yannis. »Einer der von uns belieferten Kindergärten ist im Kleiner-Forst, dem Schwester-Ort von eurem Klein-Bergen. Der Abstecher zu euch ins Café sollte machbar sein. Im Gegenteil, für uns ist das toll, wenn wir die Eier verkaufen können. Danke, Mira!«

»Nichts zu danken, endlich kann das Hemingway seinen Gästen anständige Eiergerichte anbieten.«

Ein Problem konnte sie nun von ihrer Liste streichen und den nächsten Punkt angehen. Den größten von allen – die Sache mit Florian geradebiegen und sich klar darüber werden, wie ihr weiteres Leben aussehen sollte.

Alltag im Bunt&Blatt? Tag ein, Tag aus? Aber darauf würde es wohl zwangsläufig hinauslaufen, nicht wahr?

»Hey, sag nicht, mein Apfelkuchen schmeckt dir nicht?« Yannis zwinkerte ihr zu.

Mira rang sich ein Lächeln ab. »Mit dem Kuchen ist alles in Ordnung, der schmeckt absolut prima.«

Sie widmete sich dem Kuchenstück auf ihrem Teller, das es wirklich nicht verdiente, gegessen zu werden, während man düsteren Zukunftsgedanken nachhing. Heute brauchte sie sich keine Sorgen zu machen. Heute nicht! Sie zwang sich, alle Gedanken an ihre Zukunft aus dem Kopf zu werfen. Im Augenblick durfte sie hier einfach glücklich sein. Hier, in der gemütlichen Küche der Sunflower-Ranch, mit der sonnengelben Jalousie vor dem Fenster und den mit Sonnenblumen bedruckten Geschirrhandtüchern.

Sie griff nach dem Keramikbecher und trank einen großen Schluck Kaffee.

Am gemütlichsten machte Sunny den Raum. Sie lag in einem opulenten Hundebett und träumte anscheinend den perfekten Hundetraum. Ihre Hinterbeine zuckten und ab und an fiepte sie aufgeregt. Mira stellte fest, dass zu einer behaglichen Küche mindestens ein Hundebett samt Hund gehörte. Bei Andres und Tom hatte es funktioniert und hier auf der Sunflower-Ranch funktionierte es ebenfalls.

»Ihr wolltet erzählen, wie ihr es geschafft habt, die Tiere von Drei-Linden zu retten«, erinnerte Yannis.

»Und vor allem wollen wir erfahren, wann der erste Gnadenhof in unserer Region seinen Betrieb aufnimmt«, ergänzte Lena.

»Da wollte ich allerdings mit euch drüber reden«, erklärte Daniela mit einem Seitenblick zu Mira. »Yannis Einladung zum Kaffee kam in dem Moment, als ich gerade bei dir anrufen wollte.«

»Was ist passiert?« Mira ließ die Kuchengabel sinken. »Du sagtest, dass Schultheiß nach dem Treffen mit den Anwälten darauf verzichtet hat, das Testament anfechten zu wollen ...«

»Da ist auch immer noch der Status Quo.«

»Na, damit ist der wichtigste Punkt geklärt, oder?«, fragte Yannis. »Eure Befürchtung ging doch in die Richtung, dass es zu einem jahrelangen Rechtsstreit kommen würde, wenn ich mich recht erinnere?«

»Allerdings, wir waren alle erleichtert, als Schultheiß Anwälte ihm klar gemacht haben, dass es für ihn nur Vorteile hat, Erichs Testament anzuerkennen. Nur so konnte er die Hälfte vom elterlichen Barvermögen ohne Verzögerung erben. Die Summe ist zwar geringer, als das was ihm der Millionen-Deal mit Landmeister gebracht hätte, aber es reicht dicke, um seinen Lebensabend ohne Sorgen verbringen zu können. Das weiß ich daher, weil die andere Hälfte des Barvermögens, Erichs Anteil, das Startkapital für unseren Gnadenhof ausmacht.«

»Wenn es nicht um Schultheiß geht, worum geht es dann?«, fragte Mira.

»Die Heffernans, die sich ursprünglich dafür gemeldet hatten, müssen zurücktreten. Die Mutter von Patric ist schwer erkrankt, wir vermuten, dass es Krebs ist oder etwas in dieser Richtung. Caithlyn und Patric werden Deutschland verlassen und mit den Kindern zurück nach Irland gehen, um Patrics Eltern zu helfen. Es tat ihnen beiden furchtbar leid, doch die Familie geht selbstverständlich vor. Nun sucht Ludovine Ersatz und um auf deine Frage, Lena, zurückkommen, wie lange es noch bis zur Eröffnung des Gnadenhofs dauert – ich weiß es nicht! Wir müssen Leute finden, denen wir vertrauen können, am besten eine Familie, die am selben Strang zieht.« Daniela griff nach ihrem Kaffeebecher und trank einen Schluck. »Die Heffernans wären perfekt gewesen ...«

»Ich mach es!«, sagte Mira und im nächsten Augenblick wurde ihr schwindelig.

Hatte sie das jetzt wirklich gesagt?

»Ich ...«, begann sie. »Also ...«

»Ludovine und ich haben sofort an dich gedacht.« Daniela lächelte. »Schlaf zwei, drei Nächte darüber, und treff deine Entscheidung in Ruhe.«

34

Jack

Jack saß auf dem Treppenabsatz und las Nachrichten. Neben ihm dampfte der Bugs-Bunny-Becher. Obwohl heute Mittwoch war. Aber jetzt war eben alles anders.

Hätte Jack den Zeitumkehrer von Hermine besessen, würde er ihn augenblicklich nutzen und sich an den Tag bevor das alles begonnen hatte zurückbeamen! In die Zeit bevor die verdeckte Ermittlerin bei dem Gold-Treffen im Sissy aufgetaucht war, bevor Piet seine Telefonnummer an eine fremde Frau verschenkt hatte und vor allem, bevor er diese fremde Frau kennengelernt hatte.

Mira, ein Atta-Girl!

Er stand auf mutige Frauen, das war immer schon so gewesen.

Vergiss Mira!

Jack zwang sich, alle Gedanken an sie aus seinem Kopf zu schieben. Wenn er eins gelernt hatte, dann war es, dass Mann, falls er klug war, sich von Frauen in Beziehungen – egal wie wackelig diese Beziehung sein mochten – fernhielt! Und gab es im Moment nichts Wichtigeres als Herzensangelegenheiten?

Aber natürlich gab es die! Seine finanzielle Lage. In einem Jahr würde sein Polster aufgebraucht sein und eine Garantie, dass er anschließend weitermachen konnte wie zuvor, gab es nicht. Nun nicht mehr. Jack hatte seine Situation neu bewerten müssen. Jetzt nachdem Frank Wissing bei ihm aufgekreuzt war und ihm mitgeteilt hatte, dass der Name Jack Cuipers tatsächlich auf einer Liste verdächtiger Personen stand.

Je länger er seine aktuelle Situation durchdachte, desto verlockender wurde die Idee in die Niederlande umzuziehen. Er war schon viel zu lange in Deutschland. Zeit etwas zu verändern.

Allerdings, darüber war er sich im Klaren: Eine Übersiedlung in die Niederlande bedeutete eine Menge Aufwand. Ein Umzugsunternehmen beauftragen, war nicht! Um dem Umzug wasserdicht zu machen, musste er verschwinden, ohne Spuren zu hinterlassen. Der erste Schritt würde zweifelslos sein, ein unauffälliges kleines Auto zu kaufen – bei einem vertrauenswürdigen Händler – und nur das einzuladen, was tatsächlich reinpasste.

Jacks Blick ging zu seinen Bücherregalen.

Adios, Bücherwand!

Von dem größeren Teil seiner Schätze würde er sich trennen müssen. Nur die Lieblingsstücke durften mit. Außer Büchern besaß er ohnehin nicht viel, woran er hing. Das bisschen persönlicher Kram wie Fotos und dergleichen ließ sich locker in einem kleinen Umzugskarton verpacken. Klamotten hatte er ebenfalls nicht viel. Sobald alles verpackt war, was er mitnehmen wollte, konnte er das Auto in einer Nacht- und Nebelaktion volladen und verschwinden. Vorher musste er natürlich noch seine Möbel und die restlichen Bücher loswerden. Das konnte er über die Diakonie machen, oder beim Sperrmüll, je nachdem.

Danach musste er seinen Ausweis vernichten. Jack Cuipers würde verschwinden. *Rest in Peace*, nach dreißig Jahren.

Ein frischer Start, rundum.

Mit einem Mal sehnte er sich nach dem Leben im Wohnwagen zurück. Sein Zeug bei sich zu haben, inklusive Dach über dem Kopf, und einfach losfahren. In eine andere Stadt, in ein anderes Land. Besitz wog schwer!

Aber alten Zeiten nachzujammern, zumal er damals dieses neue Leben gewählt hatte, löste keine Probleme. Jack griff seinen Bugs-Bunny-Becher und trank einen Schluck Kaffee.

Das Wichtigste war, die Telefone loswerden.

Neuer Telefonanschluss, neuer Provider! So oder so würde das keine leichte Entscheidung werden. Es gab sehr viel zu bedenken. Doch wenn er sich dafür entschied, dann musste er es richtig machen.

Sein Blick fiel auf seine Chucks.

Chucks waren mehr als Turnschuhe! Chucks waren eine Lebenseinstellung. Mira schien sie ebenfalls zu bevorzugen. Sie hatte sie bislang bei jedem ihrer Treffen getragen. Und – das schien ihm genauso bedeutsam – ihre waren hellblau mit weißem Blätterdruck. Kein Fitzelchen Rosa!

Rosa war die einzige Farbe, die Jack nicht ausstehen konnte. An einem blühenden Kirschbaum – okay. Natur war Natur, doch warum erwachsene Frauen so auf Rosa abfuhren, ging ihm einfach ab.

Eine schreckliche Vorstellung überkam ihn. Vielleicht war ihre ganze Wohnung rosa?

Ein Rosa-Zimmer mit rosa Bilderrahmen, rosa Jalousien und einem rosa Ohrensessel!

Jack wurde flau im Magen.

Blödsinn! Mira war anders als andere Frauen. Wie sie am alten Schultheiß vorbeimarschiert war, um ihm mehr Zeit zu geben! Garantiert war ihr Hintern auf Grundeis gelaufen. Aber sie hatte sich überwunden und es getan. Außerdem hatte sie Tessa gestohlen.

Und ihm dabei geholfen, die Schafe in Sicherheit zu bringen.

Überhaupt, dass sie den Mut gefunden hatte, einem Wildfremden – nämlich ihn – zu treffen, um ihr Ding durchziehen, sagte eine ganze Menge über sie aus.

»Atta-Girl!«

Verdammt, er dachte schon wieder an Mira.

Wie weich sich ihre Lippen angefühlt hatten ...

»Hölle verdammt!« Jack zwang seine Aufmerksamkeit mit aller Gewalt zurück auf das Smartphone und entdeckte die Goldnachricht!

Im ersten Moment überkam ihn das alte Glücksgefühl. Diese Jäger- und Sammlerbefriedigung. Einen Moment später spürte er seine Laune durch die Treppenstufen bis hinunter ins Erdgeschoss sinken. Sie stoppte kurz vor Lornas Wohnungstür, bevor sie weiter sank.

Sein Gemütszustand auf dem Weg zum Erdkern.

Er presste die Zähne aufeinander und tippte seine Nachricht.

Keine Treffen, er bereite gerade eine Weltreise vor.

Jack sendete sie ab.

Was sollte nur aus ihm werden?

Keine Mira … Keine Gold-Jobs! Nichts fluppte mehr so richtig.

Wahrscheinlich wäre er noch eine ganze Weile in seinem Selbstmitleid getaucht, hätte es nicht geklingelt. Einen Augenblick dachte er, dass es bei Helmut in der Wohnung unter seiner wäre.

Es klingelte erneut.

Eindeutig seine Klingel. Mittwochs um halb Eins? Wer konnte das sein? Vielleicht ein paar nette Beamte, die ihn zu einem Gespräch mitnehmen wollten? Vielleicht hatte Frank Wissing es sich anders überlegt und seinen Kollegen einen Tipp gegeben? Jetzt, da die Schafe in Sicherheit waren!

Jack rappelte sich auf. Er stellte seinen Kaffeebecher auf die Kommode und verwarf den Gedanken an eine abenteuerliche Flucht aus dem Fenster und über die Dächer. Das klappte womöglich in Nizza, nicht aber in Klein-Bergen.

»Ja doch …«, murmelte er, als es ein drittes Mal klingelte.

Er drückte den Türöffner, hob den Flickenteppich vom Treppenabsatz hoch, schüttelte ihn aus, und verstaute ihn zusammengerollt neben dem Schuhschrank. Dann lauschte er auf die Schritte im Hausflur.

Nur ein Paar Füße, das zügig die vier Etagen zu ihm hochstieg. Er kannte den Klang, und noch bevor er die blonden Haare sah, wusste Jack, wer ihn da besuchte.

Sein neuer Kumpel vom LKA.

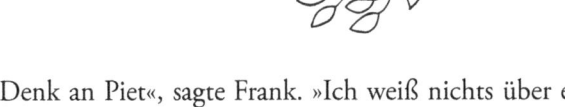

»Denk an Piet«, sagte Frank. »Ich weiß nichts über eure Beziehung, aber wenn ich dein Onkel wäre, würde ich mich fragen, was aus meinem Neffen wird, sobald ich nicht mehr da bin.«

Jack war nicht ganz klar, wie er mit der Situation umgehen sollte. Um Zeit zum Nachdenken zu gewinnen, nippte er an seinem Becher.

Sie saßen in seinem Wohnzimmer, beide mit einem frischen Kaffee, und sprachen ... anscheinend über seinen Job!

Jack hatte den großen Espressokocher aus dem Schrank geholt und Frank hatte ihm das Du angeboten.

Ein Kumpelgespräch mit Gefälle. Frank war sechzehn Jahre älter als er.

Alles sehr merkwürdig!

»Was ich dir sagen kann – und ich rede hier von zwanzig Jahren Erfahrung bei der Polizei – ist, dass nur wenige in dem Gewerbe alt werden. Entweder finden sie vorher den Tod, gewaltsam, oder sie verbringen viele, viele Jahre hinter Gittern. Nur eine paar schaffen rechtzeitig den Absprung. Doch so, wie ich dich einschätze, weißt du das natürlich.«

Jack schwieg und dachte an seinen neunzehnten Geburtstag. Ein Jahr zuvor hatte er *Leute* kennengelernt und die ersten Jobs erledigt. Kleine, schlechtbezahlte Aufträge. Aber es war absehbar gewesen, dass er, wenn er dazulernte und mit den richtigen *Leuten* zusammenkam, irgendwann einmal gutes Geld machen konnte.

Er besaß Verstand und Nerven, zwei immens wichtige Voraussetzungen.

Piet, ebenfalls nicht dumm, hatte mitbekommen, was Sache war. An Jacks neunzehntem Geburtstag hatte er ihn vor die Wahl gestellt: Falls er beim Zirkus bleiben wolle, müsse er mit der Art von Jobs aufhören. Sonst würde er ihrer Zirkusfamilie schaden!

Jack kehrte zurück in die Gegenwart.

»Da ich nicht dein Neffe bin, frage ich mich, was deine Motivation ist?«

»Dir meine Meinung zu deinen Lebensumständen zu sagen, obwohl sie mich nichts angehen?«

Er nickte.

Frank zuckte mit der Schulter. »Ein freundlich gemeinter Rat?«, schlug er vor. »Reicht dir das als Motiv?«

Jack schüttelte den Kopf. »Statt eines Rats brauche ich eine Information.«

Frank spitzte die Lippen. »Tatsächlich? Und worüber?«

»Du bist vor drei Tagen hier aufgetaucht und hast verlangt, dass ich die Schafe rette. Das habe ich getan, jetzt fordere ich eine Info im Gegenzug«, erklärte er. »Wie eng ist meine Situation?«

»Ich persönlich glaube allerdings, dass du die Schafe so oder so gerettet hättest, Jack.« Frank erwiderte seinen Blick. »Vorausgesetzt, dir wäre die Situation bekannt gewesen.«

»Und warum glaubst du das ... Frank?«

Der blonde Mann lächelte. »Weil du jedes Jahr eine dreistellige Summe an Vier Pfoten spendest.«

»Das LKA hat Zugriff auf mein Konto?«, hörte Jack sich selbst beiläufig fragen.

»Bitte? Nein! Ein Freund von mir arbeitet bei Vier Pfoten. Ich habe ihn gebeten nachzusehen. Die Organisation gehört zu den größten international operierenden Tierhilfen. Es war einen Versuch wert, deinen Namen dort einzugeben, da du doch so selbstlos dies Testament von Drei-Linden wiedergefunden hast.«

Jack verbarg seine Erleichterung. Einen Moment lang hatte er befürchtet, dass seine Situation sehr viel unerquicklicher war, als er angenommen hatte.

»Das verstößt gegen das Datenschutzgesetz«, antwortete er.

Frank nickte. »Das ist wahr ...«

Sie schwiegen.

Sein Gast schaute auf die Bücherwand. Dieses Mal nicht auf die Stelle mit dem Geheimfach. Doch Jack blieb auf der Hut. So ganz konnte er seinen neuen *Freund* nicht einschätzen.

Der kniff die Augen zusammen, stellte den Kaffeebecher ab, stand er auf und trat zu den Regalen.

»Darf ich?«

»Nur zu.«

Sein Gast nahm ein helles Hardcoverbuch heraus.

»*Firmin* von Sam Savage? Tolles Buch«, sagte er. »Wie man wohl auf den Gedanken kommt, eine Geschichte aus der Sicht einer Ratte zu erzählen?«

»Einer lesenden und philosophisch interessierten Ratte.« Jack lächelte. »Keine Ahnung, wie man darauf kommt, aber es ist ein großartiges Buch.«

Frank seufzte leicht. Er schob den Roman zurück und wandte sich zu ihm. »Du hast mich gefragt, weshalb ich hier bin. Rundheraus gesagt, falls du gerade überlegst, den Job zu wechseln – es gäbe da zufällig Vakanzen auf einem für diese Region geplanten Gnadenhof.«

Jack stellte seinen Kaffeebecher ab, richtete sich auf.

»Was ist passiert?«

»Die ursprünglichen Anwärter sind abgesprungen«, erklärte Frank. »Und so wie es aussieht, überlegt Mira den Job zu übernehmen.«

»Mira? Warum? Sie hat ein Leben hier in der Stadt und einen Freund.«

Frank wiegte den hellen Kopf. »Im ehemaligen Studentenjob steckengeblieben ... Auf die Dreißig zugehend, das ist so ein typisches Alter, wo viele Menschen ihr Leben überdenken und Neues ausprobieren.«

»Das bedeutet, die Sache ist fix? Mira übernimmt Drei-Linden?«

»Ich glaube, Daniela hat ihr geraten, ein paar Nächte darüber zu schlafen. Außerdem gib es da noch einen wichtigen Punkt, der unbedingt zu klären ist – einer allein kann den Gnadenhof nicht machen. Es müssen sich mindestens zwei Personen finden, die an einem Strang ziehen. Selbst wenn später Helfer kommen oder sogar Geld für Mitarbeiter übrig sein sollte. Und bis es soweit ist, wird es dauern.«

Jack griff wieder nach seinem Kaffeebecher. »Weshalb sollte der Tierschutz niemand Geeigneten finden? Es gibt viele Menschen, die von einem Leben auf dem Land träumen. Falls nicht in Klein-Bergen, dann irgendwo in Deutschland.«

»Träumer brauchen sie dort nicht, sondern Leute, die anpacken können und die was bewegen möchten. Und Leute, die im Zirkus aufgewachsen sind, können anpacken.«

»Danke für den Vertrauensvorschuss, das kommt allerdings ... ziemlich überraschend.«

»Die Sache ist ganz frisch. Da dachte ich, dass es eigentlich perfekt für euch beide passt«, erklärte Frank. »Ihr wart ein gutes Team bei der Schafsrettung und auch davor bei ...« Er räusperte sich. »Dieser Sache eben ... Ich denke, deine speziellen Talente könnten nützlich sein.« Er hob die Hand, als wolle er einen Einwand, den Jack noch nicht gemacht hatte, hervorbringen. »Die nicht-kriminellen Talente. Du kennst viele Leute, bist rumgekommen, und du hast keine Angst, dir die Hände schmutzig zu machen.« Frank zuckte mit der Schulter. »Also warum macht ihr den Gnadenhof nicht zusammen?«

35

Mira

Du hattest deine Auszeit, Mira. Jetzt werd endlich erwachsen!« Florians Augenbrauen waren zusammengezogen und seinen Kieferknochen sah man ihre Arbeit an.

Mit diesem Gesicht hatte er ihre Wohnung betreten.

»Ich bin bereit, dir zu verzeihen, Mira. Nun bist du am Zug! Wenn dir unsere Beziehung etwas bedeutet, dann hab endlich den Mut und bekenn dich zu mir und zu unserem Leben! Kündige diese Wohnung und vor allem deinen Studentenjob.«

Heute Vormittag waren er und Claudia aus Paris zurückgekehrt und Florian hatte ihr von unterwegs die erste Nachricht seit des desaströsen Morgens gesendet.

Sie müssten sprechen.

Und nun war er hier.

Zornig, natürlich. Er hatte jedes Recht dazu.

»Ich habe lange genug gewartet, dass du den Schritt machst. Doch du hast es nicht getan. Also habe ich es getan, es war notwendig und trotzdem habe ich mich tausend Mal für meine *Überraschung* – mit der du nicht umgehen konntest – entschuldigt! Und du? Weißt du eigentlich, wie sehr mich deine Reaktion verletzt hat?«

»Ich wollte dich nicht verletzen … Es war nur …«

»Zu viel für dich! Ich weiß, Mira.« Florian lehnte sich gegen die Fensterbank, verschränkte die Arme vor der Brust und schaute aus dem Fenster. »So geht es nicht weiter.«

Mira machte einen tiefen Atemzug.

Sechs Jahre Beziehung, er wollte den nächsten Schritt machen. Natürlich, sie konnte ihn verstehen, weitermachen wie bisher ging auf keinen Fall. Sie wurde in ein paar Monaten dreißig. Ihr ganzes Leben wartete auf sie. Sollte sie sich nicht darauf freuen?

Alles was sie fühlte, war eine große, fade Müdigkeit. Erschöpft, wenn sie an das durchgeplante Leben dachte, das vor ihr lag. Ihre Zeit – ihre Lebenszeit – verplant von Marianna und Florian und vom Bunt&Blatt.

Ihr Magen rebellierte. Entweder hatte sie sich was eingefangen oder es war nicht ihr Körper, der schmerzte, sondern ihre Seele. Wie hatte sie sich in eine so verfahrene Situation manövrieren können? Warum erst jetzt diese Zweifel? Warum jetzt so massiv? Da musste es doch schon früher Anzeichen gegeben haben? In diesen langen sechs Jahren.

Hatte es auch. Die Gedanken, die da gewesen waren, die sie aber nicht zugelassen hatte.

Früher, in den ersten beiden Jahren ihrer Beziehung, war sie vom Hemingway nach Hause geeilt, ungeduldig vor Vorfreude, hatte geduscht und war sofort ins Bunt&Blatt gefahren, hatte ihren Kaffee dort mit ihrer großen Liebe zusammen getrunken.

Irgendwann hatte sich etwas verschoben. Im Laufe der Jahre war sie immer später im Laden angekommen.

Mira erinnerte sich. An Florians sorgenvoller Miene und seine Frage, warum sie so spät käme. Mit einem Mal sah sie die kleinen Ausreden, die sie erfunden hatte, klar vor sich. Das Telefonat mit ihrer Mutter, das Verquatschen mit Yasemin im Hausflur, dass sie noch etwas hatte erledigen müssen oder dass sie es nicht geschafft hatte, pünktlich aus dem Hemingway rauszukommen.

Bis Florian sich irgendwann daran gewöhnt hatte, dass sie erst um fünf Uhr nachmittags eintraf. Fünf Uhr, das war die Grenze, die sie einhielt, niemals später als fünf. Und doch musste sie sich jedes Mal beeilen, um diese Uhrzeit einzuhalten. Die Stunden zu Hause mit Feierabend-Kaffee, lesen oder Nichtstun, vergingen immer zu schnell. Zeit für sich – zu wenig, viel zu wenig – und das Aufraffen, jedes Mal ein neuer Kampf, ein neues Überwinden. Wieder loszumüssen und zum Bunt&Blatt zu fahren.

Es war ihr zunehmend schwerer gefallen.

Zu wenig Zeit, das hatte Florian auch so empfunden. Er hatte ihre Probleme darauf geschoben, dass sie nicht zusammenwohnten. Dieses Hin- und Hergefahre nervte ihn schon lange. Aber es war Florians Sicht auf die Situation. Sie hatte unter der wenigen Zeit für sich allein gelitten. Trotzdem hatte sie es nicht geschafft, mit Florian darüber zu sprechen und einzufordern, was ihr wichtig war. Stattdessen hatte sie sich angepasst und weitergemacht. Aus Feigheit!

Dies alles war ihre Schuld!

Sie hatte den Mut nicht gefunden, zu ihren Wünschen zu stehen. Hatte damit die ganze Beziehung gefährdet. Ausharren und weitermachen. Auf ihre und auf Florians Kosten.

Zum ersten Mal verspürte Mira so etwas wie Erleichterung, dass er mit seinem Antrag an Mariannas Geburtstag eine Entscheidung herbeigeführt hatte. Wer wusste schon, wie lange sie sich und ihn ansonsten noch gequält hätte?

Mira wusste nun, was sie zu tun hatte.

Aber es war nicht einfach! Im Gegenteil, es war schwer und es erforderte Mut.

Doch hatte sie nicht auf Drei-Linden Mut bewiesen? Mehrfach sogar. Für Tessa und das Pony und für die Schafe!

Nun musste sie erneut mutig sein und die Angelegenheit mit Florian klären.

Sie schaute ihn an.

Es ging um den Rest ihres Lebens.

»Florian? Hast du mal überlegt, was du machen würdest, wenn es das Bunt&Blatt nicht geben würde?«

Er guckte sie entgeistert an. »Warum sollte ich das tun?«

»Weil ich es tue. Weil ich so nicht weitermachen kann. Die Arbeit im Hemingway, dann ein bisschen Zeit für mich, anschließend zu euch ins Geschäft und ...«

»Aber das musst du nicht! Hast du mir nicht zugehört? Mira, das alles hier ist schon so lange überflüssig!« Er machte eine Handbewegung. Sie sollte wohl nicht nur ihr Wohnzimmer, sondern die ganze Wohnung, nein, ihr ganzes Leben – oder zumindest den Teil ohne ihn – einschließen.

»Ich will schon ewig, dass du den Kellnerjob an den Nagel hängst und endlich mit uns im Bunt&Blatt arbeitest. Du bist keine Studentin mehr! Du wirst bald dreißig ...«

»Florian, warte!« Sie hob die Hand, bevor er noch mehr von dem gemeinsamen Leben erzählte, dass er sich wünschte.

»Ich sehe meine Zukunft nicht im Bunt&Blatt«, zwang Mira sich zu sagen, solange sie den Mut dazu besaß.

Florian starrte sie an.

So, als hätte sie ihm gesagt, dass sie nach Indien gehen würde, um dort in einem Armenviertel Gutes zu tun. Oder als ob sie eine Karriere als zukünftige Astronautin auf der ISS plante.

»Was meinst du damit, du siehst deine Zukunft nicht im Bunt&Blatt, Mira?«

Er machte einen Schritt auf sie zu.

»Mira?«

»Ich möchte nicht in euer Geschäft einsteigen. Ich ...«

»Was redest du denn da? Willst du dein Leben lang anderen Leute essen servieren? Du hast gerade selbst gesagt, dass du so nicht weitermachen kannst!«

Mira richtete sich auf. »Ich weiß nicht, was ich die nächsten Jahre machen werde. Aber ich werde nicht mit euch im Bunt&Blatt arbeiten. Ich weiß es zu schätzen, nur ...«

»Zu schätzen?« Er lachte ungläubig. »Wir ... meine Familie hat dich aufgenommen ... Du gehörst zu uns. Wir haben so viel im Laden für dich geändert!«

»Es hat doch nichts mit euch zu tun! Es geht um ...«

»Alles hat mit uns zu tun! Wir haben unser ganzes System im Laden umgestellt ... Fast die Hälfte unseres Folienbedarfs reduziert – für dich! Wir beziehen unseren Strom bei Greenpeace Energy, nicht nur im Laden, sondern auch im Haus – für dich!« Er schüttelte den Kopf. »Was stimmt nicht mit dir, Mira? Wir kaufen beinahe die Hälfte unserer Schnittblumen bei Bio-Gärtnereien! Wir haben unser gesamtes

Image geändert, wir verteilen deine Flyer für den Tierschutzverein und für die Aufklärung über Eier aus Legehennenfabriken! Wir ...«

»Meinetwegen?« Mira verschränkte ihre Arme vor der Brust. »Du fandest meine Vorschläge gut! Claudia und deine Eltern ebenso. Du hast selbst gesagt, dass der Trend Richtung Umweltbewusstsein geht und dass ihr was verändern müsst, weil eure Verkaufszahlen gesunken sind.«

»Erzähl mir nichts über unsere Verkaufszahlen, Mira!«, wies er sie zornig zurecht. »Plötzlich, nach den ganzen Jahren schleuderst du mir so lapidar entgegen, dass du *deine Zukunft nicht im Bunt&Blatt siehst?* Wir haben dich in die Familie aufgenommen. Wir ... ich habe dir eine Zukunft geboten im Bunt&Blatt. Weißt du eigentlich, wie viel Herzblut da drin steckt? Das von vier Generationen meiner Familie!«

Mira zwang sich zur Ruhe. »Ich weiß, was dir und deiner Schwester und deinen Eltern das Geschäft bedeutet.«

»Da bin ich mir nicht so sicher, jetzt nicht mehr! Wir haben dich in unsere Familie aufgenommen«, wiederholte er. »Wie kannst du so undankbar sein?«

»Aber ich bin nicht undankbar ... Ich möchte nur nicht mein Leben ...«

»Vielleicht bist du einfach nur unreif? Du wirst bald dreißig, mein Gott, Mira! Du hast die Ausbildung zur Mediengestalterin gemacht und hast dich dann umentschieden. Wolltest studieren, doch für welches Fach entscheidest du dich? Für das brotloseste, das es gibt – Philosophie! Warum nicht Wirtschaft? Damit findet man jedenfalls Jobs!«

Mira starrte ihn an.

Es gab keine Antwort auf das, was er da sagte.

»Also, was willst du machen, Mira? Ohne das Bunt&Blatt? Vollzeit kellnern?« Er lachte spöttisch. »Ach nein, ich wette, du hast dich noch nicht entschieden!«

»Das stimmt nicht!«, rief sie. »Das Ehepaar, das den Gnadenhof auf Drei-Linden machen wollte, ist abgesprungen, und ich denke darüber nach den Hof zu übernehmen.«

»Was für eine Schnapsidee ist das denn?« Er schüttelte den Kopf. »Ein Gnadenhof? Du hast keine Ahnung, wie man so einen Hof verwaltet … Herrgott, du weißt ja nicht mal wie man ein Geschäft führt!«

»Dann werde ich es lernen! Der Verein wird mich unterstützen und ...«

»Das ist nicht dein Ernst, Mira! Sag jetzt nicht, dass das du das ernst meinst?«

»Es ist noch nicht komplett entschieden ...« Sofort schalt sich Mira für den Rückfall in die Feigheit. »Aber es ist eine Möglichkeit, die ich ernsthaft erwäge«, zwang sich sie zu ergänzen.

»Wie stellst du dir das vor, Mira? Wie weit, hast du gesagt, ist dieser Hof von Klein-Bergen weg? Fünfzig, sechzig Kilometer? Wenn du glaubst, dass ich dich dort besuche, irrst du dich! Ich stehe an drei Tagen in meiner sechstägigen Arbeitswoche morgens um halb vier auf, weil ich zum Großhändler fahren muss! Und wie soll das mit uns werden? Da sehen wir uns ja noch weniger!«

Mira wollte einwerfen, dass er keine sechs Tage-Woche arbeiten musste. Marianna und Kurt und Claudia und der Azubi waren da. Marianna hatte ihrem Sohn schon oft vorgeschlagen, dass er und Mira sich einen freien Tag machen sollten. Nur sah er es als seine Pflicht an, so viele Stunden wie möglich im Laden zu verbringen! Die ganzen Jahre über!

Mira wurde zum ersten Mal klar, dass Florian eigentlich an nichts anderem interessiert war. Nur am Bunt&Blatt. Das war sein Leben. Im Gegensatz zu Claudia, die machte Jazz Dance und sang im Chor.

»Das will ich auch nicht.«

»Wie soll das dann funktionieren?«

Sie suchte nach Worten und fand keine. Konnte ihn nur stumm anstarren.

Sein Blick veränderte sich. Die Wut wich daraus. Wurde zuerst durch Ungläubigkeit ersetzt und schließlich durch Verstehen.

Und dann ... Er sah sie an und seine Augen schimmerten feucht.

Aber sie weinte ja selbst.

»Florian?«, flüsterte sie. »Es tut mir so leid, ich kann das nicht mehr ...«

»Mira ...?«

Seine Stimme klang, als hätte er gerade alles verloren. Als wäre das Schlimmste eingetreten, was hatte eintreten können.

Als hätte sie ihn gerade vernichtet.

»Gibt es einen anderen?«

»Nein!« Sie wischte mit dem Ärmel über ihre Augen. »Nein, ich halte es nur ... in diesem Leben nicht mehr aus. Weitermachen ...«

Mira zwang sich ein letztes Mal zur Wahrheit. »Dieses Leben ... mit uns ... Ich kann es nicht mehr.«

Er starrte sie einen Moment an, dann griff er seine Jacke und verschwand.

Mira stand eine lange Weile im Wohnzimmer herum, bevor sie es schaffte, sich in Bewegung zu setzen. Sie räumte ein bisschen auf, blieb erneut stehen und begann irgendwann Florians Sachen einzusammeln. Sie fühlte sich wie *auf Autopilot*.

Es war nicht viel, nur seine Zahnbürste, ein Ersatzrasierer, ein buntes Halstuch und ein weißes T-Shirt. Sie packte es in einen Stoffbeutel und verstaute diesen im Abstellraum, neben dem Staubersaugerzubehör.

Noch etwas fehlte.

Sie ging hinüber in ihr Schlafzimmer, kniete sich vor der upgecycelten Mini-Kommode auf das Laminat und holte ihre kleine Schmuckschatulle hervor. Sie besaß nur wenig Schmuck. Bücher hatten ihr immer schon mehr bedeutet. Mira öffnete das Luxusschächtelchen des Juweliers und betrachtete den Ring eine Weile.

Sie würde ihn Marianna geben.

Sie musste ohnehin mit ihr sprechen. Sie wollte es auch. Marianna, Kurt und Claudia waren ein Stück Familie für sie und sie musste sich ihnen stellen.

Aber nicht heute und nicht morgen. Jetzt hatte sie keine Kraft mehr.

Vor allem nicht für Entscheidungen, die ihr weiteres Leben betrafen.

Die eine große hatte sie alle Kraft gekostet.

Mira brachte die Ring-Schatulle zu dem Beutel mit Florians restlichen Sachen, dann ging sie zurück ins Schlafzimmer, ließ die Jalousien herunter und rollte sich mit ihrer Decke auf dem Bett ein.

Ihre Tränen versiegten, sie war viel zu erschöpft, um weiter zu weinen.

Schlafen.

Mira erwachte mitten in der Nacht.

Sie fühlte sich frisch und ausgeschlafen.

Leichter als in den letzten Wochen.

Und hungrig! Warum nicht was Verrücktes machen? Kaffee kochen und Brötchen aufbacken?

Ein verrücktes, kleines Mitternachtsmahl!

Sie schaltete das Radio ein, drehte die Lautstärke herunter und suchte ein paar Sender durch. Blieb beim Klein-Bergener Lokalsender hängen, der gerade einen Song von Jamie Collum spielte.

Sie summte mit und schaute den Stapel mit den ungelesenen Büchern durch und entschied sich für die neue Graphic Novel *Der Schatz der Black Swan*. Der Teekessel pfiff und sie bereitete den Espressokocher vor und stellte ihn auf die heiße Herdplatte. Es war kühl, nachts liefen die Heizungen nur mit reduzierter Leistung. Mira holte sich eine dicke Strickjacke aus dem Kleiderschrank. Darin eingemummelt machte sie es sich in der Küche gemütlich.

Der Lokalsender war eine gute Wahl gewesen. Er brachte leichten, jazzig-angehauchten Pop.

Mira genoss ihren Mitternachts-Kaffee und das knusprig-warme Brötchen mit einem gekochten Ei, bewunderte die Bilder des toll gezeichneten Comics und versank in der spannenden Story.

Die nächsten Urlaubstage warteten! Sie würde sie mit Lesen verbringen. Was für ein herrliches Gefühl war es zu wissen, dass morgen nicht wieder die übliche Routine vor ihr lag! In den kommenden Wochen konnte sie all das tun, was sie wollte. Sie allein würde entscheiden, womit sie ihre Tage verbrachte.

Kurz nach drei ging sie schlafen und wachte gegen halb zwölf am nächsten Vormittag auf. Ausgeschlafen und zufrieden, und immer noch wunderbar leicht.

Noch während ihres ersten Kaffees klingelte ihr Telefon.

Piet!

Was für eine Überraschung!

Zirkus Gregoriana gastierte in Kleiner-Forst, berichtete er und lud sie auf einen Kakao ein.

Am frühen Nachmittag setzte Mira sich in den Schnellbus, der die beiden Städtchen miteinander verband, und erreichte nur fünfundzwanzig Minuten später den Zirkusplatz.

Mira ging auf das erhöhte Kassenhäuschen am Eingang zu.

»Hallo, ich bin Mira. Piet hat mich eingeladen.«

»Ich bringe dich eben zu seinem Wohnwagen.« Die junge Frau hinter der Plexiglasscheibe mit den unglaublich langen, schwarzen Haaren verließ ihren Platz, schloss das Häuschen sorgfältig ab und führte sie zwischen Trailern und Anhängern bis zu Piets grünem Wohnwagen.

Miras Nase fing eine ordentliche Prise Pferd ein und kurz darauf hörte sie ein gedämpftes Wiehern, doch von den Pferden keine Spur. Dafür entdeckte sie Duchess. Das Alpaka stand in dem mobilen Stall, den hellen Kopf mit der grauen, sternförmigen Blesse über die Stange gelegt, die ihm den Ausgang versperrte. Sie sah ihr entgegen, als würde sie Mira erwarten. So als hätte Duchess sie heute auf einen Kakao eingeladen und nicht Piet.

»Hallo Duchess, du Schönheit!« Mira streckte die Hand aus und das Alpaka rieb ihre flauschige Wange daran.

Die junge Frau, die sie hergeführt hatte, klopfte an die grüne Wohnwagentür.

Piet steckte den Kopf heraus. »Danke Tasneem.«

»Bis dann ...« Tasneem winkte ihr zu und eilte zwischen den Wohnwagen zurück.

»Mira!« Piet umarmte sie, als würden sie sich ewig kennen.

»Duchess ist nicht mehr traurig!«, sagte Mira.

»Nein, im Gegenteil. Sie denkt sich allen möglichen Schabernack aus!« Piet seufzte, zwinkerte aber dabei. »Lass dir Zeit.«

Mira streichelte Duchess' seidigen Hals. Ein unvergleichbares Gefühl. Das Alpaka wandte den Kopf und sah sie mit seinen großen, dunklen Augen an.

Sehr große Augen, Mira hatte das Gefühl, darin zu versinken. Um sie herum verschwammen die Wohnwagen, dafür sah sie Bilder in Duchess' Augen. Oder waren es Bilder in ihrem eigenen Kopf? Es fühlte sich merkwürdig an, ein bisschen wie ein Traum. Etwas berührte ihre Finger und Mira schaute nach unten.

Ein kleiner Junge hatte ihre Hand gegriffen. Er kam ihr bekannt vor, obwohl sie nicht wusste woher. Dunkle Haarsträhnen fielen ihm unordentlich in die Stirn, der Blick seiner grünen Augen war hellwach.

»Wenn ich groß bin, werde ich ein berühmter Trapezkünstler sein«, versprach er ihr.

Während Mira auf ihn hinunterschaute, verblassten das Bild und das Gefühl der kleinen Finger in ihrer Hand. Die Wohnwagen nahmen allmählich wieder Kontur an und eine Windböe brachte einen Schwall gedämpfte Musik aus dem Zirkuszelt, wo gerade die Vorstellung lief.

Und Mira wusste, wer der kleine Junge gewesen war.

Duchess machte einen sanften Laut – war das das legendäre Summen der Alpakas? Sie wandte sich ab und widmete sich ihrem Futtertrog.

Die Audienz war anscheinend beendet.

Mira ging zu Piets Trailer, klopfte und trat auf seine Aufforderung ein.

Piet saß auf der Bank hinter dem schmalen Klapptisch und legte lächelnd seinen Roman zur Seite.

Sie drehte den Kopf, um das Cover erkennen zu können.

»Gary Disher? Darf ich?«

»Natürlich!«

»*Drachenmann*? Den habe ich auch gelesen. Ist aber Jahre her.«

»Ich hab's letzte Woche in einem Antiquariat in Bonn entdeckt.« Er stand auf, lächelte.

»Was möchtest du trinken? Kakao oder Kaffee?«

»Kakao bitte! Nirgendwo sonst bekommt man so einen guten Kakao wie bei dir. Im Hemingway, dem Café, in dem ich arbeite, machen wir einen ganz passablen, doch an deinen kommt er nicht ran.«

»Rezept meines Ur-Ur-Großvaters«, verriet Piet. Er füllte den mitgenommen aussehenden Kessel mit Wasser und schüttete frische Milch in ein ebenso alt-verkratztes Emailletöpfchen.

»Hat eure Familie am Trapez gearbeitet?«, fragte sie zögernd. »Wegen Jack, meine ich.«

Piet wandte den Kopf. »Er hat dir von der Trapezgeschichte erzählt?«

»Nicht direkt ...«

Ihre vage Antwort schien ihm zu genügen.

»Kein Trapez, unsere Familie hatte mit Jonglieren und dergleichen Kunststücke angefangen, kombiniert mit Artistik und ein paar Clown-Einlagen. Als meine Mutter und meine Tante Anfang zwanzig waren, haben sie begonnen, mit Feuer zu arbeiten. Flammenkünstler, du hast sie bestimmt schon mal gesehen?«

»Auf Mittelaltermärkten. Beeindruckend. Das würde ich mich nie trauen.«

»Wäre auch nie mein Ding geworden!« Er schüttelte den Kopf. »Mein Vater mochte das ebenfalls nicht und begann sich auf artistische Kunststücke mit Clown-Einlagen zu konzentrieren, um die Mädels mit ihrer Feuer-Show am besten zu ergänzen.«

Er nahm zwei orangefarbene Keramikbecher aus dem Schrank. *Ein Herz für Holland* stand auf dem einen und *I love Amsterdam* auf dem anderen. Piet verteilte Kakao und Zucker und gab zuletzt jeweils eine Messerspitze von etwas, dass er aus einem kleinen, dunkelgefärbten Gewürzglas holte, in jede Tasse.

»Du fragst dich jetzt garantiert, was das Trapez damit zu tun hat?« Er wartete ihre Antwort nicht ab, sondern erzählte gleich weiter:

»Als Jack ungefähr fünf war, hat er es zwischen zwei Aufführungen geschafft, unbemerkt die Leiter zum Trapez-Gerüst hochzuklettern.«

Piet lächelte. »Dieses Bild werde ich nie vergessen! Der Zwerg da oben jubelte vor Freude. Und wir – der halbe Zirkus - standen unten, völlig erstarrt vor Angst. Altan, der Boss in der Trapeznummer, ist hochgeklettert, hat sich Jack geschnappt, bevor der was mitbekam, und hat ihn runtergezerrt. Jack hat so laut geplärrt, dass, als Altan mit dem zappelnden und heulenden Burschen am Boden ankam, inzwischen jeder im Zirkus in die Manege gelaufen war, um nachzuschauen was passiert war.«

»Oh Mann! Was Altan mit ihm gemacht?«

»Er hat ihm den Hintern versohlt und ihm eine Standpauke gehalten. Jack hat tagelang geschmollt. Aber nachdem er sich davon erholt hatte, hat er jedem erzählt, dass er aufs Trapez geht, wenn er alt genug ist.«

»War eure Familie enttäuscht? Weil er nicht eure Nummer mitmachen wollte?«

»Na ... Weißt du, das kommt häufiger vor, dass sich Zirkuskinder anders orientieren und das Familien-Business verlassen. Dann werden sie von ihrer neuen Familie assimiliert. Im Grunde ist der ganze Zirkus eine Familie. Selbst wenn eine Truppe mit ihrer Show den Zirkus verlässt. Dadurch dass ein Teil ihrer genetischen Familie bei dem alten Zirkusunternehmen bleibt, sind eigentlich alle Zirkusmitglieder irgendwie miteinander verwandt. Entweder durch ihre Gene oder quasi assimiliert.«

Piet lächelte in seinen dampfenden *I-love-Amsterdam*-Becher hinein.

»Als Jack älter wurde, hat Altan ihn unter seine Fittiche genommen. Hat mit ihm ein vorbereitendes Training absolviert. Mein Neffe war mit Feuereifer dabei.« Piet trank einen Schluck, stellte den Becher ab. »Allmählich durfte er in Altans Truppe mittrainieren, anfangs nur bei den Bodenübungen. Bis er alt genug war, und Altan ihm erlaubte, wieder aufs Trapez zu gehen. Das Training hat Jack sehr geholfen, den Tod seiner Eltern zu verkraften.«

»Seine Eltern sind tot? Das wusste ich nicht«, antwortete Mira.

»Ist schon Jacks halbes Leben her … Warte mal« Piet lehnte sich zur Seite, kramte in einer Schublade, holte eine Zigarrendose hervor und öffnete sie.

Ein Haufen Bilder quoll hervor.

»Hier, das ist Altans Truppe. Jack muss da ungefähr sechzehn gewesen sein.«

Mira nahm das Foto.

Jack in einem hautengen, smaragdgrünen Anzug mit silbernen Pailletten!

Ein wenig dürrer als heute. Doch sie hätte ihn so oder so erkannt. Allein wegen der widerspenstigen dunklen Haarsträhnen, die er zwar jetzt kürzer trug, die ihm aber immer noch eigensinnig ins Gesicht fielen.

Er stand neben drei Männern. Zwei von ihnen waren in den Dreißigern oder Vierzigern, schwer zu sagen. Der dritte war wesentlich älter und hatte kurze, graue Haare – vermutlich war dies Altan. Bei ihm waren eine afrikanisch-stämmige Frau und ein Teenager, etwas älter als Jack. Eindeutig die Tochter der Frau.

Sie fragte nach und Piet bestätigte ihre Vermutung.

»Samira, die Tochter von Indra und Altan. Und er ...«, er tippte auf den Mann rechts von Jack, »ist Altans jüngerer Bruder Kemal und daneben steht Pierre, der war auch von Altan in seine Truppe assimiliert.«

Hinter Jack und den anderen Trapezkünstlern konnte Mira ein Stück Manege und einen Teil des Gerüsts, vermutlich des Trapezes, erkennen.

»Jack und Samira passen gut zusammen«, stellte sie fest.

»Samira ist der Grund, weswegen Jack aufgehört hat«, erklärte Piet. »Sie ist abgestürzt, hat sich das Genick gebrochen … Sie war gerade achtzehn und Jack siebzehn. Danach ist er nie wieder aufs Trapez gegangen.«

»Oh, Gott … Das tut mir leid.«

Sie schwiegen eine Weile.

Mira spürte den Anflug eines Schuldgefühls. So als ob sie diesen Teil aus Jacks Leben eigentlich nicht hätte wissen dürfen. Aber Piet hatte es erzählt, und dann musste es okay sein. Sonst hätte er es nicht getan.

»Unfälle passieren. Ist einfach so ...«, sagte Piet schließlich. »Wenn es nicht geschehen wäre, würde er heute noch auf dem Trapez arbeiten. Er hatte wirklich Talent.« Er lächelte.

»Was hat er anschließend gemacht?«

»Unsere Chefin hat versucht, etwas für ihn zu finden. Zu Anfang dachten wir, er braucht seine Zeit, um den Vorfall zu verarbeiten. Dass es für ihn besonders schlimm ist, weil es den Tod seiner Eltern wachgerufen hat. Doch Jack war ...« Er zuckte mit der Schulter. »Verlorengegangen ... irgendwie. Ich habe es nicht geschafft, ihn zu erreichen. Eine Zeitlang glaubte ich, dass er vielleicht in die Pferdenummer von Josis Mutter einsteigen würde. Jack konnte schon immer gut mit Tieren umgehen, egal ob groß oder klein, die Hunde und die Pferde haben ihn geliebt.«

Ein neuer Moment des Schweigens schloss sich an, schließlich richtete Piet sich auf. »Genug von der Vergangenheit geredet. Wie geht es für dich weiter, Mira?«

Sie berichtete ihm von dem glücklichen Ausgang der Testamentsgeschichte, ebenso wie darüber, dass die Sache durch die Absage der Heffernans wiederum wackelte.

»Jedenfalls haben wir die Tiere rausgeholt, Tessa und das Pony. Und Jack hat die Schafe gerettet!«

MIra erzählte von der aufregenden Nacht, wie sie mit dem Anhänger voller Schafe in die Niederlande gefahren waren und von der herzlichen Aufnahme bei Jacks Freunden, Andres und Tom. Und dann erzählte sie ihm auch von der Parisreise, die sie einfach vergessen hatte. Letzteres hatte sie eigentlich für sich behalten wollen, nicht weil es noch so frisch war, sondern weil sie Piet nicht mit Details langweilen wollte.

Aber er schien interessiert und sie fühlte sich in seiner Gegenwart wohl, aufgehoben.

»Und dein Freund?«

»Wir haben uns getrennt«, gab sie zu.

»Wieso das, wenn du mir die Frage verzeihst?«

»Weil ich schon lange sein Leben geführt habe«, antwortete sie. »Es hat all diese Ereignisse gebraucht, bis ich es kapiert habe. Nun ist es an der Zeit, herauszufinden, was ich wirklich will.«

Piet nickte langsam. »Der Gnadenhof?«

»Das ist so viel Verantwortung und ich hab null Erfahrung mit sowas! Der Tierschutzverein wird mich unterstützen ... Außerdem suchen wir nach einer zweiten Person, weil niemand den Hof allein machen kann, aber bis die sich findet, wird es dauern und ...« Sie brach ab, griff nach ihrem Becher und leerte ihn. »Das ist meine Chance, auf dem Land zu leben, mit Tieren, in der Natur. Danach sehne ich mich schon ewig ... Allerdings ...« Sie zuckte mit der Schulter, »und das klingt vermutlich albern, doch ich habe Angst, dass Drei-Linden mich nicht willkommen heißt. Dass das Haus, dass der ganze Hof voller Hass vom alten Schultheiß sein wird.« Sie erwiderte seinen Blick. »Jetzt hältst du mich für verrückt.«

Piet lächelte. »Überhaupt nicht. Willst du meine Meinung dazu hören?«

»Aber ja!«

»Die Tiere brauchten deine Hilfe und du hast ihnen geholfen. Vielleicht braucht der Hof nun ebenfalls deine Hilfe?«

36

Jack

Sein Onkel stand vor dem mobilen Stall des Alpakas, über seinen Heuballen gebeugt. Anscheinend gerade dabei, das Heu aufzuschneiden.

»Hey!«

»Jack!« Piet richtete sich auf und umarmte ihn. »Gehst du mir kurz zur Hand?«

»Klar.« Jack half ihm, Duchess' Heuraufe zu füllen und das restliche Heu im vorderen, abgetrennten Teil des Hängers zu verstauen. Dann packte er die Griffe der mit Mist gefüllten Schubkarre.

»Wo steht der Anhänger für den Mist? Ich bringe die Karre eben weg.«

Piet winkte ab. »Das findest du nie! Setz dich schon rein.«

»Vorher muss ich La Mamà und den anderen Guten Tag sagen.«

»Okay, bis nachher.« Sein Onkel verschwand mit dem Alpaka-Mist.

Etwas zupfte an Jacks Ärmel.

»Hallo, du flauschige Schönheit!« Er hielt Duchess die Hand hin, damit sie daran schnuppern konnte, doch sie neigte leicht ihren hellen Kopf mit der ungewöhnlichen Sternenblesse. Ein Zeichen, dass er ihren seidigen Hals streicheln durfte.

»Vermisst du Prinzess noch? Blöde Frage«, murmelte er. »Natürlich vermisst du deine Schwester noch. Aber Piet sagte am Telefon, das es dir besser geht.«

Sie erwiderte seinen Blick und erinnerte ihn dabei stark an einen Menschen.

»Hey, kannst du mir einen Rat geben? Wie bringe ich Piet den Umzug in die Niederlande bei? Ich fürchte, es wird ihm nicht gefallen. Überhaupt nicht gefallen.«

Jack seufzte.

Dafür war er hergekommen. Für einen Rat, den ihm Piet nicht geben würde. Nicht in diesem Fall, denn Piet würde genau wissen, warum Jack in das Heimatland ihrer Vorfahren abtauchen wollte.

»Und was sagst du?«, fragt er Duchess mit gesenkter Stimme. »Ist eine Menge Geld, die ich verdiene. Ich bin gerade mal dreißig, weshalb sollte ich da die Branche wechseln? Nur weil es zu heiß wird? Und ganz ehrlich – Mira ist ohne mich besser dran!«

Duchess warf ihm einen Blick zu, den Jack, wäre er nicht von dem Alpaka, sondern von einem Menschen gekommen, durchaus als ironisch eingeordnet hätte.

Dann drehte sie sich um, das Hinterteil auf ihn gerichtet, hob den Schweif und fing an …

Jack machte sich aus dem Staub.

Was hatte er erwartet? Dass Duchess ihm zustimmte und ihn für seine Entscheidung beglückwünschte? Nonsens! Ein Alpaka konnte so etwas überhaupt nicht beurteilen! Sie musste nicht für ihre Brötchen aufkommen!

Jack suchte La Mamà und fand sie im Bürowagen, zusammen mit einer dunkelhaarigen Schönheit, die er nicht kannte.

»Der verlorene Sohn!« Geraldine umarmte ihn fest. »Geht's dir gut, Jack?«

Sie hielt ihn auf Armlänge von sich weg und warf ihm einen ihrer durchdringenden Zirkusdirektorinnen-Blicke zu.

»Alles bestens, wie immer … für ein Leben jedenfalls, das man immer an ein- und demselben Ort verbringt … Du weißt schon«, antwortete Jack.

»Hm.« Sie schien nicht ganz zufrieden mit seiner Antwort. »Komm mal öfters vorbei, Jack. Wir sind deine Familie. Verstanden?«

Er nickte automatisch, so wie früher, wenn sie diesen Tonfall anschlug. Aber es war in Ordnung, auch wenn sie nicht mehr seine Chefin war.

»Das ist übrigens Tasneem. Ihr kennt euch, sie ist die Jüngste der Ghazalis.«

»Nicht wahr!« Jack schüttelte Tasneems Hand. »Du bist groß geworden! Ich habe auf euch aufgepasst, auf dich und Tarah. Wie geht's deiner Schwester?«

Nach dem Abstecher in La Mamàs Bürowagen machte Jack sich auf zurück zu Piets Trailer und traf unterwegs Ulrich, im Clownskostüm, doch natürlich erkannte er ihn.

»Vorstellung geschafft?«

Der Clown nickte. »Wie läuft's bei dir, Jack?«

»So weit, so gut.«

Sie quatschten das letzte Stück über, denn Ulrichs Wohnwagen parkte wie seit jeher neben dem seines Onkels. Manche Dinge änderten sich nie.

»Bis dann!« Ulrich winkte und verschwand hinter seiner Tür, und Jack klopfte an die von Piet und wartete, bis dieser öffnete.

Das Wohnwageninnere seines Onkels war vertraut wie immer. Abgesehen von den zwei Umzugskartons, die sich vor der Schiebetür zur Schlafnische quetschten.

»Kakao ist fast fertig, setz dich.« Piet rührte gleichmäßig in dem alten Emailletopf, den Jack noch aus seiner Kindheit kannte.

»Mira war gestern hier.«

»Mira? Tatsächlich?«

»Wusstest du, dass sie darüber nachdenkt, den geplanten Gnadenhof zu machen?«

»Hab's gehört.«

Jack wartete, doch Piet sprach nicht weiter.

Sein Onkel verteilte dunklen, dampfenden Kakao auf die beiden orangefarbenen Becher und stellte sie schließlich auf dem schmalen Klapptisch ab.

Jack pustete über die heiße Oberfläche, sog den vertrauten Geruch ein und fühlte sich zu Hause angekommen. Piet machte den besten Kakao in der ganzen Welt!

»Was glaubst du, wird Mira den Gnadenhof übernehmen?«, fragte er beiläufig.

Sein Onkel lächelte leicht. Die Hände auf dem Bauch gefaltet, ging sein Blick aus dem Fenster zu dem mobilen Stall. Von seinem Platz aus konnte Jack nur ein Stück von Duchess Hinterteil erkennen.

»Junge, hör auf dein Herz.«

Anscheinend hatte die Allwissenheit des Alpakas auf seinen Onkel abgefärbt. So wie er dasaß und lächelte, schaute er aus wie die hagere, vierundsechzigjährige Version eines niederländischen Buddhas.

Jack warf ihm einen schrägen Blick zu.

»Was hat mein Herz damit zu tun, ob Mira den Gnadenhof übernimmt? Eine einfache Frage und du machst eine Offenbarung daraus!«

Piet fing an zu glucksen. »Duchess und ich hatten gleich bei Miras erstem Besuch das Gefühl gehabt, dass sie etwas Besonderes ist. Sie hat Mut, ihr fehlt nur ein bisschen das Vertrauen zu sich selbst.«

»Mutig ist sie, keine Frage. Du hättest sie erleben müssen, als wir die Schafe gestohlen haben. Und wie sie an dem tobenden Ekel vorbei ins Haus gerannt ist, um Zeit zu schinden ...« Jack stoppte sich, um nicht einen weiteren wissenden Buddha-Blick seines Onkels herauszufordern.

»Warum rufst du sie nicht an und fragst sie?«, schlug er vor. »Und bietest ihr deine Hilfe an.«

Jack holte Luft und Mut. »Ich denke gerade selbst über eine Ortsveränderung nach ... Ein Umzug in die Niederlande, ein Freund hat da ein Hausboot liegen, ein paar Kilometer hinter Amsterdam.«

Piets buddheske Gelassenheit wich aus seinem Gesicht. »Verstehe.« Seine Stimme klang neutral. Keine Vorwürfe, keine mahnenden Worte. So war sein Onkel einfach nicht. Er hatte ihm damals seine Meinung zu den *Berufsplänen* gesagt und ihm anschließend ein Ultimatum gestellt. Entweder dies oder Zirkus, beides ging nicht. Das hatte er getan, um die Zirkusfamilie zu schützen. Jack hatte es verstanden, nicht zu Anfang aber später.

Piet hatte ebenfalls klargemacht, dass er ihm nicht die Tür vor der Nase zuschlug. Er konnte ihn jederzeit besuchen kommen. Sein Onkel war echt Gold wert! Wenn jedes Kind einen Erwachsenen wie Piet in seinem Umfeld hätte, dann gäbe es wohl kaum noch traurige Kinder und damit auch keine wütenden Erwachsenen.

Jack griff nach seinem Becher, trank den letzten Schluck Kakao.

Und schließlich würden sie alle glücklich bis zum Ende ihrer Tage leben und den Weltfrieden genießen ...

Er musste hier weg!

Garantiert war das Duchess' Schuld. Das Alpaka schien irgendwelche mentalen Fähigkeiten zu besitzen. Er fühlte sich jetzt schon gehirngewaschen.

»Wäre 'ne Menge Aufwand, so ein Umzug, hab mich noch nicht entschieden«, murmelte er.

Piet nickte. Jack folgte seinem Blick durch den Wohnwagen zu den beiden Umzugskartons vor der Schlafnische.

»Bist du am Ausmisten?«

»Hat sich einiges angesammelt in den ganzen Jahren. Da fällt mir ein ... Ich hab was für dich.«

Sein Onkel quetschte sich von der Bank hinter dem Klapptisch hoch und daran vorbei zur Schlafnische. Er machte einen großen Schritt über die Kartons, zog die Schiebetür auf und holte einen Jutebeutel mit dem Aufdruck einer lachenden roten Sonne und der Aufschrift:

Atomkraft? Nein Danke!

»Hab ein paar Bücher für dich. Willst du sie gleich mitnehmen, oder soll ich sie lieber schicken? Werden ein paar Kilos sein ... Oder soll ich sie aufbewahren und dir nach deinem Umzug schicken?«

Jack schüttelte den Kopf.

»Ich nehme sie sofort mit, im Rucksack kein Problem. Ist perfekt, habe mein aktuelles Buch gestern Nacht zu Ende gelesen. Ist übrigens bei denen, die ich dir mitgebracht habe – *Mein Leben als Gartenzwerg* von Urs Widmer. Schon älter, hatte ich ewig im Regal liegen. Aber es wird dir gefallen.« Jack zögerte. Eigentlich war alles gesagt, doch er hatte es nicht eilig nach Hause zu kommen. War ja nicht so, dass ihn jemand erwartete.

Er überwand sich. »Hast du noch Zeit für einen neuen Kakao? Ich kann auch später mit anpacken.«

»Kannst beim Strohverteilen helfen. Tasneem hat den Heu- und Strohwagen auf der gegenüberliegenden Seite von den Huftieren platziert.« Sein Onkel kicherte. »Fängt gerade erst an, La Mamà und Angelina bei der Logistik zu unterstützen.«

Jack grinste. Bei dem Spott, den Tasneem die nächsten Tage von der Zirkusfamilie ernten würde, würde ihr das kein zweites Mal passieren!

Er lehnte sich zurück, – zufrieden mit dem Augenblick, hier und jetzt in dem Wohnwagen – und seinem Onkel bei dem vertrauten Herumhantieren in der Küche zusehend.

Heute musste nichts entschieden werden.

Sein Blick schweifte aus dem Fenster zum Stall des Alpakas.

Duchess hatte sich herumgedreht.

Und blickte ihn durch das Fenster des Wohnwagens an.

TEIL II

37

Mira

Mira wachte mit den Sonnenstrahlen auf und fühlte sich glücklich, noch ehe sie sich erinnerte, dass sie in ihrem neuen Schlafzimmer auf Drei-Linden war. Ihr Unterbewusstsein, vielleicht auch ihre Seele, hatten diesen Umstand längst als Tatsache anerkannt.

Dabei war das heute erst der vierte Morgen auf dem Hof.

Sie schlug die Bettdecke zurück, ging zu den Fenstern und stieß sie weit auf. Sommer, Wälder und Wiesen. Ihr Traum hatte sich erfüllt – ein Bauernhof inmitten der Natur.

Hier durfte sie leben.

Und es gab genug zu tun! Doch sie freute sich auf jeden einzelnen Punkt der ellenlangen Liste. Mira gönnte sich die Sekunde, atmete die frische morgendliche Luft ein und ebenso die ganze Aussicht. Von dem Dachgeschoss, in dem ihre Räume lagen, hatte sie den weitesten Blick über die Felder, Wiesen und das große Waldgebiet, das sich linkerhand von Drei-Linden ausbreitete.

Ein Kaffee und ihr neuer Tag konnte beginnen. Mira riss sich von den Fenstern los, schwor sich gleichzeitig, dass sie dieses Ritual, die Aussicht und die Dankbarkeit, jeden Tag feiern würde. Egal wie viele Jahre sie hier verbringen durfte.

Ab ins Bad, waschen, anziehen und hinunter in die Küche.

Die Thermoskanne, halb voll, wartete auf dem Küchentisch.

Mira kippte einen Schluck Milch hinzu, schnappte sich den Keramikbecher und das Klemmbrett und nahm beides mit zum hinteren Teil des Hauses und durch die Gartentür hinaus.

Niemand hier?

Sie setzte sich auf die oberste Stufe, nippte am heißen Kaffee und ließ ihren Blick durch den Obstgarten links von ihr gleiten. Davor, genau zwischen ihm und dem Haus, lag der zukünftige Gemüsegarten. Der neue Zaun drumherum musste leider sein. Am liebsten hätte Mira komplett auf Zäune verzichtet. Aber das ging nicht. Die Abgrenzung um den Gemüsegarten war notwendig, um die Rehe und Hirsche von ihren hoffentlich bald sprießenden Salatköpfen, Möhren, Zucchini und Kräutern abzuhalten.

Mira trank einen großen Schluck, warf dabei einen Blick über das Klemmbrett mit der To-do-Liste. Der oberste Punkt lautete, das provisorische Gästezimmer im Erdgeschoss fertigzumachen. Ihre Eltern würden morgen ankommen und ein paar Tage bleiben um mitzuhelfen.

Der zweite wichtige Punkt auf der Liste hieß: Stall!

Schon am Freitag würden die ersten Gnadenhof-Gäste eintreffen. Zwei Eselhengste, die ein Partner-Tierschutzverein in Polen freigekauft und aufgepäppelt hatte.

Wirklich viel war inzwischen auf Drei-Linden geschehen.

Ebenso in Miras Leben.

Gleich am Tag nach ihrem Besuch bei Piet hatte sie Daniela angerufen und ihre feste Zusage für den Gnadenhof gegeben.

Mit bangem Herzen war sie mit ihr zu dem leerstehenden Hof gefahren. Voller Sorge, dass ihr der alte Hass und die Böswilligkeit seines Vorbesitzers entgegenschlagen würden. Doch nichts dergleichen hatte sie gefühlt. Das Haus war einfach leer und wirkte ebenso wie bei ihrem ersten Besuch vernachlässigt.

Das war Ende Mai gewesen.

In den ersten beiden Juniwochen war ebenfalls viel geschehen. Zuerst hatte sie mit Hendrik gesprochen. Er verwendete inzwischen die Eier der Sunflower-Ranch für die Küche des Hemingways, hatte sich allerdings geweigert, die Preisdifferenz von ihrem Gehalt abzuziehen. Es war nicht leicht gewesen, ihm zu sagen, dass sie das Hemingway verlassen würde.

»Bestimmt gibt's viel zu tun auf so einem Hof.« Er hatte mit der Schulter gezuckt. »Sonntags habe ich immer Zeit. Ich komme gern vorbei zum Helfen!«

»Das wäre wirklich klasse, Hendrik«, hatte Mira geantwortet und die Feuchtigkeit in ihren Augen zurückgedrängt.

Das nächste schwierige Gespräch folgte zwei Tage darauf. Da hatte sie sich mit Marianna im Sissy auf einen Kaffee getroffen.

»Ich vermisse euch alle sehr! Aber … » Mira hatte auf der Suche nach Worten durch die Glasfront hinaus auf die Klein-Bergener Einkaufsmeile geschaut.

Marianna hatte ihre Hand gegriffen und gedrückt. »Wir vermissen dich auch sehr! Und du brauchst nichts zu erklären, jeder muss seine Entscheidungen selbst treffen. Doch das bedeutet nicht, dass du aus unserem Leben verschwinden musst. Verstehst du, Mira? Du bedeutest uns allen sehr viel, und irgendwann wird Florian darüber hinweg sein. Dann musst du uns besuchen kommen.«

»Das würde ich wirklich gerne machen«, hatte Mira versprochen und Marianna den Verlobungsring zurückgegeben.

Die folgenden Wochen waren mit viel Arbeit angefüllt gewesen. Herrlicher, befriedigender Arbeit! Am Wochenende und den kurzen Hemingway-Tagen war sie regelmäßig nach Drei-Linden gefahren und hatte mit angepackt.

Für Renovierung und Zimmermanns-Arbeiten hatte der Tierschutzverein Profis engagiert. Ebenso für das neue Dach. Jack, der sich mehrfach bei ihr meldete, hatte ihr die Telefonnummer seines Kumpels Guido gegeben. Der war mit seinem Chef vorbeigekommen, hatte alles besichtigt und anschließend Daniela und ihr ein Angebot gemacht.

Der Kostenvoranschlag für das Dach und die Renovierung des Bauernhauses war immens und würden zwei Drittel des geerbten Barvermögens von Erich verschlingen.

Mira war heilfroh, dass Daniela dabei gewesen war, um sie zu unterstützen. Solche Entscheidungen hatte sie nie zuvor treffen müssen. So ein neues Dach kostete mehr als eine Autoreparatur.

Doch – und das hatte Daniela klar gemacht, das Ziel war es, dass Mira lernte, selbstständig und eigenverantwortliche

Entscheidungen zu übernehmen. Unterstützung und Hilfe würde sie selbstverständlich immer von ihr und dem Verein erhalten.

Die Dachdecker hatten aufgrund der Absage eines anderen Kunden schon zwei Tage später losgelegt. Gleichzeitig startete Mira mit ihrem ersten Projekt auf Drei-Linden.

Eliminierung des Zwingers und der Hundehütte!

Die Fertigteile des Zwingers waren schnell auseinandergenommen und in die Scheune gebracht. Mira hätte sie am liebsten eigenhändig zur Mülldeponie transportiert, aber Piet hatte ihr geraten, dass man solche Bauteile aufheben sollte. Irgendwann würden sie sie für etwas anderes gebrauchen können.

Die Hundehütte allerdings – die wollte sie kurz und klein schlagen! Bewaffnet mit dem Gummihammer aus ihrem Werkzeugkasten war sie in den Kampf gezogen. Die vermeintlichen Holzwände der Hütte stellten sich als fiese, widerstandsfähige Kunststofflegierungen heraus. Nicht mal eine Delle bekam Mira hinein und sie wusste, dass sie Kraft hatte. Jahrelang die riesigen Tellerstapel im Hemingway herumzuschleppen, war ein gutes Workout gewesen. Doch Kraft half ihr nicht weiter, der Gummihammer prallte einfach ab.

Fluchend hatte Mira das Innere abgesucht und festgestellt, dass der Ring, an dem Tessas Leine befestigt gewesen war, auch dazu diente die Hundehütte an der Hauswand zu verankern. Wütend hatte sie einen Moment auf das kurze Kettenglied gestarrt, das ihr Vorhaben vereitelte.

Dann war sie zur Rückseite des Hauses marschiert.

Dort saßen Guido und seine Dachdecker-Kollegen, tranken Kaffee und aßen die Butterbrote und den Kartoffelsalat, mit denen Piet sie versorgte. Sie saßen auf der alten Gartenbank, die Mira erst am Morgen in der Scheune gefunden und mithilfe von Piet sowie eines Rollbretts hinter das Haus befördert hatte.

»Könnt ihr mir Stemmeisen und Bolzenschneider leihen?«

Jacks Freund Guido hatte angeboten, ihr zu helfen, doch Mira hatte den Kopf geschüttelt. »Diesen Job muss ich selbst erledigen!«

Keine zwanzig Minuten später hatte Mira die Hütten-Reste befriedigt in den Müll-Container geschmissen und den Dachdeckern die Werkzeuge zurückgegeben.

Die Gartenbank stand nun vor dem Haus, und zwar exakt an der Stelle wo zuvor die Hundehütte gewesen war! Schräg davor hatte Mira die alte Schubkarre mit abgebrochenem Griff, die sie beim Gerümpel in der Remise entdeckt hatte, abgestellt und mit bunten Blumen bepflanzt. Jedenfalls waren die Bilder auf den Samentütchen bunt gewesen, bislang zeigte sich nur ein zartes Grün. Aber das konnte ja noch werden.

Mira trank den letzten Schluck ihres Kaffees und machte sich auf die Suche nach Piet.

Sein Anruf war genau zwei Tage nach ihrer eigenen Entscheidung eingetroffen.

»Duchess und ich haben gründlich darüber nachgedacht«, hatte er am Telefon gesagt. »Es ist an der Zeit für uns beide, die Zirkustage hinter uns zu lassen.«

Er hatte ihr versichert, dass er einiges gespart hätte und selbstverständlich Miete und Verpflegung für sich und Duchess zahlen würde.

»Ich glaube, was das angeht, habe ich eine bessere Lösung!«, hatte sie erwidert.

Mit Piet zusammen das Projekt Gnadenhof stemmen?

Auf jeden Fall!

An den langen Hemingway-Tagen hatte Mira sich nach Feierabend um ihren Umzug gekümmert und Kartons gepackt und dabei sogar Zeit gefunden, ab und an mit Claudia zu telefonieren.

Florian war tabu in ihren Gesprächen, doch beim letzten Telefonat hatte Claudia diese unausgesprochene Regel gebrochen und von ihrem Bruder berichtet.

Mithilfe von Marianna und Kurt hatte sie ihn quasi gezwungen kürzerzutreten.

»Eine Viertagewoche im Bunt&Blatt?«, fragte Mira erstaunt. »Und das hat er akzeptiert?«

252

»Mit einem Machtwort von unseren Eltern! Er hat ein wenig geschmollt – du kennst ihn ja. Schließlich hat er sich auf ein altes Hobby besonnen. Schlagzeug. Du weißt doch, dass Paps E-Gitarre spielt?«

»Klar, und dass du im Chor singst. Klingt ein bisschen, als würdet ihr drei überlegen eine Band zu gründen?«

»Wer weiß!« Claudia lachte. »Wenn Florians Fähigkeiten zunehmen, warum nicht?«

»Aber das ist toll! Florian mit einer Viertagewoche im Bunt&Blatt und endlich einem Hobby? Ich freue mich für ihn und ich wünsche ihm sehr, dass er irgendwann eine andere Frau trifft. Eine, die ihm sagt, was sie will und was nicht.«

»Das wird wohl ein Weilchen dauern, bis mein kleiner Bruder wieder für eine neue Beziehung bereit ist«, antwortete Claudia.

»Ja, bei mir auch«, hatte Mira geantwortet und an Jack gedacht.

Sie hatte ihn besser kennengelernt in den letzten Wochen, denn er war eigentlich jedes Wochenende hier aufgetaucht um mit anzupacken. Und wie Jack eben war – ein Mysterium – war er gestern überraschend zusammen mit Guido auf dem Hof vorgefahren und samt Seesack, Rucksack und Reisetasche ausgestiegen!

»Sind nur ein paar Sachen, damit ich nicht täglich pendeln muss. Werde mich nebenbei noch um meine Wohnungsauflösung kümmern. Sollte aber bis Juli über die Bühne sein.«

»Willkommen auf Drei-Linden, Jack!« Mira hatte ihn umarmt. Und dieses Mal war sie sich nicht sicher, ob dieser herrliche Geruch nach frischgemähtem Gras tatsächlich von ihm stammte oder ob eine Windböe ihn von der Rückseite des Hauses, wo sie vorhin den Rasen gemäht hatte, hertrug.

Spielte keine Rolle.

»Ich hole Piet und dann gibt's frischen Kaffee!«

Mira, schon auf dem Weg zum Stall, wo sie Piet vermutete, stoppte. »Du hast doch Zeit für einen Kaffee, Guido?«, rief sie. »Oder musst du sofort zurück an deine Bücher für die Meisterprüfung?«

»Klar nehm ich mir die Zeit für einen Kaffee mit euch!«, antwortete der Dachdecker lachend.

Dass Jack sich entschieden hatte, mitzumachen – genau wie Piet – war eine ungemeine Erleichterung gewesen. Auf Jack als Freund war Verlass, nach ihrem Abenteuer wusste sie das sicher.

Jack als Partner? Definitiv nein! Ihr gemeinsames Abenteuer und der Kuss waren zwar unleugbar. Allerdings ebenso Jacks *Berufswahl* ...

Einen winzigen Moment sah sie sich in einer fernen Zukunft. Nein, in einer anderen Realität! Sie war älter und trug ein quengelndes Kind auf dem Arm, als ein paar Polizeibeamte Jack, – der zu Miras Erstaunen unrasiert und in ausgelabberten Jogginghosen vor dem Fernseher saß und Fußball guckte – einkassierten.

Im Leben nicht ...

Im Augenblick waren also keinerlei Romanzen geplant. Außerdem war die Gefahr zu groß, dass sie, wenn sie sich so schnell wieder band, erneut in altvertraute Verhaltensmuster tappen und sich bei ihren Entscheidungen an ihrem Partner orientieren würde.

Und dass war zukünftig ein absolutes No-Go!

Unterstützung von Freunden, definitiv ja, aber so wie Daniela gesagt hatte: Sie musste lernen, sich zu trauen eigene Entscheidungen zu treffen.

Wenn nicht jetzt, mit fast dreißig, wann dann?

Am Nachmittag kam Daniela vorbei.

»Was für ein herrliches Gefühl, nach Drei-Linden zu fahren und zu wissen, dass ihr hier etwas Gutes und Schönes auf die Beine gestellt habt«, begrüßte ihre Freundin sie.

Zusammen gingen sie ins Haus.

»Du glaubst nicht, wie toll das ist, hier morgens aufzuwachen!« Mira erzählte Daniela von ihrem morgendlichen Ritual.

»Aufstehen und glücklich sein, das habe ich zuletzt als Kind und Teenager erlebt. In den Ferien, als ich auf dem Bauernhof war. Weißt du, was ich meine?«, fragte sie. »Dieses ... sich einfach auf den Tag freuen?«

»Ich weiß genau, was du meinst!« Daniela sah sich in der geräumigen Küche um.

»Sogar die Küche ist herzlicher, als ich sie in Erinnerung habe. Liegt das tatsächlich an den sonnengelben Wänden?«

»Und dem blauen Kühlschrank im Retrolook, den Jack mitgebracht hat. Und selbstverständlich an der hellgrünen Wanduhr und dem Hängeregal von Piet.«

Mira lächelte.

»Kannst du den Kuchen nehmen?« Sie deutete auf den Schokoladenkuchen, der auf dem Holztisch wartete.

Daniela schüttelte ihre kastanienrote Fransenmähne aus dem Gesicht, hängte sich den Gurt ihrer Tasche über die Schulter und griff die Kuchenplatte.

»Hast du ihn gebacken?«

»Um Gottes willen! Jack hat ihn gemacht.«

Danielas Augenbrauen schossen hinauf. »Anscheinend besitzt er einige Talente ...«, sagte sie mit gesenkter Stimme.

»Jack ist ein einziges Mysterium!«, bestätigte Mira.

Lachend gingen sie zusammen nach hinten durch.

Wenn man vom Teufel sprach ...

Jack kam die Treppe herunter.

»Braucht ihr Hilfe?«

»Alles dabei, glaube ich.« Mira spazierte voraus, durch die Hintertür zu den von Ludovine gesponserten Gartenmöbeln, einem langen Tisch samt Sitzbank und vier Stühlen.

»War eigentlich immer zu groß für meine Terrasse. Aber ihr habt Platz und ihr braucht Sitzmöglichkeiten, weil wir euch garantiert alle regelmäßig besuchen werden!«, hatte Ludovine gesagt, während ihr Neffe mit einem Freund die Möbel aus dem Transporter geräumt und hinter dem Haus aufgestellt hatte.

»Daniela!« Piet legte das Buch – ein Fachbuch zum Thema Esel-Haltung – zur Seite und stand auf, um Daniela zu umarmen.

»Das ist wirklich ein herrlicher Ort«, sagte sie.

»Warte mal ab, bis die Terrasse gefliest ist und ein paar Kübel mit Grünpflanzen hier stehen, dann wird das Ganze nochmal herrlicher«, antwortete Jack.

»Duchess, du Schönheit, da bist du ja. Ich habe schon so viel über dich gehört!« Daniela wandte sich fragend an Piet. »Darf ich?«

»Aber natürlich.«

Ihre Freundin ging zu Duchess hinüber, die es sich unter einer der Linden im weichen Gras gemütlich gemacht hatte. Neben ihr warteten eine Schale Honig-Crunchies, die zur Hälfte verzehrt waren, und ein Eimer mit Wasser.

Daniela hockte sich behutsam vor das Alpaka und streckte die Hand aus, damit es daran schnuppern konnte. Hoheitsvoll neigte Duchess ihren Kopf und schnupperte an ihren Fingern.

Selbstverständlich ließen sie Duchess nicht allein in dem Stall zurück, wenn sie auf dem Hof beschäftigt waren oder wie jetzt hier draußen im Garten saßen. Bislang hatte es recht gut geklappt, sie einfach frei herumlaufen zu lassen. Einer von ihnen dreien hatte immer ein Auge auf sie, doch so wie es schien, plante Duchess keine Erkundungstouren auf eigene Faust. Anscheinend war sie ganz zufrieden mit ihrem neuen Leben auf Drei-Linden.

»Komm, bevor der Kaffee alt wird«, scherzte Piet und Daniela kam lächelnd zum Tisch.

Sie tranken Kaffee und aßen den richtig leckeren Schokoladenkuchen, redeten und lachten. Schließlich räumten sie die Kuchenteller zusammen und Daniela holte eine Mappe mit Unterlagen heraus. Sie setzte ihre knallgrüne Lesebrille auf die Nase, schaute die Dokumente durch und verteilte sie.

»Jack, das ist für dich … Hier, Mira, deins und … Piet. Es sind jeweils zwei Exemplare, ihr müsst beide unterschreiben, weil der Verein das Gegenstück braucht.« Sie schob die Lesebrille zurück auf den Haaransatz. »Unser Verein konnte die Kommune überzeugen uns eine Vollzeitstelle für unseren neuen Außenstandort zu finanzieren. Eine weitere Stelle mit Achtzigprozent stemmt unser

Verein selbst. Torsten, unser Kassenwart, hat vorgeschlagen, dass wir daraus zwei Vierzigprozentstellen machen. Das wird zwar etwas teurer für uns, ist aber machbar.

Damit seid ihr, Piet und Jack, Mitarbeiter des Hofs. Das ist deshalb wichtig, damit im Fall dass hier etwas geschieht – ein Arbeitsunfall – es anschließend keine Probleme mit der Berufsgenossenschaft gibt.«

»Danke Daniela, Jack und ich wissen es zu schätzen, dass euer Verein die beiden Stellen finanziert«, sagte Piet. »Außerdem haben wir schon Pläne geschmiedet, wie wir an zusätzliche Einnahmen kommen. Wusstest du, dass es hier im Umkreis von über zweihundert Kilometern niemanden gibt, der Alpakawanderungen anbietet? Und Duchess braucht Artgenossen, also war die naheliegende Idee so etwas zu machen. Vielleicht können wir sogar eine gemischte Gruppe mit den Eseln zusammen aufbauen, falls die mitspielen natürlich.«

»Das ist wirklich eine gute Idee! Denkt aber daran, dass unser Verein keinen Gewinn erzielen darf. Einer von euch müsste sich also nebenberuflich selbstständig machen.«

»Oder wir drei zusammen«, warf Jack dazwischen.

»Auch eine gute Idee.« Daniela nickte lächelnd zu den Dokumenten, die vor ihnen lagen. »Okay, lest euch die Verträge in Ruhe durch. Ich hole sie nächste Woche ab und falls irgendwelche Fragen auftauchen – dann anrufen!«

Mira schaute zu Jack und von ihm zu Piet. Jack zog einen Kuli hervor und reichte ihn Mira. Sie unterschrieb, gab den Kuli an Piet weiter und dieser nach seinen Unterschriften zurück an Jack, der zuletzt unterschrieb.

Daniela lachte, zuckte mit den Schultern und verstaute die Duplikate für den Verein in der Mappe.

»Tja, das ging schneller als erwartet. Habt ihr Lust, Bilder anzuschauen?« Sie holte ein Fotomäppchen raus und streckte es Mira entgegen. »Digital sind es mehr, ein paar davon kommen bei uns auf die Homepage. Aber die hier sind für euch.«

Das erste Foto zeigte ein weißes Pony, das mit lebenslustig hochgeworfenem Kopf von einem kleinen Shetty über eine grüne Weide gejagt wurde.

Beste Freunde stand darunter.

»Das ist das Pony von hier? Das hätte ich niemals wiedererkannt!«

Der Unterschied zu dem apathischen Pony, das vor knapp zwei Monaten auf der lehmigen Koppel gestanden hatte, war unglaublich!

»Die Behandlung der Hufrehe ist sehr gut angeschlagen und, wie du sehen kannst, ist seine Lebensfreude auch zurückgekehrt«, sagte Daniela.

Es gab noch drei Bilder von dem Pony und dem Archehof, auf dem es nun lebte, einschließlich eines Gruppenfotos von vielen, komplett altersgemischten Leuten, die in die Kamera lachten.

Archehof-Team Goldberg.

Die restlichen Fotos zeigten Tessa zusammen mit einem glücklich strahlenden, ungefähr zwölfjährigen Mädchen.

»Tessa guckt ganz anders in die Welt als früher. Viel frecher!«

»Sie heißt jetzt Lizzy und lebt im Elsass bei Ludovines Schwester«, erklärte Daniela den beiden Männern und Mira reichte das Fotomäppchen an Piet und Jack.

»Und die Schafe dürfen dank euch«, Daniela hob ihren Kaffeebecher in Richtung Mira und Jack, »den Rest ihres Schafsdaseins in den Niederlanden verbringen.«

»Auf euch!«, sagte Piet und hob ebenfalls seinen Becher.

»Ach was! Auf die Schafe!«, erwiderte Jack und brachte sie alle zum Lachen.

Später kochten sie frischen Kaffee, lachten und redeten weiter. Duchess hatte ihren Platz unter der Linde verlassen und es sich neben Piets Stuhl auf dem Boden bequemgemacht und schaute gutgelaunt zum Obstgarten hinüber.

Mira hielt den warmen Kaffeebecher zwischen ihren Handflächen, während Piet, Daniela und Jack in eine angeregte Unterhaltung über eine neue Idee zur Bildung eines Netzwerks von europäischen Gnadenhöfen und Tierschutzvereinen vertieft waren.

Glück war letztendlich so einfach.

Hier zu sitzen, umgeben von Wäldern und Wiesen, Tieren und Freunden! Das war es.

Mira fühlte sich angekommen.

38

Jack

Jack öffnete das Fenster und ging zur Tür.

Bevor er den Raum verließ, warf er einen Blick zurück und dachte an den Mittwoch in der letzten Woche, als Guido ihn und seinen Kram hergefahren hatte.

Nachdem sein Kumpel wieder weg war, hatte Mira ihn hochgeführt.

»Wahnsinn! Was Raufaser und ein bisschen frische Farbe ausmachen.« Staunend hatte er sich umgesehen. »Das war das Büro, in dem ich die Unterlagen gefunden habe … für du weißt schon.«

»Du musst die Wände nicht weiß lassen. Ich helfe gern beim Überstreichen.«

»Das Angebot werde ich mir merken, aber für den Anfang reicht das hier, wie es ist.«

»Du und Piet habt jeweils zwei Räume und ihr teilt euch das Badezimmer, vorläufig jedenfalls.« Mira schaute ihn fragend an. »Ist das okay?«

»Du weißt doch, dass ich ein Zirkuskind bin?« Er hob die Augenbrauen. »Und unkompliziert?«

»Richtig!« Sie hatte gelächelt und ihn dann allein gelassen, damit er sich einrichten konnte.

Lang hatte das nicht gedauert. Noch gab es keine Möbel, in denen er seine Sachen unterbringen konnte. Alles hier war provisorisch. Nicht, dass ihn das störte. Es besaß ein Flair von Abenteuer – die Luftmatratze mit seinem Bettzeug und dem Bücherstapel und der kniehohen Stehlampe daneben. Fehlte nur Bunsenbrenner und Emailletopf für die Mahlzeiten.

Sein Blick blieb an dem Seesack hängen. Der lag vor dem Fenster. Klamotten quellten heraus und Jack überlegte eine Sekunde, ob er ihn verschließen sollte.

Blödsinn!

Er zog die Tür ins Schloss und stieg die Treppe herunter. Holzdielen quietschten und erinnerten ihn an seinen ersten, heimlichen Besuch im Haus.

Wer hätte gedacht, dass er knapp zwei Monate später hier einziehen würde?

»Jack?« Piets Stimme schallte aus der Küche heraus.

»Kommst du mal eben zu uns?«

Er und Mira saßen am Tisch, tranken Kakao.

»Ist noch eine Tasse für dich drin«, sagte sein Onkel. »Ich habe mit unserem Nachbarn geredet. Volker Noethens Hof ist der direkt hinter dem Wald in Richtung Westen. Er hatte natürlich schon gehört, dass der alte Schultheiß Drei-Linden verlassen hat. Jedenfalls können wir bei Volker Heu und Stroh kaufen. Außerdem habe ich mir den alten Hänger in der Scheune angeguckt. Für die kurze Strecke über die Landstraße sollte er es tun. Kümmerst du dich darum, Jack?«

Jack nickte.

»Willst du lernen, große Anhänger zu fahren, Mira?«, fragte er sie. »Wenn du genug Übung hast, kannst du den Führerschein machen. Die Kosten dafür können wir steuerlich absetzen.«

Miras Augen strahlten. »Aber ja!«

»Atta-Girl!«

Nachdem sein Becher geleert war, setzte er sich in Piets Wagen und düste nach Klein-Bergen zu seiner Wohnung.

Mit dem Zusammenpacken seiner restlichen Habseligkeiten kam er gut voran. Er hatte längst nicht so viel Kram in den Jahren seines sesshaften Lebens angesammelt wie befürchtet. Mehr Zeit würde es brauchen, einen geeigneten Nachmieter zu finden. Dass er ihn auswählen durfte, war mit seinem Vermieter abgesprochen. Schließlich musste Jack sichergehen, dass sich der Neue anständig um Lorna und Helmut kümmerte. Bis es so weit war, würde er wöchentlich hierher fahren, um bei *seinen* beiden Rentnern nach dem Rechten zu sehen und natürlich wie gehabt die Treppe zu putzen.

Jack packte die letzten Bücher aus seinen Billys in den kleinen, stabilen Umzugskarton. Die Billys selbst würde das Umzugsunternehmen, das er sich gönnen wollte, im Ganzen transportieren. Das ersparte ihm das Auseinander- und Wiederzusammenbauen.

Drei gepackte Kartons, einen Stoffbeutel mit Kleinigkeiten sowie das hüfthohe, mintfarbene Regal mit dem abblätternden Lack, das er auf dem Trödel in Amsterdam entdeckt hatte, schleppte er in zwei Durchgängen hinunter und verstaute alles in Piets Wagen.

Als Nächstes stand ein Besuch in dem Super-Biomarkt auf seiner gedachten Merkliste. Jack kaufte ein, und zwar mal so richtig, und machte sich dann auf den Rückweg.

Er parkte den Wagen vor dem Bauernhaus und drückte kurz auf die Hupe.

»Ich bräuchte Hilfe!«, rief er laut und brachte die erste, bis obenhin gefüllte Klappkiste ins Haus.

Mira erschien und schließlich Piet und beide halfen bei dem Rest.

»Junge, hast du eine Kompanie zum Essen eingeladen?«, fragte Piet.

»Von wegen! Wurde langsam Zeit, unsere Vorräte aufzustocken. Habt ihr die riesige Speisekammer hinter der Küche gesehen?«

Später am Nachmittag ging Jack in die Küche, legte seine *Lucky-Luke*-Kochschürze um, schaltete das Radio ein und begann, Gemüse zu schnippeln. Er goss Olivenöl in den großen Schmortopf und zündete die Flamme darunter an.

»Brauchst du Hilfe?« Mira stand im Kücheneingang.

»Hast du etwa nichts zu tun?«

Sie erwiderte sein Lächeln. »Eigentlich wollte ich den Zaun um unseren zukünftigen Gemüsegarten lackieren, aber es war schon so spät, also habe ich es auf Morgen verschoben.«

»Du willst den Zaun lackieren?« Jack gab die geschnippelten Zucchini in die Pfanne und anschließend die braunen Wiesenchampignons. »Dir ist wohl langweilig? Das Holz ist bereits versiegelt.«

»Warte nur ab, bis es fertig ist! Dann wirst du deinen Spott zurücknehmen!«, versprach sie und Jack lachte.

»Apropos fertig – was brutzelst du da?«

»Gemüsepfanne mit Olivenöl, vegan. Die saure Sahne gibt es extra für den, der will.«

»Hätte ich gewusst, dass du und Piet so gern kocht, hätte ich euch viel Geld dafür gezahlt, dass ihr herkommt!«

»Und das wäre ziemlich dumm gewesen.« Er zwinkerte ihr zu, schnappte sich die Paprika und gab sie zum restlichen Gemüse in den Riesenschmortopf.

Geld war ein Thema, über das er und Mira ausführlich gesprochen hatten. Sie hatte darauf bestanden, ihre Schulden bei ihm zu begleichen. Das gefiel ihm, weil es zeigte, dass sie zu ihrem Wort stand und sie nicht zu den Frauen gehörte, die automatisch erwarteten, dass irgendein Mann ihre Rechnungen bezahlte.

In dem konkreten Punkt jedoch hatte er vorgeschlagen, das Geld auf ein separates Gnadenhof-Sparkonto zu legen. Schließlich war es letztendlich eine Investition gewesen, die ihm sogar eine berufliche Veränderung ermöglicht hatte. Mira war nach einiger Überzeugungsarbeit seinerseits einverstanden gewesen.

»Wenn du keine Hilfe brauchst«, sagte sie jetzt, »werde ich wohl die Wäsche aufhängen müssen.«

»Dafür bin ich dir wirklich dankbar.«

»Und ich dir für das Kochen.« Mira wandte sich lächelnd ab, hielt aber inne. »Jack?«

»Ja?«

»Da ist noch was, was ich dir sagen muss.«

Er verkniff sich ein Grinsen. Er konnte ihr ansehen, dass sie sich zwingen musste, das Thema anzuschneiden, anders als bei der Geld-Diskussion, und er ahnte, worum es ging.

Jack wischte sich die Hände an der Kochschürze ab. »Ich weiß schon.« Er streckte ihr die Hand hin. »Freunde!«

Mira guckte minimal überrascht, schließlich schüttelten sie sich feierlich die Hände.

»Freunde«, wiederholte sie.

»Und wenn Florian vorbeikommt, gib mir Bescheid, dann mache ich mich dünne, bis zwischen euch wieder alles in Ordnung ist.«

»Das ist wirklich nett von dir.« Ihr Blick war einen Moment lang traurig. »Doch unsere Zeit ist vorbei.«

Sie verließ die Küche und Jack stellte den Reiskocher an. Zuletzt würzte er das Gemüse, reduzierte die Temperatur und legte den Glasdeckel auf die Schmorpfanne.

Er sprintete die Stufen hoch in seine Räume und kehrte kurz darauf mit der angebrochenen Wasserflasche zurück.

Piets Lachen lockte ihn von der Treppe nach hinten zu der weitgeöffneten Gartentür. Leise schlich er sich heran und betrachtete die beiden. Piet reichte Mira gerade das Buch über die Esel-Haltung und erklärte ihr etwas über Hufpflege.

In Jack breitete sich ein warmes Gefühl aus.

Ein Gefühl, das er schon lange nicht mehr gehabt hatte.

Es bedeutete Familie.

ENDE

ANMERKUNGEN DER AUTORIN

Sehr geehrte Lesende,

Hat Euch die Geschichte über Duchess, Mira und Jack gefallen? Habt Ihr Fragen oder Anmerkungen zum Alpakaherz? Schreibt mir gern ...

Eine Bitte habe ich aber an Euch:
Wir AutorInnen leben von Empfehlungen. Eine Rezension (gerne kurz & knackig) in den großen Shops ist ebenso hilfreich, wie Eure Empfehlung im Freundeskreis.

Wie geht's weiter auf Drei-Linden? Bekommt Duchess endlich einen Artgenossen und was - *verdammt noch mal* – wird aus Mira und Jack?

Alpakasommer
Gnadenhof und andere Gaunereien

Neugierig? Schnupperkapitel im Anhang.

ÜBER DUCHESS
& IHRE ARTGENOSSEN

Ein großes Dankeschön geht an Ute Sondermann, die so freundlich war und meine vielen Fragen rund um das Thema Alpaka beantwortet hat. Darüberhinaus habe ich von ihr eine Menge zusätzlicher Tipps bekommen.
Mit ihren Alpis zusammen lebt Frau Sondermann auf einem kleinen privaten Hof in Sprockhövel, wo sie Hatha Yoga Vinyasa, Yin- und Power-Yoga unterrichtet. Besonderes Highlight sind ihre Yoga-Sessions auf der Alpakawiese.

Mehr über sie und ihre Alpis gibt es hier:
www.alpaka-sprockhoevel.de / Ute Sondermann

EIN WORT ZU DUCHESS:

Im Alpakaherz habe ich mir ein paar schriftstellerische Freiheiten erlaubt.
Alpaka oder Lama … Das ist hier nicht die Frage ;)
Der Lama-Ausrutscher in Duchess Stammbaum ist unübersehbar! Solche Verbindungen kommen aber des Öfteren vor. Hier stimmt's also noch mit den Fakten. Im Gegensatz zum Thema Ernährung – Honig-Crunchies taugen nicht zur Fütterung von Alpakas, Pferden, Hunden, Kindern …

Und die sternförmige Blesse?
Bei all meinen Recherchen habe ich kein einziges Bild von einem Alpaka oder Lama mit sternförmiger Blesse gefunden:
„Das Zeichen eines weisen Schattens beim Licht des Mondes …"
Schuld allein trägt meine Muse!

BÜCHERLISTE

Jacks Bücher:
Blackout von Marc Elsberg
Firmin von Sam Savage (entdeckt Frank in Jacks Bücherregal)

Bücher für Piet:
Drachenmann von Gary Disher
Mein Leben als Gartenzwerg von Urs Widmer (bringt Jack seinem
Onkel in Kapitel 35 mit)

Miras Bücher:
Anja Bagus Steampunk Roman: Aetherhertz
Guillermo Corral, Paco Roca: Der Schatz der Black Swan (Graphic
Novel)

Piets Bücher:
Der zweite Reiter von Alex Beer
Drachenmann von Gary Disher

Frank hört:
NSA von Andreas Eschbach (dank Annika)

WEITERE QUELLENANGABEN

Smeura: Das größte Tierheim der Welt
Förderverein Tierhilfe Hoffnung – Hilfe für Tiere in Not e.V.
https://www.tierhilfe-hoffnung.com/die-smeura

TO-GO-BECHER - FRANK - KAPITEL 12:

Die Menge aller Unterwegs-Getränkebecher für heiße und kalte Getränke hat sich in den letzten 25 Jahren verdoppelt. Betrachtet man nur die Heißgetränke, dann liegt die Steigerung bei einem satten Plus von 500 Prozent. Inklusive Zubehör wie Deckel, Strohhalm und Rührstab fallen allein durch die To-Go-Becher jährlich in Deutschland rund 55.000 Tonnen Abfall an. Damit hat der Becher die Plastiktüte als Abfallverursacher im Alltag überholt.

Quelle:

https://www.verbraucherzentrale.de/wissen/umwelt-haushalt/abfall/
coffee-to-go-einwegbecher-vermeiden-12332

Stand 13.03.2020

Duchess - Marie Böse

SCHNUPPERKAPITEL AUS ALPAKASOMMER

Robert, beug deine Knie ein bisschen. Es gibt keinen Grund, weshalb du sie durchstrecken solltest … Ja, genau so … Und weiteratmen … Sehr schön, Sarah …«

Dem Klang ihrer Stimme nach schritt ihre Yogalehrerin Constanzia zwischen ihren Schülern und Schülerinnen durch den Raum. Sehen konnte Mira das nicht. Unmöglich aus der Position des *herabschauenden Hundes,* ohne sich den Nacken zu verrenken.

»Lasst euren Atem fließen … Und nehmt die Haltung an … Erlaubt euch diese andere Sicht auf die Welt …«

Leise Schritte nackter Fußsohlen näherten sich Mira von links. Sanft legte sich eine Hand auf ihren unteren Rücken.

»Streck deinen Füdli richtig raus, Mira … Nach hinten und oben …«

»Was ist ein Füdli?« Mira bezwang das aufsteigende Kichern. Das hätte endgültig das Ende ihres *herabschauenden Hundes* bedeutet.

»Das ist Schwitzerdütsch für Popo«, half Sarah aus.

»So ist es …« Constanzia lachte und klatschte in die Hände. »Ihr macht das alle ganz toll! Lockert euch und nehmt anschließend eure Lieblingshaltung auf den Matten ein.« Sie ging zu ihrer eigenen Yoga-Matte und ließ sich in den Lotussitz, den Padmasana, sinken.

»Fudi und Füdli!« Robert, dessen Matte schräg links von Miras lag, drehte sich grinsend zu ihr herum. »Was man beim Yoga alles lernt.«

»Jetzt weiß ich endlich, weshalb Asanas eine offene Weltsicht fördern …« Sie zwinkerte ihm zu und verknotete ihre Beine zu einer einfachen Variante des Schneidersitzes.

Wie schön und friedlich es in diesem Raum mit dem hellen Schwingboden und den deckenhohen Fenstern war. Durch die geöffneten Terrassentüren konnte sie das Rauschen des Windes in den Bäumen und das Gezwitscher der Vögel hören. Draußen, auf der anderen Seite der Fensterscheiben graste Constanzias kleine Alpaka- und Lamaherde in der Sonne.

»Atmen … dein Atem fließt … Spür das du nichts tun musst … Du bist hier. Du bist einfach … lass los … Alle Gedanken … Schließ deine Augen, wenn du möchtest … spür die Leichtigkeit, die dich umgibt …«

Constanzias Stimme hallte in Mira wieder.

Es war so angenehm, die Entspannung in den Beinen und in den Armen zu fühlen. Auch ihr Bauch war ganz weich …

Atmen … entspannen …

Duchess?

Ein Gedanke … Mira versuchte ihn mit dem Ausatmen vergehen zu lassen.

Duchess …

Die Alpakadame erschien vor ihrem inneren Auge. Mira setzte sie auf eine Wolke und ließ sie vom Winde verwehen.

Atmen, loslassen …

Die Wolke verschwand.

Duchess blieb.

Mira öffnete ihre Augen und kehrte in den hellen Übungsraum zurück. Linkerhand lag Robert entspannt auf dem Rücken. Rechts von ihr saß Sarah, wie ihre Tante Constanzia, im Padmasana. Kai hingegen hatte sich für eine einfache Schneidersitz-Variante entschieden.

Mira startete einen neuen Versuch und schloss ihre Augen.

Einatmen ...

Ausatmen ...

Sie öffnete ihre Augen wieder.

Der Gedanke etwas erledigen zu müssen packte sie so drängend wie damals, als sie neben dem Zelt des Zirkus Gregoriana gestanden hatte. Kurz bevor sie auf Duchess getroffen war.

Mira rappelte sich von der Matte auf, warf einen Blick auf Constanzia. Diese schaute zu ihr herüber. Mira machte eine entschuldigende Geste, deutete hinaus und ging leise an Sarah und Kai vorbei zur Tür und verließ den Raum.

Sie eilte in die nebenanliegende Umkleide, schlüpfte in ihre Chucks, knotete sie eilig zu und marschierte durch den Flur zum Seitenausgang, welcher sie auf direktem Weg zum Stall und den Nebengebäuden brachte, ohne dass sie den Umweg über Hauptausgang und Rezeption nehmen musste.

Vielleicht bildete sie sich das Gefühl, das Duchess sie brauchte, lediglich ein. Und selbst wenn es keine Einbildung war. Gewiss war nichts Schlimmes mit Duchess passiert! Bestimmt langweilte sich die Alpakadame einfach, so allein im Stall, während ihre Artgenossen draußen auf der Weide grasten. Trotzdem rannte Mira die letzten Meter zu dem Ziegelbau, der die Stallungen beherbergte. Die Türen waren weit geöffnet und boten einen freien Blick in die Stallgasse. Duchess allerdings, die in dem hinteren Teil untergebracht war, konnte Mira nicht sehen.

Sie stoppte ihren Laufschritt und durchquerte den verlassenen Stall. Rechts und links lagen die ehemaligen Pferdeboxen, die zu geräumigen Innenquartieren umgebaut worden waren. Aus der allerletzten Box sah ihr Duchess, den Kopf über das Gitter gelegt, entgegen.

»Wie geht es dir, Hoheit?«

Die Alpakadame antwortete mit einem blubbernden Laut. Mira meinte, einen drängenden Unterton wahrzunehmen. Sie wollte gerade den Riegel hochschieben, um die Box zu betreten und sich Duchess genauer anzuschauen, da drehte diese den Kopf zur Seite, blickte in Richtung der wenige Meter entfernt liegenden Futterkammer und stieß ein erneutes Blubbern aus.

Mira zog ihre Hand zurück und schaute sich um. Doch außer Duchess und ihr war die Stallung verlassen. Nicht ungewöhnlich um diese Tageszeit. Constanzias Herde graste auf der Weide und Michael und Andrea machten vermutlich Mittagspause.

Duchess Blick blieb weiterhin auf die Futterkammer gerichtet. So demonstrativ, dass Mira dorthin ging und die Tür aufzog. Man hatte den Raum nachträglich mit Fichtenholzwänden abgeteilt und immer noch lag der Duft nach frischgeschlagenem *Tannenbaum* in der Luft.

Hier war alles wie sonst auch.

Abgesehen von der selten benutzten Seitentür, die einen Spalt breit offen stand. Und abgesehen von dem einsamen Blatt Papier auf dem staubigen Boden.

Mira bückte sich und hob es auf.

Weiß, Din-A4, Drucker- oder Kopierpapier, Standard, nichts Außergewöhnliches. Im Gegensatz zu der Botschaft, die das Blatt transportierte. Hier hatte sich jemand viel Mühe gegeben. Jedes einzelne Wort war einzeln aus einer Zeitung ausgeschnitten und auf dem weißen Papier zu einer Nachricht zusammengefügt:

> *Rot, gelb und purpur*
> *Deine Tulpen gibt es nur in orange*
> *Siehst Du den Horizont?*
> *Wind auf die Mühlen der Zeit*
> *Niemand kann ihnen entkommen*
> *Ein Sturm zieht auf!*

Mira hielt den Zettel unter die Nase und schnupperte an den Kanten der Zeitungsschnipsel. Nichts. Mr Unbekannt … oder Mrs Unbekannt hatte einen Klebestift ohne Parfümstoffe verwendet.

Mira las die Botschaft erneut, und dann noch einmal. Falls sich ein tieferer Sinn darin verbarg, entging der ihr. Was vermutlich daran lag, dass diese Nachricht nicht für sie bestimmt war. Möglicherweise steckte ein Scherz dahinter? Ein Rätsel sogar? Vielleicht wusste jemand anderes etwas damit anzufangen.

Sie überlegte kurz und legte das Papier schließlich auf die hüfthohe Kiste mit dem Premiumfutter und beschwerte ihn mit der Futterkelle. Wahrscheinlich hatte der Zettel hier gelegen, bevor er von einem Windstoß heruntergeweht worden war.

Im nächsten Moment zuckte sie zusammen.

Schritte!

Jemand lief weg …

Mira schüttelte den Schreck ab, stürzte zur Tür, riss sie auf …

Vor ihr lag die schmale Zufahrt für die Lieferanten, die den Hof mit Stroh, Heu und Futtermitteln versorgten.

Niemand war hier.

Natürlich nicht! Wer immer soeben weggelaufen war, musste längst um die Ecke des Stallgebäudes verschwunden sein.

Sie möchten weiterlesen?

ALPAKASOMMER
Gnadenhof und andere Gaunereien

ist in Vorbereitung.

Alle Infos auf meiner Website
www.stephanierichel.de

»BEHIND THE SCENES« & EXKLUSIVE INHALTE

und erleben ...

... was geschieht, wenn AutorInnen ihre Charaktere nicht angemessen respektieren ...

PDF Download der unveröffentlichten Story:
JOANNA – Schlaflose Nächte

Mein Newsletter erscheint ein paar Mal im Jahr
und informiert über aktuelle Projekte
und Neuigkeiten aus der Schreibwerkstatt.

Im meistens wöchentlichen Rhythmus poste ich auf Facebook und
auf Instagram alles, was gerade aktuell so bei mir los ist. Schaut doch
mal vorbei und hinterlasst eine Nachricht :)

Und auf der nächsten Seite stelle ich meine anderen Bücher vor:

EIN NEUER FALL FÜR DIE LIGA FOUNDATION

Ein Vagabund – ein wahnsinniger Vampir im Blutrausch – fegt mordend und unaufhaltsam wie ein Orkan durch London!

In einer Welt, in der Menschen Seite an Seite mit Werwölfen, Vampiren und anderen magischen Wesen leben, hält die Liga Foundation die Ordnung aufrecht. Ihre jüngste Rekrutin ist Allison Bonney. Ihr Auftrag: Jagd auf den abtrünnigen Vampir zu machen. Hier ist der große Fall, auf den sie so lange gewartet hat. Der, mit dem sie endlich ihre Karriere starten will. Doch ganz untypisch verwischt dieser Vagabund äußerst clever seine Spuren. Erst als das Mutterhaus in London brutal angegriffen wird, begreift die Liga ebenso wie der Hohe Rat der Vampire, dass ihr Gegner seinerseits längst die Jagd auf sie eröffnet hat!
Wird es Allison gelingen ihn aufzuhalten?

Leseprobe PDF Download auf meiner Website

Der Vagabund – Die Fälle der Liga Foundation
EBook und Paperback überall erhältlich

EBook-Download auch über die Lieblingsbuchhandlung vor Ort –
Stichwort: **buy local über buchhandlung.de**

Mehr dazu und alle Infos zur Liga Foundation unter:
www.stephanierichel.de

DIE DUNKLE SEITE

Genremix: EROTIK MEETS THRILLER

Sinnlicher Schmerz und prickelnde Gefahr

Der neue mitreißende Erotik-Thriller von Richelle Staffan

Gerade war Christopher Collins noch auf einem Date mit seiner Traumfrau, im nächsten Moment wird er zu einem Tatort gerufen: Der Kunde eines exklusiven Londoner SM-Studios wurde ermordet. Bei seinen Ermittlungen trifft Christopher auf Olivia Carver: Als verführerische Zofe lässt sie die ausgefallensten erotischen Fantasien ihrer Kunden Wirklichkeit werden.

Doch wer wollte einen ihrer treuesten Kunden tot sehen?
Ein gefährliches Spiel beginnt, denn ein weiterer Mord geschieht und plötzlich geht es um alles …

Leseprobe PDF Download auf meiner Website

EBook Only – überall erhältlich

EBook-Download auch über die Lieblingsbuchhandlung vor Ort – Stichwort: **buy local über buchhandlung.de**

Alles darüber und über *die dunkle Seite* ;) unter:
www.stephanierichel.de

.